论诺瓦利斯

冯至 著　陈巍 编

人民文学出版社

图书在版编目（ＣＩＰ）数据

论诺瓦利斯/冯至著;陈巍编.
-- 北京：人民文学出版社，2022
ISBN 978-7-02-017345-7

Ⅰ.①论… Ⅱ.①冯… ②陈… Ⅲ.①诺瓦利斯
(Novalis, 1772-1801)－浪漫主义－文学研究 Ⅳ.①I516.064

中国版本图书馆 CIP 数据核字 (2022) 第 134030 号

| 责任编辑 | 卜艳冰　何炜宏 |
| 封面设计 | 李苗苗 |

出版发行	人民文学出版社
社　　址	北京市朝内大街 166 号
邮　　编	100705

| 印　　刷 | 凸版艺彩（东莞）印刷有限公司 |
| 经　　销 | 全国新华书店等 |

字　　数	220 千字
开　　本	889 毫米 ×1194 毫米　1/32
印　　张	13　　插页 5
版　　次	2022 年 10 月北京第 1 版
印　　次	2022 年 10 月第 1 次印刷

| 书　　号 | 978-7-02-017345-7 |
| 定　　价 | 118.00 元 |

如有印装质量问题，请与本社图书销售中心调换。电话：010-65233595

目　录

冯至的诺瓦利斯研究　陈　巍　　　　　　　　　　1

Die Analogie von Natur und Geist als Stilprinzip in Novalis' Dichtung　　　　　　　　　　19

自然与精神的类比——诺瓦利斯创作中的文体原则

李永平　黄明嘉　译　　　　　　　　　　229
一　神秘主义的思维　　　　　　　　　232
二　走向内心和魔幻唯心主义　　　　　240
三　诺瓦利斯风格的起源和本质　　　　250
四　诺瓦利斯风格详述　　　　　　　　265
　（一）光——颜色　　　　　　　　　266
　（二）火　　　　　　　　　　　　　277
　（三）流体：水、海、河、泉　　　　284
　（四）天空、星星、太阳、月亮　　　299
　（五）空气、风、云　　　　　　　　308
　（六）夜、朦胧　　　　　　　　　　314
　（七）植物　　　　　　　　　　　　319
　（八）动物　　　　　　　　　　　　334

（九）人　　　　　　　　　　　338

　　（十）矿物　　　　　　　　　　360

　　（十一）物理、化学　　　　　　370

　五　结语　　　　　　　　　　　　389

冯至论文评论　陈　铨　　　　　　395

冯至的诺瓦利斯研究

陈 巍

众所周知,冯至对里尔克、歌德、海涅等作家的热爱,几乎陪伴他了一生,因此冯至主要的学术研究成果都体现在里尔克、歌德等人的研究与接受上。而冯至与诺瓦利斯关系的研究,相对来说没有受到学界更多的重视,随着1999年十二卷本《冯至全集》的出版,即李永平、黄明嘉两位先生翻译的冯至博士论文中译本的面世,不少研究者才注意到冯至在诺瓦利斯研究上也曾经耗费了巨大的心血,诺瓦利斯同样是冯至吸收的最重要的外来养分之一。

一 冯至博士论文的写作过程

1923年暑假冯至正式由北京大学预科进入德文系一年级,海涅、歌德等大作家的作品最为触动年轻的冯至之心。1930年5月,时年二十六岁的冯至前往德国海德堡大学留学,主修文学,兼修哲学和美术史。他全身心地投入学习,读歌德的《浮士德》,读布尔克哈特的《文化史》,读里尔克、格奥尔格的著作。

1931年12月9日冯至在致杨晦、陈翔鹤两人的信中谈及了他的计划：

> 19世纪初期我想深研Kleist，Hölderlin，同Novalis。这三人是很可爱的。K于三十岁左右自杀，H三十左右发狂，N于三十岁左右病丧。K是倔强，H是高尚，N是优美：可以代表精神生活的三方面。①

这是可以查阅到冯至最早对诺瓦利斯的评价。1932年4月冯至从柏林致信鲍尔提及："我在安静的小房间天天研读诺瓦利斯和荷尔德林，因为我在研究班的课题报告写一篇题为《诺瓦利斯的〈夜颂〉和荷尔德林〈面包与酒〉》的文章。我在两部作品中发现了许多有意思的东西。"②

冯至女儿冯姚平补充整理的《冯至年谱》简要记载了他在1933年学术研究方向的重大转变："参加继任宫多尔夫讲座的阿莱文（Richard Alewyn，1902—1979）教授的研究班，商定博士论文题目为里尔克的《布里格随笔》，并做大量准备，写出论文提纲；同时听雅斯贝斯教授讲哲学、戈利塞巴赫斯教授（August Grisebach，1881—1950）讲授艺术史。旋因阿莱文教授以犹太出身被撤职，指导教师改为布克教授

---

① 冯至.冯至全集 第十二卷[M].石家庄：河北教育出版社.1999.130.
② 同上.157.

（Ewald A. Boucke，1871—1943），论文题目也改为《自然与精神的类比——诺瓦利斯创作中的文体原则》。"①

鉴于当时德国国内的政治形势，冯至被迫更换导师以及他感兴趣的研究对象。1934年5月6日："前往布克教授家讨论博士论文，此后一年全力研究诺瓦利斯。"②

1933年4月冯至从柏林再回海德堡，据冯至夫人姚可崑回忆：

> 他到海岱山后，参加阿莱文开设的研究班，最后与他商定写博士论文的题目，是分析里尔克的《马尔特·劳利茨·布里格随笔》。冯至为此读了大量与之相关的资料，撰写了论文提纲，正要与阿莱文进一步商讨时，阿莱文因为是犹太族被撤职了。这对于冯至是一个很大的打击。③

姚可崑详细描述了冯至遇到导师撤职后的打算，更换博士论文导师以及论文题目更改及其写作过程："冯至本来想离开海岱山，去弗赖堡，与一位教授接洽，但是在朋友登克曼和鲍姆加特的劝说下，为了听雅斯贝尔斯的课也应

---

①② 冯至.冯至全集 第十二卷[M].石家庄：河北教育出版社.1999.639
③ 姚可崑.我与冯至[M].南宁：广西教育出版社.1994.40.

留在海岱山。至于指导教师，他转向一位文学教授，这人名布克，写过研究歌德文体的著作，熟悉北欧文学。布克不同意原定的论文题目，几经商讨，定为《自然与精神的类比作为诺瓦利斯作品的文体原则》。诺瓦利斯和里尔克一样，都是冯至最感兴趣的诗人，冯至说过：'论文的对象若不是我的爱好的或敬重的人和事，我是写不出来的。'之后他倾注全力，研究诺瓦利斯，就是在罗迦诺休假时期，他也随身带着一部四卷本的《诺瓦利斯文集》和一部打字机。"①

冯至与德国好友鲍尔（Willy Bauer）的通信中，描述了撰写这篇博士论文期间痛苦而又复杂的心情，鲍尔对冯至论文写作帮助也是巨大的，冯至除了在心灵上寻求这位德国友人的帮助外，还请鲍尔审读论文，并提出修改意见："阿莱文教授被解职以后，我经历了许多不愉快的事，这是我以前想象不到的。现在我不得不放弃关于里尔克的题目，另定一个（关于诺瓦利斯）。"②

冯至在1934年2月18日致鲍尔的信中，有更多关于这篇论文指导教师布克以及论文内容的描述：

---

① 姚可崑.我与冯至[M].南宁：广西教育出版社.1994.40—41.
② 冯至.冯至全集 第十二卷[M].石家庄：河北教育出版社.1999.175.

我现在在跟布克教授写论文，关于他我不好说什么。别人费劲或是用心所取得的成果，我得加以肯定。但是他确是属于那种不能为我们说出多少东西的人。因为我的时间已经很紧迫了，所以我不得不实际一点，请他做我论文的指导教师。我由此所遭遇到许多不愉快的事，以后有机会时再讲给您听。

……我现在正忙着写关于诺瓦利斯的论文：《自然与精神的类比——诺瓦利斯创作中的文体原则》，主要谈诗人作品中的类比，神秘主义的思维形式和表现形式。①

冯至更换的指导教师布克教授，系德国当时著名的日耳曼学者、斯堪的纳维亚语文学者和作家，尤其作为歌德专家享有国际声誉。1894年，他师从克鲁格（Friedrich Kluge, 1856—1926）获得博士学位后移民美国，在密歇根州立大学安娜堡执教达二十多年，直到第一次世界大战放弃教授职位，返回欧洲。1921年，他加入海德堡大学日耳曼学研讨班，直到1938年退休。他是海德堡大学除宫多尔夫（Friedrich Gundolf, 1880—1931）和潘策尔之外新德语文学和斯堪地纳维亚文学的兼职教授。德国教授通常都比较

---

① 冯至.冯至全集　第十二卷[M].石家庄：河北教育出版社.1999.179.

孤傲，在博士论文题目确定之后，教授并不具体过问，而冯至信中多次提及的不愉快，由于属于私事，并没有公诸于众。然而不管怎样，冯至在论文写作过程中，要想获得导师的巨大帮助，显然不切实际，所以他只能依靠自己的勤奋与努力。

1934年4月11日冯至致鲍尔的信中，谈及他对出生于施瓦本地区的德语诗人哈特曼·封·奥埃、荷尔德林和默里克的喜爱，同时强调："现在我天天在啃诺瓦利斯以及弗里德里希·施莱格尔晦涩而浪漫主义的断片，真是费劲儿极了，仿佛我的血也因此儿变暗、变黑了。论文很难，由于多方面和多种原因，得认真负责地来写。"①

1934年6月冯至继续向鲍尔描述了他的论文写作进展：

> 我的论文进展顺利，但速度很慢。您几次向我介绍施塔姆勒辞典（Stammler-Lexikon）对我很有帮助。论文的题目有一定难度，加上我又是外国人，因此只有付出最大的努力，暂且不去考虑论文写出来会是什么样子。……对断片的分析我尚未做完。②

---

① 冯至.冯至全集 第十二卷[M].石家庄：河北教育出版社.1999.180.
② 同上.1999.181—182.

在论文写作过程中，冯至也产生动摇与不确信，1934年11月他回复鲍尔：

> 布克教授旅行去了。因此我的论文无法在假期里交给他。我很紧张，不知他怎么评价我的论文。我这个人缺乏自信心，而且语文功底也不够。①

冯至稍后在向指导教师布克教授呈交论文之前，分章寄给鲍尔，请他帮助审阅。1935年2月冯至写道：

> 本来我上星期一就要给您信的，可是我想，还是在信里附上论文的一章为好，可是这一章写了一个星期。——我亲爱的朋友，要您看这索然无味的论文，我心里总觉得很不安。每当我收到您寄回的、您怀着爱心认真地通读过的一章时，我自己也感到不好意思。——论文中所分的几段现在还缺四段：两段重要的，那就是动物和人；两段不太重要的：物理和化学。写完这篇论文也就快完成了。附录里我把诺瓦利斯的文体同让·保尔、蒂克、格雷斯以及海涅的文体做了比较。根据布克的意思，我得在论文后面加上一个词

---

① 冯至.冯至全集 第十二卷[M].石家庄：河北教育出版社.1999.186—187.

汇索引。这只是一件手工劳动。①

在1935年4月3日的信中,冯至更为细致地描述了他论文的具体研究方法以及论文的收尾工作:

> 在下列词汇索引中我们试着汇编了能特别标志诺瓦利斯的语言和文体的特色的那些词,选词范围仅限于他的小说和诗歌[1]。因为有关他未完成的作品的词汇,在克卢克霍恩版中已经有一个很有价值的索引。
>
> 同前面论文的引文一样,我们在做词汇索引时用的也是克卢克霍恩版。罗马数字表示卷数,阿拉伯数字表示页数。
>
> [1]或者,选词范围仅限于他的长篇小说,诗歌和作家最后审阅过的断片——《花粉》、《信仰和爱情》和《基督教和欧洲》;因为有关其他完成的作品的词汇,对我们来说克卢克霍恩版中那个很有价值的索引就够了。②

1935年5月,冯至时年三十一岁,他在布克教授的指导下写好了他的博士论文。《冯至年谱》中有如下文字:

---

① 冯至.冯至全集 第十二卷[M].石家庄:河北教育出版社.1999.189—190.
② 同上.1999.192—193.

6月22日、26日通过两次答辩，第一次主考为文学教授布克和古德语教授潘采尔（Friedrich Panzer，1870—1956），第二次主考是哲学教授雅斯贝斯和艺术史教授戈利塞巴赫，获博士学位。①

之后冯至在致鲍尔的信中，详细描述了论文答辩前及布克教授审阅论文之后的反应：

……我今天才能够告诉您，我的论文将获得通过。除了几个词，其他没有什么要改动的。当我想到您曾为我出过多少主意、为我牺牲了多少精力时，就觉得"感谢"这个词远不足以表达我内心的感激之情。布克教授对论文很满意；但是他还要求我再写一章评价性的归纳作为结束。这仅是一般性的文字，没有什么困难。这几天我就可以写好。②

冯至耗费一年时间就完成了博士论文写作，效率极高，并以此论文获得海德堡大学哲学博士学位。但是，冯至的学术研究和翻译兴趣随即开始发生转向。他把更多时间投入到里尔克、歌德等人的翻译与研究上。除了在他发表的若干文章中提及诺瓦利斯这位早期浪漫派的重要人物、引用过诺瓦

---

① 冯至. 冯至全集　第十二卷[M]. 石家庄：河北教育出版社. 640.
② 同上. 1999.193.

利斯某些言论外，几乎再没有专门发表过有关诺瓦利斯的评论与研究的文字。他也不像陈铨那样把他在德国获得的博士论文翻译成汉语，在国内出版，甚至很少提及他这篇独到的研究德国文学的专著。因此这篇博士论文，长期没有得到国内研究者与读者的重视，直到收录这篇论文中译本的《冯至全集》第十二卷出版，情况才大为改观。

二 冯至博士论文的翻译与研究现状

Die Analogie von Natur und Geist als Stilprinzip in Novalis' Dichtung（《自然与精神的类比——诺瓦利斯创作中的文体风格》）是冯至1935年提交给海德堡大学的博士论文。共94页，正文共80页，文末有详细的文献索引及作者简介。虽然论文作者在撰写论文之前曾立志研究诺瓦利斯，写过有关诺瓦利斯与荷尔德林的比较文章，但是要在那么短时间写出像样的博士论文，没有扎实的德语文学功底、勤奋付出以及德国友人的帮助是很难成功的。

先说一下论文题目的中文翻译，《冯至全集》第七卷中收录的论文标题翻译为《自然与精神的类比——诺瓦利斯的文体原则》，不知何故，标题中漏译了一个重要的德文单词"Dichtung"。该词据《杜登词典》有两个义项，其一指文学作品，其二，指文学创作，冯至把这个词译为"创作"，姚可崑译为"作品",陈铨把论文题目译为《罗发利斯作品中以自然和精神的类似来作风格的原则》,也译成"作品"。仔细对比这几种不同的译名,冯至译为"创作",显然更契合他对诺瓦利斯认知的本意。

冯至博士论文研究的主要人物是诺瓦利斯。诺瓦利斯(Novalis,1772—1801),原名格奥尔格·菲利普·弗里德里希·弗莱赫尔·封·哈登贝格(Georg Philipp Friedrich Freiherr von Hardenberg),系德国早期浪漫派诗人。他的抒情诗代表作有《夜之赞歌》(或《夜颂》)、《圣歌》等。他还写过长篇小说《海因里希·冯·奥弗特丁根》,书中以青花(蓝花)作为浪漫主义憧憬的象征,非常著名。他也因此被誉为"蓝花诗人"。

诺瓦利斯作品中译主要有刘小枫主编"西方传统与经典"、林克翻译的两卷本《诺瓦利斯选集》(2007),卷一:夜颂中的革命和宗教,卷二:大革命与诗化小说;2012年重庆大学出版社出版的林克译的《诺瓦利斯选集》,收入"新陆诗丛"。2018年四川人民出版社出版了林克译的《夜颂》。西南交通大学德语系教授林克是迄今研究与译介诺瓦利斯的重要学者,另外他还指导了三位硕士生撰写与诺瓦利斯相关的硕士论文。北京大学教授谷裕在她的专著《隐匿的神学》(2010)的第四章专门论述了"诺瓦利斯与诗化宗教",分析了诺瓦利斯三部作品《基督教或欧洲》《夜颂》和《海因里希·封·奥夫特丁根》三部作品中的诗化宗教思想、诗化的宗教体验以及启示和感性体验。在她的另一本专著《德国修养小说研究》(2013)第四章"浪漫与戏仿"中论述了诺瓦利斯的修养小说《海因里希·封·奥夫特丁根》的创作风格。

据中国知网统计，1982—2018年各类有关诺瓦利斯的论文、评论多达114篇，2010—2018年发表的论文高达80篇，自2006年以来有关诺瓦利斯的研究呈快速增长之势，其中硕博士论文共16篇，博士论文一篇，系曹霞2014年在上海外国语大学提交的博士论文《诺瓦利斯作品中的和谐整体观》。冯至与诺瓦利斯关系的研究硕士论文2篇，分别为河北师范大学王学勤提交的硕士论文《借鉴与超越——冯至与诺瓦利斯》以及华中科技大学周晶的《行走在浪漫主义路上——冯至》。共有16篇论文论及冯至与诺瓦利斯的关系，这些文章也主要集中在2002—2016年之间。2011年Cai Ying在慕尼黑大学提交的博士论文Der deutsche Beitrag zur Modernisierung der chinesischen Dichtung（《中国新诗现代化的德国贡献》），其中一节中研究了诺瓦利斯的自然观和生命观对冯至的影响。

三 陈铨的学术评论

冯至是最早研究诺瓦利斯这位早期浪漫派重要人物的中

国学者之一。陈铨 1935 年在《清华学报》上专门发表有关此篇博士论文的书评。

这篇学术书评，呈现出中国日耳曼学学术研究的新风，同为留德博士的陈铨发表了对自己同行的评议，因此要言之有物，在当时的情况下，并非任何一位专家学者能轻易办到。

首先，陈铨强调冯至的研究对象之难："这一个时期，要算德国文学史上最难了解的时期，因为那时的德国文人，差不多都是哲学家。"陈铨进而强调冯至选择诺瓦利斯作为研究对象的代表性意义，"因为他生活思想作品，无处不表现了浪漫主义的成分。"①

其次，陈铨突出了冯至研究方法之新颖："冯先生这一本书，本来是探讨罗发利斯作品的风格，但是他的目标却是罗发利斯的精神，所以他对于形式方面有最严格最科学的分析，但是对于精神方面又有最深刻最明达的了解。这一种精神科学的研究方法，在欧洲还算是很新的方法，也就是冯至先生此书第一个特点。"②

陈铨深谙康德以来德国哲学的发展脉络，因此能敏锐地揭示冯至博士论文研究对象诺瓦利斯的思想与精神源头，尤其是哲学家谢林努力调和的康德二元论，遇到困难

---

① 陈铨. 书评：Die Analogie von Natur und Geist als Stilprinzip in Novalis' Dichtung[J]. 清华学报. 1935.239.
② 同上，240.

时想到了斯宾诺莎的哲学,从而构建了自己的自然哲学（Naturphilosophie）,"他从自然中发现精神,自然同精神的关系,得了一个比斯宾诺莎更深邃的解释。"①陈铨通过诺瓦利斯时代哲学的发展脉络以及诺瓦利斯本人的创作与求学经历出发,认为冯至的博士论文是以"罗法利斯作品中的风格来探讨他的主张,同时就他的主张来解释他的风格"②。

陈铨进而详细对比了康德与诺瓦利斯的思想:"罗发利斯的哲学思想,带了不少神秘的色彩,因为他的思想感觉欲望,是同时的,是一样的。康德在他三大著作里,把思想感觉欲望,分得清清楚楚,罗发利斯却处处把他们混为一谈。他想要把全宇宙组织起来,归根到最后一个统一的原理,要实现黄金时代,要创造新的宗教。在他的著作里边,一切都没有清楚的轮廓,一切都没有绝对的同异。"③研究者要想分清楚诺瓦利斯思想的脉络,必须采取科学的研究态度,展开深入与细致的文本分析。

因此冯至从三个方面分析诺瓦利斯的风格,其一,神话,其二,关于语言的理论,其三,神秘思想的形式。陈铨认为"类比"（Analogie）是诺瓦利斯最重要的思想,因此冯至把握了诺瓦利斯思想的核心,从三个层面展开研究,其

---

①②③ 陈铨. 书评：Die Analogie von Natur und Geist als Stilprinzip in Novalis' Dichtung[J]. 清华学报. 1935.244.

一，研究诺瓦利斯的神秘主义的思想，其二，研究诺瓦利斯回到内心同他的魔术理想主义①，其三，风格的来源。

风格的来源，是冯至论文着力最多的地方，他分十一类（1）光线、颜色；（2）火；（3）流质：水、海、河、泉；（4）天、星、日、月；（5）空气：风、云；（6）夜、黄昏；（7）植物；（8）禽兽；（9）人类；（10）矿物；（11）物理与化学。冯至缜密而细致地分类研究了诺瓦利斯创作中的自然现象及其相应的精神活动，从而深入到诺瓦利斯思想的实质之中。

陈铨对此做出了客观而中肯的评价：

> 德国初期浪漫主义运动者，著作最多的要算梯克（Ludwig Tieck），理论建设最深刻的要算奚勒格尔（Schlegel），但是浪漫主义最好的代表人物，却又要算罗发利斯，因为罗发利斯是浪漫主义的诗人，是浪漫主义的思想家，同时又过的充分的浪漫主义的生活。所以要了解德国的浪漫主义，罗发利斯是第一个要先了解的人。冯先生这一番研究，在德国已经很难，在一个外国学生更不容易，当然要算得德国文学史研究上难能可贵的贡献了。②

---

① 德文原文 der magische Idealismus，陈铨译为"魔术理想主义"，李永平、黄明嘉译为"魔幻唯心主义"，刘小枫《诗化哲学》中译为"魔化唯心主义"。
② 同上，251.

1943年陈铨发表了《青花——理想主义与浪漫主义》一文，以诺瓦利斯的"青花"阐释了诺瓦利斯的思想，并希望用诺瓦利斯的思想反击中国文学的墨守陈规，从而影响中国当代文学的创作。

四　结语

冯至的博士论文对中国学者的德语文学研究具有多重意义和参考价值；首先他是较早以德国文学的重要作家作为研究对象的中国学者之一，在接受了德国大学学术规范的前提下，在研究内容和范式上有所创新和突破；其次，他选定的研究对象德国浪漫派作家诺瓦利斯具有非常重要的研究价值。诺瓦利斯生活的时代，德意志虽然四分五裂，但是在文学与艺术上却是一个群星璀璨的时代。诺瓦利斯这位作家思想宇宙极为宽广，文学构想特别新奇，由于英年早逝，文学作品断片式呈现，如果没有扎实的语言基本功、对于德国文学与思想的宏观把握、超高的悟性、吃苦耐劳的精神以及向德国好友虚心求教，很难写出这份具有较高学术价值的论文，因此这篇博士论文对"以研究为志业"的青年学者无疑具有重要的参考价值；最后，冯至的博士论文开国内研究诺瓦利斯之先河，这篇论文对国内诺瓦利斯的学术研究热潮也定出了较高的标准。我们要追问，国内迄今发表的为数众多诺瓦利斯的研究论文能否比冯至这篇论文具有更新的拓展与深入呢？

本书依照冯至1935年博士论文影印件录入德文，并得到李永平和黄明嘉两位先生的授权，收录了他们的译文，附录了陈铨先生的书评，供感兴趣的读者对比与研究。

最后感谢同济大学德语笔译专业硕士林夕，帮编者认真仔细录入了德文部分以及陈铨的书评。

2021年9月28日于
宁波大学外国语学院

参考底本

Feng Tscheng-Dsche. Die Analogie von Natur und Geist als Stilprinzip in Novalis' Dichtung [D]. Heidelberg：Ruprecht-Karls-Universität zu Heidelberg，1935.

范大灿编.冯至全集 第七卷[M].石家庄：河北教育出版社.1999：3—141.

Die Analogie
von Natur und Geist
als Stilprinzip
in Novalis' Dichtung

Inaugural-Dissertation

zur

Erlangung der Doktorwürde

Einer hohen

Philosophischen Fakultät

der

Ruprecht-Karls-Universität zu Heidelberg

vorgelegt von

Tscheng-Dsche Feng

aus Tzo, China

1935

Referent Prof. Dr. Ewald A. Boucke

Inhalt

Mystische Denkform

Weg nach Innen und magischer Idealismus

Zum Ursprung und Wesen von Novalis' Stil

Die einzelnen Gruppen

1. Licht, Farbe

2. Feuer

3. Das flüssige: Wasser, Meer, Strom, Quelle

4. Himmel, Stern, Sonne, Mond

5. Luft, Wind, Wolke

6. Nacht, Dämmerung

7. Pflanzenwelt

8. Tierwelt

9. Mensch

10. Mineralien

11. Physikalisches und Chemisches

Schlußbemerkungen

Wörterverzeichnis

Bibliographie

Lebenslauf

Mystische Denkform

„Verbindet die Extreme, so habt ihr die wahre Mitte."

Fr. Schlegel.

Novalis, der Dichter im frühromantischen Kreise, gehört zugleich in die Geschichte der Philosophie. Bei ihm verließen Dichtung und Philosophie in eins wie bei Frühromantikern überhaupt.

Novalis ist einer der Dichter, die sich mit bloßem Dichten allein nicht begnügen, sondern darüber hinaus die Wissenschaften und die Welt zu poetisieren trachten. Am 24. Februar 1798 schreibt er aus Freiburg an A. W. Schlegel: „Die Wissenschaften müssen alle poetisiert werden — von dieser realen wissenschaftlichen Poesie hoffe ich recht viel mit Ihnen zu reden" (IV. 229). In den Paralipomena zum Heinrich von Ofterdingen lesen wir: „Allerhand Wissenschaften poetisiert, auch die Mathematik im Wettstreit... Die Poetisierung der Welt — Herstellung der Märchenwelt" (I. 242, 246). Novalis' früher Tod bringt alles, was er in seinen letzten Jahren so intensiv wie keiner gaplant hat, zum ewigen Scheitern. Er durfte weder die Märchenwelt im zweiten Teil des Heinrich von Ofterdingen weiter und tiefer gestalten, noch die reale wissenschaftliche Poesie in seiner Enzyklopädie aufbauen. Seine Schriften gemahnen uns an einen unvollendeten Tempel, dessen Basis schon mit bunten Steinen geheimnisvoll belegt ist. Einige Partien, die zum Glück ausgeführt sind, lassen uns annehmen, daß ein großartiger Bau daraus hätte entstehen können, wenn der Baumeister nicht so früh hingeschieden wäre. Wir meinen hiermit die fragmentarischen Lehrlinge zu Sais und den unvollendeten Heinrich von Ofterdingen, die Hymnen an die Nacht und die geistlichen Lieder, die Fragmente und die Paragraphen zur Enzyklopädie, worin er „ein lebendiges wissenschaftliches Organon hervorzubringen" denkt (IV. 240. 7. Nov. 1798 an Fr. Schlegel).

Novalis ist in der Geschichte der Philosophie in die Reihe der Mystiker zu stellen. Denn mit seinem Denken ist zugleich Fühlen und Wollen verschmolzen. Die Einigung von Denken, Fühlen und Wollen vollzieht sich bei ihm wie bei vielen ihm Verwandten.

Novalis fühlt sich berufen, die Welt von Anfang an zu organisieren und alle Wissenschaften auf ihre letzte Einheit zurückzuführen, das goldene Zeitalter zu beschwören und eine neue Religion zu stiften: mit der Kraft seines dichterischen „Gemütes": Alle seine Welke sind dichterisch durchwoben und durchwirkt, dichterisch konzipiert und gestaltet. Wir betrachten daher seine Schriften vorab als Dichtungen, einerlei was für eine Form er vorzieht und welchen Inhalt er behandelt.

In der vorliegenden Arbeit versuchen wir zu erforschen, wie ihm Subjekt oder Objekt, Innen- und Außenwelt, Geist und Natur ineinanderließen, und wie von hier aus sein dichtericher Stil entsteht. Wir möchten uns zunächst über die naturphilosophische Grundlage unterrichten, worauf sein Stil beruht, um im zweiten Teil nach denen Erhellung die „Stilprizipien" untersuchen zu können.

Wenn wir Novalis' Schriften aufschlagen, so werden wir überall von Säzten überrascht, die alles für korrelativ erklären oder als korrelativ voraussezten. Seine Dichtungen gleichen einer Welt, wo alle Grenzen verwischt sind, alle Enden sich berühren und alle Gegensäzte sich vermählen. Zum Wort Zugleich, einem der bezeichnendsten und beliebtesten Ausdrücke der Romantik, bekennt sich auch Novalis: In der Natur ist ihm nichts „so bemerkenswert als das große Zugleich" (I. 34) Was fremd ist, ist zugleich bekannt, was fern ist, zugleich nah.

Im Raum verschwinden ihm alle Grenzen von Ferne und

Nähe, von Höhe und Tiefe, von Endlichkeit und Unendlichkeit. In der Begeisterung seiner ersten Liebe zu Mathilden ruft Heinrich von Ofterdingen aus: „Jene Fernen sind mir so nah, und die reiche Landschaft ist mir wie eine innere Phantasie" (I. 183). Bei den Unterhaltungen über die Natur zu Sais nimmt der schöne Jungling den Spiegel des Himmels im Wasser als „eine zarte Befreundung, ein Zeichen der Nachbarschaft" (I. 37). Besonders fließen natürlich in Märchen, dem „Kanon der Poesie", Himmel und Erde „in süße Musik" zusammen (I. 203). Und die „Unendlichkeitn verhalten sich wie die Endlichkeiten, mit denen sie im Wechsel stehen" (III. 101).

Das Im-Wechsel-Stehen gilt nicht nur für das Räumliche, sondern auch für das Zeitliche: Vergangenheit und Zukunft, Anfang und Ende, Dauer und Augenblick.

Der Graf von Hohenzollern unterrichtet uns über die Regel der Geschichte mit folgenden Worten: „Und nur dann, wenn man im stande ist, eine lange Reihe zu übersehen…, bemerkt man die geheime Verkettung des Ehemaligen und Künftigen, und lernt die Geschichte aus Hoffnung und Erinnerung zusammensetzen" (I. 162) — Nachdem der eisame traurige Pilge Ofterdingen die Stimme seiner verstorbenen Mathilde aus einem Bau vernommen hat, haben sich Zukunft und Vergangenheit „in ihm berührt und einen innigen Verein geschlossen" (I. 226). — Im Gedicht „Die Vermählung der Jahreszeiten" spricht die Königin ihren (und das Novalis) innigsten Wunsch aus, der „schon längst auf den Lippen der tiefer Fühlenden schwebte":

> *„Wären die Zeiten nicht so ungesellig, verbände*
> *Zukunft mit Gegenwart und mit Vergangenheit sich,*
> *Schlösse Frühling sich an Herbst und Sommer an Winter,*
> *Wäre zu spielendem Ernst Jugend mit Alter gepaart:*
> *Dann, mein süßer Gemahl, versiegte die Quelle der Schmerzen,*
> *Aller Empfindungen Wunsch wäre dem Herzen gewährt."* (I. 249)

In der Höhle singt der Graf von Hphenzollern, wenn er sich an die Vergangenheit erinnert:

> *„Jene lange Zahl von Tagen*
> *Dünkt mir nur ein Augenblick;"* (I. 159)

und seitdem er in den Hallen einsiedelt, vergeht ihm die Zeit „wie ein Augenblick" (I. 161). — Ein weiteres Beispiel: „Wenn man die grauen Steine, die blizähnlichen Risse" auf dem Berge trachtet, erblickt man auch „die weitesten Geschichten in kleine glänzende Minuten zusammengezogen" (I. 229).

Des Novalis Gedanke schweift so weit, daß auch Raum und Zeit sich relativ verhalten. „Zeit und Raum entstehen zugleich und sind also wohl eins wie Subjekt und Objekt. Raum ist beharrliche Zeit — Zeit ist fließender Raum" (III. 156).

Allen menschlichen Bezug überhaupt empfindet Novalis relativ.

Die Naturempfindung kann an einem Ende „ein lustiger Einfall" werden, aber sie verwandelt zugleich „zur andächtigen Religion" und gibt „einem ganzen Leben Richtung, Haltung, Bedeutung".(I. 17) In der Vermählung der Jahreszeiten, die wir schon vorher angeführt haben, soll „Jugend mit Alter gepaart" werden, jedoch „zu spielendem Ernst". — „Unlust ist Mittel zur Lust, wie Tod Mittel zum Leben." (II. 349) — *In einer neuen Welt sind Wehmut und Wollust, Tod und Leben „in innigster Sympathie'* (I. 223). — „*Wahrheit ist ein vollständiger Irrtum, wie Gesundheit eine vollständige Krankheit"* (III. 37). — *„Der Idealism ist nichts als ein echter Emperism"* (III. 123). — *„Der echte König wird Republik, die echte Republik König sein"* (II. 52). — *„Das Publikum ist eine unendlich große, mannigtache, interessante Person'* (II. 327). — *„Der Mann ist* *gewissermaßen auch Weib, so wie das Weib Mann'* (III. 81).

Dergleichen Sätze tauchen überall bei Novalis auf: aus ihrer Fülle stehen hier nur wenige.

Das große Korrelativsein Novalis entweder in der umgebenden Welt, oder er ahnt es in einer märchenhaften, die ihm noch wirklicher zu sein scheint. Dieses Sehen, dieses Fühlen und Denken kennen wir ähnlich bei vielen anderen Denkern: z.B. bei Heraklit, bei Apostel Paulus, bei Lao-Tze und bei den mittelalterlichen Mystikern; sie alle spielen neben ihren Widersachern, den Rationalisten, eine große Rolle in der Geschichte der Philosophie. Ausdrücke, die Novalis anzuwenden pflegt, wie: „Im-Wechsel-Stehn", „Die geheime Verkettung", „Einen innigen Verein schließen" …begegnen uns ähnlich oft in den Schriften der Anderen. Sie denken in der Form des Kreises und haben besondere Vorliebe für die Kettenform des Satzbaues, um ihren Gedanken darin auszudrücken. H. Leisegang hat in seinem Buch „Denkformen" eine klare Charakteristik dieser Denkweise aufgestellt und ihr den Namen „Kreisdenkform" gegeben, während er die Denkform der Rationalisten „Pyramidenform" nennt. Er wird den Mystikern gerecht, die von den Rationalisten wegen Widerspruchs zum logischen Denken in Bann getan werden. Sie denken in anderer Form als diese und haben ihrer eigene „Logik".

Der metaphysische Grund, aus dem diese Logik erwächst, ist das Eins-Sein der Welt des Geistes mit der des organischen Lebens. [1] Geist und Leben fließen ineinander und sind ihrem Wesen nach dasselbe. Durch die Betrachtung des Lebens Prozesses in der Natur, etwa des Kreislaufes des Samens in der Pflanzenwelt, gewinnt der Mystiker den Grundgedanken, die er auf die Menschheit und auf den ganzen Kosmos überträgt.

Die Begriffe der Mystischen Logik sind keine abgeleiteten, sondern lebendige Grundformen aus dem Kreislauf der Dinge. Begriffe und Stationen, die sich sonst immer gegenüberstehen, z.B. Tag und Nacht, Licht und Finsternis, Geist und Körper, werden hier verknüpft und zu einem Ring gebildet. Tag wird mit Nacht und Nacht wieder mit Tag relativ verbunden. Alle Extreme berühren sich im ewigen Kreislauf.

Aus dem Samen keimt ein Organismus, der später wieder neuen Samen zeugt. Aus ihm sprießt wieder neues Leben. Daraus folgert der Mystiker, das Leben sei Anfang des Todes und der Tod Anfang des Lebens, beide somit eins. — Ohne Licht ist Schatten nicht zu denken; also sind für den Mystiker Licht

---

[1] Vgl. Hans Leisegang, Denkform, 1928, S. 134 f.

und Schatten das nähmliche. Kurzem: die Analogie führt solche Denker zu den kühnsten metaphysischen Identifizierungen. Zum Beweis des auf diesem Wege gefundenen Satzes dient ihnen wiederum die Analogie. Sie ist ihr Hauptwerkzeug.

Novalis denkt in dieser Weise. Er sieht und empfindet zugleich auch so, wie er denkt. „Denken, empfinden — schließen — urteilen — phantasieren — sehn usw. sind eine Operation —, nur nach den Gegenständen oder der Direktion verschieden" (III. 34). Er hat nicht nur Sehen und Empfinden mit Denken identifiziert, sondern auch Wollen und Machen: „Das echte Denken erscheint wie ein Machen — und ist auch solches" (III. 135). „Denken ist Wollen oder Wollen — Denken" (III. 261). Die Einigung von Denken, Empfinden und Wollen, die wir oben erwähnt haben, wäre für den reinen Philosophen allerdings ein großes Wagnis, aber für den Dichter und Mystiker Novalis ist sie der einheitliche Urzustand, aus dem er sinnt und schafft.

In dieser Einheit hat er weder wie der junge Friedrich Schlegel die Zerrissenheit von Verstand und Empfindung, die Spaltung von Ideal und Wirklichkeit in sich gespürt, noch wie Tieck die große Desillusion erlebt. Novalis ist frei von einem Wesenszug der Romantiker: der romantischen Ironie. Unter seinen Gesinnungsgenossen blieb er der reine Dichter und der einzige Mystiker, der alles harmonisiert.

Die Welt ist für Novalis ein großer Organismus, der immer fließt und sich bewegt. Was knüpft zugleich löst, was mischt zugleich trennt, was bindet zugleich gliedert. Gleichheit, Aehnlichkeit, und Verwandtschaft sind die Hauptfarben aller Dinge in dem großen Organismus. Diesen vergegenwärtigt uns z.B. das Gedicht Astralis, aus dem wir einige Verse hier zitieren:

„Eins in Allem und Alles in Einen

Gottes Bild auf Kräutern und Steinen,

Gottes Geist in Menschen und Tieren,

Dies muss man zu Gemüte führen.

Keine Ordnung mehr nach Raum und Zeit

Hier Zukunft in der Vergangenheit." (I. 222)

Weg nach Innen und magischer Idealismus

Gegen das Ende des Jahres 1797 übersiedelt Novalis nach Freiberg, um sich dort an der Bergakademie in die naturwissenschaftlichen, besonders geologischen, Studien zu vertiefen. Da vollzieht sich in seinem Geist die große Wendung zur Natur. Wie er vorher durch Sophiens Tod zu Spekulationen über Religion und Todesmystik getrieben wurde und wie er später nach der Bekanntschaft mit Tieck im Sommer 1799 sich der Poesie hingibt, so beschäftigt er sich während des ganzen Jahres 1798, durch seine Studienfächer angeregt, sehr intensiv mit der Natur. Er ist darin Vielen, z.B. Rilke, wesensverwandt: Innewohnender, „potenzieler" Gehalt wartet gleichsam des Erlebnisses, um erlöst und offenbar zu werden. Die Tür ihrer reichen Welt bedarf des Klopfens einer fremden Hand. Ohne die Freiberger Zeit wären Novalis' Gedanken über die Natur undenkbar.

Nach der Ankunft in Freiburg zu Weihnachten 1797 schreibt er an A. W. Schlegel: „Freilich bin ich anzubieten habe" (IV. 218). Zwei Monate später teilt er demselben mit: „Ich habe noch einige Bogen logologische Fragmente, Poetizism, und einen Anfang unter dem Titel ‚der Lehrlinge zu Sais' — ebenfalls Fragmente — nur alle in Beziehung auf Natur" (IV. 229).

In einem Teil der Fragmente und in den Lehrlingen zu Sais ist das Hauptthema die Natur. Der Zugang zur Natur ist aber nichts anderes als der Weg nach Innen.

Die Natur ist für Novalis nicht die objektive, die entweder von Wissenschaftlern erforscht oder von Dichtern, z.B. von Goethe, mit Augen gesehen und beschrieben wird, sondern die transzendentale.

Unter den Romantikern haben Tieck und E. T. A. Hoffmann die Natur vor allem dämonisiert und ihr eine grausame Gewalt zugeschrieben. Friedrich Schlegel und Novalis leben noch in ihrer Ideenwelt, die sich hinter und über die Natur stellt, während die Heidelberger die phänomenale Natur wieder entdecken und erkennen.[1]

Im Gegensatz zu Goethe, der die Idee aus der Wirklichkeit herleitet, wertet Novalis die Idee höher als diese. Er bekennt:

„Die Welt muß romantisiert werden. So findet man den ursprünglichen Sinn wieder. Romantisieren ist nichts als eine qualitative Potenzierung. Das niedre Selbst wird mit einem bessern Selbst in dieser Operation identifiziert. So wie wir selbst eine solche qualitative Potenzenreihe sind. Diese Operation ist noch ganz unbekannt. Indem ich dem Gemeinen einen hohen Sinn, dem Gewöhnlichen ein geheimnisvolles Ansehn, dem Bekannten die Würde des Unbekannten, dem Endlichen eine unendlichen Schein gebe, so romantisiere ich es. — Umgekehrt ist die Operation für das Höhere, Unbekannte, Mystische, Unendliche —

---

[1] Vgl. A. Baeumlers Einl. zu dem „Mythus von Orient und Occident" aus den Werken von J. J. Bachofen. S. CLXXI f.

dies wird durch diese Verknüpfung logarithmisiert. — Es bekommt einen geläufigen Ausdruck. Romantische Philosophie. Lingua romana. Wechselerhöhung und Erniedrigumg" (II. 335).

Die Sinnenwelt ist somit nur eine gemeine, vordergründliche Welt, hinter der Novalis eine höhere entdeckt. Diese zweite, unbekannte, mystische, unendliche Welt ist Inbegriff der Natur, nach der Novalis große Sehnsucht hegt. Für sie hat die Sinnenwelt nur symbolische Bedeutung. So faßt Novalis die Natur als Chiffernschrift auf. Die geheimnisvolle Schrift zu entziffern ist sein tägliches Werk. Die wahre, höhere Welt gleicht dem verschleierten Bild der Göttin zu Sais. Um das Bild zu entschleiern, bedarf es einer langen Pilgerfahrt. — Der Mensch „ist Messias der Natur". Er muß die Natur erlösen.

Wo ist doch die wahre Natur? Wie kann man die Natur erlösen? Novalis gibt uns Fingerzeige in einem viel zitierten Distichon:

„Einem gelang es — er hob den Schleier der Göttin zu Sais — Aber was sah er? Er sah — Wunder des Wunders — sich selbst." Hier findet sich der Schlüssel zur Mystik des Novalis.

Wie alle Gegensätze relativ sind und der eine nur in dem

anderen seine Bedeutung hat, so ist nun die Grenze der Außen- und der Innenwelt aufgehoben: Die Bedeutung des Außen kann man nur im Innen finden. Über die Beziehung der Außen- und der Innenwelt unterrichtet uns Novalis in einem Fragmente, welches in der Mitte des „Blütenstaub" steht:

„In sich zurückgehn bedeutet bei uns, von der Außenwelt abstrahieren. Bei den Geistern heißt analogisch das irdische Leben eine innere Betrachtung, ein in sich Hineingehen, ein immanentes Wirken. So entspringt das irdische Leben aus einer ursprünglichen Reflexion, einem primitiven Hineingehn, Sammeln in sich selbst, das so frei ist als unsere Reflexion. Umgekehrt entspringt das geistige Leben in dieser Welt aus einem Durchbrechen jener primitiven Reflexion. Der Geist entfaltet sich wiederum, geht aus sich selbst wieder heraus, hebt zum Teil jene Reflexion wieder auf und in diesem Moment sagt er zum erstenmal Ich. Man sieht hier, wie relativ das Herausgehn und Hineingehn ist. Was wir Hineingehn nennen, ist eigentlich Herausgehn, eine Wiederannahme der anfänglichen Gestalt" (II. 22).

Aus diesem Fragment erhellt: 1. Bei den Geistern (die keine Gespenster sind, sondern solche, die den Tod überwunden haben und „die Besten unter uns, die schon bei ihren Lebzeiten zu der Geisterwelt gelangten" (III. 33))ist das irdische Leben eine innere Betrachtung. 2. In der Welt besteht erst die Spaltung des irdischen und des geistigen Lebens. 3. Wenn wir in uns hineingehen, können wir wieder die anfängliche Gestalt finden.

Dank diesen Erkenntnissen bahnt sich Novalis den Weg nach Innen.

Der Gedanke des „Weg nach Innen" ist schon im Keime seines Philosophierens enthalten. Das Sterben, die Außen- und die Innenwelt zu verbinden, beschäftigt Novalis bereits vor der Freiberger Zeit. Aus seinen philosophischen Studienheften wissen wir, daß er sich bemühte, „eine innere Welt zu schaffen, die eigentlicher Pedant der äußern Welt ist" (II. 271). Und die „innere Welt muß durchaus, bis in die kleinsten Teile korrespondieren" (II. 277); denn „Sinnen- und Geistwelt sind sich schlechterdings nur im Wechsel entgegengesetzt" (II. 271 f.). Auf diese kühle philosophische Spekulation folgt dann das innigste Bedürfnis nach dem Innen, welches er in seinen Schriften allenthalben zum Ausdruck bringt. So in den Lehrlingen zu Sais: „Mich führt alles in mich selbst zurück" (I. 13). Und im Blütenstaub:

„Nach Innen geht der geheimnisvolle Weg. In uns, oder nirgends ist die Ewigkeit mit ihren Welten,

die Vergangenheit und Zukunft. Die Außenwelt ist die Schattenwelt, sie wirft ihren Schatten in das Lichtreich. Jetzt scheint es uns freilich innerlich so dunkel, einsam, gestaltlos, aber wie ganz anders wird es uns dünken, wenn diese Verfinsterung vorbei, und der Schattenkörper hinweggekrückt ist. Wir werden mehr genießen als je, denn unser Geist hat entbehrt" (II. 17).

In diesem geheimnisvollen Innern, welches Novalis innig und ekastatisch erlebt, findet er das große Einswerden von Außen- und Innenwelt; jene ist nur Schatten oder Schein und ihr Sinn ist aus dieser lesbar. Das ist Novalis' eigentümliches Erlebnis: er fühlt sich fremd in der Welt und stirbt nach dem Jenseits oder nach dem Innen. In diesem Land des Jeseitigen oder des Innen — er nennt es „Heimat" — angekommen, betrachtet er, rückwärts gewandt, die ihm fremde Welt.[1] So behandelt er das Lebens- und Todesproblem; so behandelt er die Natur. Die Welt wird mystisch gefärbt, die Natur romantisiert und zu einem großen Organismus potenziert, ein großer Entwurf geplant zur Bildung der Natur. Novalis fühlt zu dieser Aufgabe eine hohe Sendung: „Wir sind auf einer Mission: zur Bildung

---

[1] Vgl. P. J. Gremers: Der magische Idealismus als dichterisches Formproblem in den Werken Hardenbergs, 1921 (Bonn. Diss. S. 68).

der Erde sind wir berufen" (II. 20). Diese Mission erfüllt der magische Idealismus.

Der magische Idealist Novalis heißt einerseits den inneren Sinn (Moralorgan) ausbilden und andererseits die Natur moralisieren. Er ist sich bewußt, daß die Sinne jetzt zu stumpf sind, um wahre Natur „wahr" zu nehmen, während in der goldenen Zeit

> „... *die Sinne licht*
> *In hohen Flammen brannten,*
> *Des Vaters Hand und Angesicht*
> *Die Menschen noch erkannten."* (I. 65).

In den Lehrlingen zu Sais wird oft von der Übung der Sinne gesprochen. Das Hauptziel dieser Übung ist das Moralorgan — ein Ausdruck, den Novalis von Hemsterhuis übernommen hat —, ein Organ für Relation, Zusammenhänge.... Über den unzulänglichen Verstand setzt Novalis als höchstes Organ das Maralorgan, welches er an anderer Stelle auch Gewissen nennt. Er betrachtet es als einen Sinn, der aber nicht wie andere Sinne von der Sinnenwelt affiziert wird und passiv ist, sondern als ein aktiv schöpferisches Vermögen.[1] Dieses Organ ist bei Novalis

---

[1] Vgl. N. Hartmann, Die Philosophie des deutschen Idealismus, Bd. I, S. 230.

originell, obwohl er Hemsterhuis „Erwartungen vom moralischen Organ" für „echt prophetisch" hält. Diese Moralität kennt weder Bestimmtes noch Gesetze (wie Moralen schlechthin); sie ist eine große Entschlossenheit. Von ihr wird die Natur erzogen und gebildet.

Novalis sagt darüber:

„wir müssen Maggier zu werden suchen, um recht moralisch sein zu können. Je moralischer, desto harmonischer mit Gott — desto göttischer — desto verbündeter mit Gott. Nur durch den moraischen Sinn wird uns Gott vernehmlich. — der moralische Sinn ist der Sinn für Dasein, ohne äußre Affektion — der Sinn für Bund — der Sinn für das Höchste — der Sinn für Harmonie — der Sinn für frei gewähltes und erfundenes und dennoch geheimschaftliches Leben — und Sein — der Sinn fürs Ding an sich — der echte Divinationssinn (divinieren, etwas ohne Veranlassung, Berührung, vernehmen). Das Wort Sinn, das auf mittelbares Erkenntnis, Berührung, Mischung, hindeutet, ist hier freilich nicht recht schicklich — indes ist ein unendlicher Ausdruck — wie es unendliche Größen gibt. Das Eigentliche kann hier nur approximando, zur Notdurft, ausgedrückt werden. Es ist Nicht-Sinn oder Sinn, gegen den

jenes — Nicht-Sinn ist. Will ich nun Gott oder die Weltseele in dem Himmel setzen? Besser wäre es wohl, wenn ich den Himmel zum moralischen Universo erklärte — und die Weltseele im Universum ließe." (III. 70).

Das ist die Definition des moralischen Organs, des moralischen Sinnes. Wenn wir die Unterhaltung von Sylvester mit Ofterdingen lesen, die den unvollendeten Roman plötzlich beendet, so ist uns die Bedeutung dieses Sinnes noch konkreter und klarer (nur wird hier der moralische Sinn Gewissen, die Moralität Tugend genannt):

„Es gibt nur eine Tugend — den reinen, ersten Willen, der im Augenblick der Entscheidung unmittelbar sich entschließt und wählt. In lebendiger, eigentümlicher Unteilbarkeit bewohnt es (das Gewissen) und beseelt es das zärtliche Sinnbild des mennschenlichen Körpers und vermag alle geistigen Gliedmaßen in die wahrhafteste Tätigkeit zu versetzen." (I. 236).

„Nun wird es ... wohl begreiflich sein, daß die ganze Natur nur durch den Geist der Tugend besteht und immer beständiger werden soll. Er ist das allzündende, allbelebende Licht innerhalb der irdischen Umfassung" (I. 237).

Wer Messias der Natur ist und alle Rätsel zu lösen vermag,

besitzt diese Tugend. Er übt sie auf die Natur aus, um sie zu bilden und zu erziehen: kraft der Magie.

Magie ist die Kunst, die Außenwelt, der auch unser Körper angehört, durch den Willen zu beherrschen und willkürlich, ja geheimnisvoll zu beleben. Die Magie bei Novalis unterscheidet sich von jener, die in Akkultismus ausgeartet ist, dadurch, daß sie die Natur beseelt und das Wunderbare, Unbegreifliche erzeugt, während jene in der Natur dunkle, unheimliche Kräfte sehen will zur Lösung menschlicher Rätsel. Der Magier bestimmt und ordnet die Natur; der Okkultist ist dumpfen „Mächten" untertan. Der Magier ist durch den „echten philosophischen Akt der Selbsttötung" jenseits der Dinge und außer sich, um „wahre Aufschlüssel über Körper — Seele — Welt —Leben— Tod und Geisterwert zu erlangen". Durch seinen Willen („mägisches, kräftiges, Denkvermögen") ist jeder Magier nach seiner Art Schöpferseiner Welt. Dieser magische Willensakt, der die Welt schöpft, erinnert an das Bibelwort: Es werde Licht! Und es ward Licht.

Daß das Du sich schon im Ich findet, bevor es außer dem Ich erscheint, ist einer der Wesenszüger der Mystik. Daß magisches oder magnetisches Leben dem organischen übergeordnet ist, „wie die Idee des Kunstwerks im Haupte des Künstlers dem

Kunstwerk selbst vorausgeht"[1], gehört zur Weltanschauung der frühen Romantik. (Davon wird auch viele spätere romantische Naturphilosophen überzeugt.) Alle Überzeugung aber ist nach Novalis:

> „... *unabhängig von der Naturwahrheit. — Sie bezieht sich auf die magische oder die Wunderwahrheit. Von der Naturwahrheit kann man nur überzeugt werden — insofern sie Wunderwahrheit wird. Aller Beweis fußt auf Überzeugung, und ist mithin nur ein Notbehelf im Zustand des Mangels an durchgängiger Wunderwahrheit. Alle Naturwahrheiten beruhen demnach ebenfalls auf Wunderwahrheit"* (II. 345).

Kurz: Von Innen aus die Natur zu betrachten und die Natur im Innen sich anzueignen, mit dem moralischen Organ das Zugeeignete zu romantisieren, einen großen Entwurf, ein Weltschema zu suchen und schließlich dasselbe durch magischen Willen aud die Natur zu projizieren, die Natur zu moralisieren: dies ist der Kreislauf von Natur und Geist. Dabei ist der Geist der aktive Teil, die handelnde Kraft.

Geist ist der Künstler, der entwirft und vollendet; Natur ist

---

[1] Ricarda Huch, Die Romantik, Bd. II. S. 49.

Stoff und Matrial, das der Künstler zum Kunstwerk verwandelt. Der Geist strebt und handelt; die Natur leidet und dient. Der Geist schafft; die Natur zeugt. Die „Ehe von Natur und Geist" ist eine Grundidee des Novalis und der ramantischen Philosophie.

„Der Natur ist eine Aeolsharfe — sie ist ein musikalisches Instrument — dessen Töne wieder Tasten höherer Saiten in uns sind." (III. 251).

„Was ist die Natur? — Ein enzyklopädischer, systematischer Index oder Plan unsers Geistes. Warum wollen wir uns mit dem bloßen Verzeichnis unsrer Schätze benügen. — Laßt sie uns selbst besehn — und sie mannigfaltig bearbeiten und benutzen" (II. 369).

Der Geist des Novalis ist, wie wir sahen, so tief mit der Natur verwoben, daß diese Vermählung allenthalben wahrnehmbar ist: seinem dichterischen Stil, den wir nun untersuchen, dient die Natur als Tropus, Symbol, Allegorie.

Zum Ursprung und Wesen von Novalis' Stil

Um ein Gesamtbild des Stils von Novalis zu gewinnen, gehen wir von drei Punkten aus: seiner Kanonisierung des Märchens, seiner Sprachtheorie und mystischen Denkform. (Die letzte haben wir im ersten Kapitel behandelt.) Daraus werden wir schließen können, daß sein Stil auf Beseelung der Natur, Bildlichkeit der Sprache und Analogie fußt.

Eine Wunderwelt, d. h. die romantische, herzustellen, ist die größte Aufgabe für Novalis. Ihr ist aber nur der echte Dichter gewachsen. Novalis erfaßt den Begriff des Dichters viel ursprünlicher und tiefer als er landläufig gescheint: Sein Amt ist ihm noch verwandt mit dem des Wahrsagers und Priesters, des Arzters und Gesetzgebers. Durch Klingsohrs Mund bedauert Novalis: „Es ist recht übel, daß die Poesie einen besonderen Namen hat, und die Dichter eine besondere Zukunft ausmachen" (I. 191). Der Dichter ist vielmehr allwissend: er versteht die Natur besser als irgendein wissenschaftlicher Kopf. Er ist ein Mikrokosmus, eine wirkliche Welt im Kleinen. Er vermag aus dem Bekannten das Unbekannte zu finden, das Unmögliche möglich zu machen, seine Gewalt auf die Tier-, Pflanzen- und Steinwelt auszuüben und die Natur in ewige Bewegung und menschenähnliche Handlung zu bringen. Sein Wort gleicht dem Zauberwort, seine Welt ist sein eigenes Instrument, welches er auf verschiedene Weise spielt. Er ist eigentlich ein Zauberer, ein großer Magier.

In den Lehrlingen und im Ofterdingen lesen wir viele

Stellen, wo Novalis die Dichtung über alles preist und dem Dichter huldigt. Denn nur die Poesie kann das Wunderbare in der Welt zeugen und die Wunden heilen, „die der Verstand schlägt". Ein Fragment lautet folgendermaßen:

> *„Der Sinn für Poesie hat nahe Verwandtschaft mit dem Sinn der Weissagung und dem religiösen, dem Sehersinn überhaupt. Der Dichter ordnet, vereinigt, wählt, erfindet — und es ist ihm selbst unbegreiflich, warum gerade so und nicht anders"* (III.349).

Diese Poesie, die Novalis verkündet, ist weder von dem Verstand getauft noch der „Ökonomie" unterworfen. — Aus dieser Haltung entsteht seine Polemik gegen Wilhelm Meister. Obgleich er von ihm sehr viel gelernt hat, muß er ihn schließlich doch zu den größten Widersachern seiner „Pluspoesie" zählen. Denn „der Verstand ist darin wie ein naiver Teufel". Und er sieht „deutlich die große Kunst, mit der die Poesie durch sich selbst im Meister vernichtet wird — und während sie im Hintergrunde scheitert, die Ökonomie sicher auf festen Grund und Boden mit ihren Freunden sich gütlich tut und achselzuckend nach dem Meer sieht" (IV. 331. Brief an Tieck).

Gegenüber diesem Roman, dem „Werk des Verstandes", erhebt Novalis das Märchen zum Inbegriff der Poesie. Wie die

Fabel in der Aufklärungszeit, wo der Verstand über allem als Herscher stand, eine beliebte Dichtungsgattung wurde, um die Menschen durch Handlung der Tiere und Pflantzen aufzuklären und zu belehren, so vertritt bei den Romantikern das Märchen, welches die Natur beseelt, sogar das ganze Gebiet der Poesie.

Das Hauptwerk von Novalis, Heinrich von Ofterdingen, können wir als ein großes Märchen betrachten. Es beginnt mit einem Traum, der das Kommende vordeutet und erschließt eine geheimnisvolle Welt. Es ist ein Werk geschaffen, ohne Rücksicht auf Realität: die Gestalten aus verschiedenen Ständen, die in diesem Roman vorkommen, sprechen in einem Ton, als ob sie einer geistigen Familie angehörten. Sie ahnen alles voraus, was sie später erleben. Die Seele des Dichters durchfließt den ganzen Roman wie die des Volks ein Volksmärchen. Obwohl Roman betitelt, ist es doch dem Wesen nach ein Märchen im romantischen Sinne; Novalis selbst sagt: „Der Roman soll allmählich in Märchen übergehen" (IV. 333). Er glaubt, am besten seine Gemütsstimmung im Märchen ausdrücken zu können (III. 220).

Novalis vergleicht Märchen mit Traum. (Dem Traum, der sein „großes Ansehen" seit langem verloren hatte, wird von den Romantikern eine tiefe Bedeutung zugeschrieben. Wir erleben eine reiche Traumwelt in Tiecks Märchen und Novalis' Dichtungen, in E. T. A. Hoffmanns Erzählungen, Arnims Roman und Brentanos Romanzen; und viele romantische Philosophen bauen für uns obendrein die Brücke zu jener Welt: z. B. G. H. v. Schubert in seiner „Symbolik des Traums".) Novalis klagt, daß wir uns nicht mehr in einer Feenwelt erblicken können. Es liege nur an der Schwäche unserer Organe und der Selbstberührung, daß Märchen und Traum vernachlässigt und uns fremd geworden sind. Für Novalis sind „alle Märchen nur Träume jener heimatlichen Welt, die überall und nirgends ist" (II. 352). Traum und Märchen sind Geburten aus Assoziation und Zufall, den der Dichter anbetet. Sie bilden beide ein in sich geschlossenes Dasein, worin die Phantasie alles zu bewirken vermag. Es ist ein Spiegel der wahren Welt und zugleich ihr Urzustand. Kurz: im Märchen ist für Novalis mehr Wahrheit als in gelehrten Geschichtsbüchern, und alles muß in Märchen übergehen.

Nach Novalis' Meinung muß romantische Prosa höchst abwechselnd und wunderbar sein; sie soll sonderliche Wendungen und rasche Sprünge haben. Daher ist das Märchen die geeignetst Form. Novalis sagt:

„In einem echten Märchen muß alles wunderbar — geheimnisvoll und unzusammenhängend sein — alles

belebt. Jedes auf eine andere Art. Die ganze Natur muß auf eine wunderliche Art mit der ganzen Geisterwelt vermischt sein—" (III. 97).

Die tief in der Tradition des Volkes wurzelnden Märchen und Volksbücher, die in der Mitte des 18. Jahrhunderts von den Poetikern in Acht und Bann getan worden waren, wieder ausgegraben zu haben, gehört zu den größten Leistungen der Romantiker. Doch unterscheiden sich ihre eigenen Kunstmärchen wesentlich vom Volksmärchen. Trägt dieses, aus Urquellen strömend, allgemeine menschliche Züge, so hängt das Kunstmärchen vom jeweiligen Seelenzustand des Dichters ab, und ist stark individuell gefärbt.

Beiden aber ist es gemein, die Natur zu beseelen. Der Märchendichter läßt Pflanzen, Tiere und Steine sprechen, wie er will. Alles zu beseelen ist ihm Zweck des Lebens und des Dichtens. Die Naivität des Volksmärchen-Stils und die Einfachheit der Sprache trachtet er auch seinem Kunstmärchen zu verleihen. So ist vielfach die Grenze zwischen Natur- und Kunstpoesie verwischt. Über den eigentümlichen romantischen Märchen-Stil schreibt E. Boucke in seiner Abhandlung über Prosastil:

„Es ist bei diesen Romantikern oft schwer zu sagen, wo die bewußt hervorgerufene Illusion aufhört und ihr eigener

Stil anfängt, oder ob ihnen nicht diese künstlich erneuete Redeweise zur zweiten Natur geworden ist. Auch Novalis singt den Ton der alten Märchenweise in wunderbarer Reinheit und verkündet in diesen zarten Klängen zugleich die Botschaft seines magischen Idealismus..." [1]

Vielleicht wohnt gerade dieser einfachen Märcheweise die magische Kraft inne, die auf den Leser wirkt. Jedes Wort läßt uns mehr ahnen, als verstehen.

Die Bildlichkeit spielt im Märchenstil eine sehr wichtige Rolle. Doch ist sie in der romantischen Dichtung nicht Schmuck und Dekoration der Sprache, wie bei den barocken Dichtern, die zum großen Teil die innere Beziehung mit ihr verloren haben und sie bloß als Apparat zur Produktion ihres Schrifttums anwenden. Die romantischen Dichter erneuern die Sprache vielmehr wie die mittelalterlichen Mystiker, die alles aus innerem Erlebnis schöpfen und das Vermögen besitzen, es bildhaft darzustellen: Die Natur trägt das Bild des Menschen, wie der Mensch Gottes Bild. Und die Sprache trägt hier zugleich das Bild des

---

[1] Hofstaetter-Panzer, Grundzüge der Deutschkunde, I. S. 114.

menschlichen Geistes und das der Natur: Sie ist eine Tochter aus der Ehe von Natur und Geist.

Novalis hat sich viel mit Sprachtheorie beschäftigt. Schon in seinem philosophischen Studienheft 1795—96 stehen viele Notizen, die von Sprachgebrauch handeln. Er scheint sehr viel über Verba, Beiwörter und Synonymik nachgedacht zu haben. An den Untersuchungen über den Ursprung der Sprache, die im 18. Jahrhundert vor allem Hamann und Herder beschäftigen, nimmt Novalis großen Anteil.

Nach Novalis spricht nicht allein der Mensch, sondern das ganze Universum. Denn alles „ist eine Mitteilung" (II. 378). Die menschliche Sprache ist aber „eine poetische Erfindung" und die Sprachzeichen sind „a priori aus der menschlichen Natur entsprungen".

Novalis betrachtet oft Buchstaben und Wörter wie Figuren und Bilder. Er vergleicht das Augenspiel mit Vokalen und die übrigen Gesichtsgebärden mit Konsonantn. Die Konsonanten Formen entstehen „aus den Figuren der sie hervorbringenden Organe" (III. 211). Die Wörter sind „akustische Konfigurationen der Gedanken", wahre Bilder der Seele, und die abstrakten „sind Gasarten unter den Wörtern".

Bezüglich der Auffassung, die Ursprache sei Hieroglyphe

und entstehe aus dem Metaphergeist, weist uns Alfred Biese in seinem Buch „Die Philosophie des Metaphorischen" (Lpz. 1893) auf Giambattista Vico hin, den Goethe nach der Lektüre seines Werkes „Principi di una scienza nuva imtorno alla natura delle nazioni" mit Hamann vergleicht. Vico meint:

„Zu dieser poetischen Logik sind Zusätze alle frühen Sprachbilder, von denen das lichtvollste und deshalb notwendigste und häufigste die Metapher ist, die dann am meisten gerühmt wird, wenn sie den unbelebten Dingen Leben und Leidenschaft verleiht... Denn die ersten Dichter gaben den Körpern das Dasein von beseelten Substanzen, die allerdings nur das besaßen, was sie selbst hatten, nämlich Sinne und Leidenschaft; aus ihnen schufen sie Mythen." [1]

Hamann, der die Sprache als Offenbarung des göttlichen Geistes betrachtet, sagt:

„Sinne und Leidenschaften reden und verstehen nichts als Bilder. In Bildern besteht der ganze Schatz menschlicher Erkenntnis und Glückseligkeit' *(in Aesthetica in nuce).* [2]

In dem Metaphergeist sieht auch Herder den Ursprung der

---

[1] E. Auerbachs Uebersetzung. München, 1924, S. 170f.
[2] Hamann, Schriften, Auswahl von K. Widmaier, 1921, S. 190.

Sprache.[1] Jean Paul nennt die Metapher noch sinnbildlicher „die Sprachmenschwendung der Natur".[2] Hamann, Herder, Jean Paul gehören alle zu denen, die sich mit der Plattheit der Aufklärer nicht begnügen, sondern nach der Urquelle aller Erscheinungen forschen. Betrachtet der Aufklärer die Metapher als Dienerin des Verstandes und unterrichtet seine Schüler über ihre Anwendung (um einen Aufsatz schöner schreiben zu können), so schauen jene in der Metapher tieferen und ursprünglicheren Sinn. Ihnen folgen die Romantiker. Der romantische Sprachforscher, A. F. Bernhardi, Tiecks Schwager, schreibt[3]:

„*Betrachten wir die Sprachen als Spiegel und Bild von uns selbst, so liegt der Gedanke sehr nahe, daß es nur eine scheinbare Trennung sei, wenn wir die Welt in eine sinnliche und eine unsinnliche zerschneiden, sondern daß die eine die andere nur reflektiere, und daß ein geheimnis Band zwischen beiden sei, welches die Sprache durch die Metapher ausdrückt, und nach dessen Entdeckung die Philosophie von jener Strebe, ohne es jedoch als seit kurzem aufzufinden.*" [4]

---

[1] Herder, Werke, Bd. V. „Abhandlung über den Ursprung der Sprache".
[2] Jean Paul, Vorschule de Aesthetik, § 49.
[3] Vgl. H. Petrich, Drei Kapitel vom romantischen Stil, Lpz. 1878, S. 33.
[4] Nach W. Schlegels Zitat in seiner Recension von A. F. Bernhardis Sprachlehre. A. W. Schlegel, Sämtliche Werke, 1847, Bd. XII, S. 141.

A. W. Schlegel sagt in Athenaeum:

„*Im Stil des echten Dichters ist nichts Schmuck, alles notwendige Hieroglyphe*" ①

Und sein Bruder:

„*… für den wahren Dichter ist alles dieses, so innig es auch seine Seele umschließen mag, nur Hindeutung auf das Höhere, Unendliche, Hieroglyphe der Einen ewigen Liebe und der heiligen Lebensfülle der bildenden Natur.*" ②

Die Bildlichkeit, die Hieroglyphe, verhält sich zu der romantischen Sprache wie Blut zu Fleisch und keineswegs wie Schmuck zu Körper. — Für Novalis, den magischen Idealisten, ist jedes Wort „ein Wort der Beschwörung; welcher Geist ruft — ein solcher erscheint" (II. 318). Er empfindet tief, daß die Sprache die Kraft birgt, mit der die Menschen im „goldenen Zeitalter" das Universum „handhaben" und beherrschen. So sagt Heinrich von Ofterdingen:

„*Die Sprache ist wirklich eine kleine Welt in Zeichen und Tönen, wie der Mensch sie beherrscht, und sich frei darin ausdrücken können. Und eben in dieser Freude,*

---

① Athenaeum, Bd. II, S. 371.
② Minors Ausgabe, Bd. II, S. 371.

das, was außer der Welt is, in ihr zu offenbaren, das tun zu können, was eigentlich der ursprüngliche Trieb unsers Daseins ist, liegt der Ursprung der Poesie" (I. 191).

Diese Kraft der Sprache steckt am meisten in der Bildlichkeit.

Noch mehr: Novalis möchte immer etwas Heimliches, Geheimes offenbaren, aber nur dem Eingeweihten. Dafür eignet sich am meisten die Bildersprache:

„Wenn man mit wenigen, in einer großen, gemischten Gesellschaft etwas Heimliches reden will und man sitzt nicht nebeneinander, so muß man in einer besondern Sprache reden. Diese besondre Sprache kann entweder eine dem Ton nach oder den Bildern nach fremde Sprache sein. Dies letztere wird eine Tropen- und Rätselsprache sein" (II. 47).

Die Metapher kommt zustande kraft der Analogie.

Aristoteles schon erblickt das innerste Wesen des Metaphorischen in der Analogie (in der Proportion), wenn das Zweite sich zum Ersten verhält wie das Vierte zum Dritte; dann kann man an Stelle des Zweiten das Vierte oder an Stelle des Vierten das Zweite setzen.

Diese Denkform (A verhält sich zu B wie C zu D) kommt

allenthalben in Novalis' Schriften zum Ausdruck, so grundlegend und vielfältig, daß es uns überflüssig scheint, hier Beispiele anzuführen.

Im ersten Kapitel haben wir schon erwähnt, daß die Analogie dem mystischen Denker überhaupt als Hauptwerkzeug dient. Die Synthese des Innern und des Äußern, die Verinnerlichung des Äußern und die Verkörperlichung des Geistigen, die alles harmonisierende mystische Weltanschauung sind ohne Analogie kaum zu denken. Die Analogisierung aller Erscheinungen gehört ja zur Naturanlage des Mystikers. Aber wir müssen auch beachten, daß Novalis gerade in eine Zeit geboren wurde, wo man mit Vorliebe die Analogie anwendet. Herder stellt in seinen „Gesprächen über Gott" einfache Gesetze der Organisationen auf, deren eines lautet: „Verähnlichung mit sich und Abdruck seines Wesens in einem Anderen."[1] Und Lavater, der Einfluß auf Novalis geübt hat, findet alles im Grunde als Symbol einer einzigen Idee: „Alles, was nicht in Analogie mit uns selbst gebracht werden kann, ist nicht für uns."[2]

Nicht nur in der philosophischen Spekulation, sondern

---

[1] Herder, Wecker, Bd. XVI, S. 552.
[2] Lavater, Antworten, Stück I, S. 71.

auch auf dem Gebiet der Naturphilosophie wendet man gern die Analogie an. Alle damaligen Wissenschaften beruhen im Grunde auf der Idee der Natur-Einheit und des Überall-Waltens Eines hohen Gesetzes. Die Natur wird wie eine große Organisation angesehen, worin alles entweder gleich oder verwandt oder ähnlich ist. Die Analogie aller Naturdinge, die Analogie von Mensch und Welt im Besonderen, ist die feste Basis, worauf die Naturphilosophen jener Zeit ihre Welt aufbauen. Lesen wir z.B. die „Fragmente aus dem Nachlasse eines jungen Physikers" von J. W. Ritter, so bekommen wir den Eindruck, das ganze Buch sei bloß auf Vergleichen aufgebaut. Novalis, der in jedem Gebiet zu Hause sein will, behandelt die Wissenschaft natürlich auch auf diese Weise, ja viel kühner und positiver. W. Olshausen schildert es[1]:

„*Ein eigentümlicher Zug in der Behandlungsweise der Fragen sämtlicher Wissenschaften fällt überall auf. Er besteht in der ständigen Übertragung der Terminologie einer Wissenschaft auf die andere, in der absoluten Analogisierung sämtlicher Naturscheinungen und ihrer wissenschaftlichen Betrachtungsweisen.*"

---

[1] W. Olshausen, Hardenbergs Beziehungen zur Naturwissenschaft seiner Zeit, 1905. S. 51.

In der „Christheit und Europa" lehrt uns Novalis die Behandlungweise der Geschichte:

„An die Geschichte verweise ich euch, forscht in ihrem belehrenden Zusammenhang nach ähnlichen Zeitpunkten, und lernt den Zauberstab der Analogie gebrauchen" (II. 78).

In der Welt bleibt kaum etwas übrig, das nicht von Novalis mit diesem Zauberstab berührt wird. Die Wissenschaften sind analogisch. Eine Wissenschaft lässt sich nur durch eine andere repräsentieren. Alle Ideen sind verwandt. In Betrachtung über Idee, Elemente, Begriffe und Triebe findet Novalis auch ihre sich kreuzenden Analogien. Das „Air de famille" nennt er Anologie. „Durch Vergleichung mehrerer Kinder würde man die Eltern-Individuen divinieren können" (II. 331). Schlaf ist Analogen des Todes, Blindheit Analogen der Unwissenheit....

Novalis sagt:

„Unser Körper ist ein Teil der Welt — Glied ist besser gesagt. Es drückt schon die Selbständigkeit, die Analogie mit dem ganzen — kurz, den Begriff des Mikrokosmus aus. Diesem Gliede muß das Ganze entsprechen. Soviel Sinne, soviel Modi des Universums — das Universum völlig ein Analogen des menschlichen Wesens in Leib, Seele und Geist. Dieses Abbreviatur jenes Elongatur derselben

Substanz" (III. 15 f.).

Noch tiefer und lehrreicher ist das Folgende:

„Was man liebt, findet man überall und sieht überall Änlichkeiten. Je größer die Liebe, desto weiter und mannigfaltiger diese ähnliche Welt. Meine Geliebte ist die Abbreviatur des Universums, das Universum die Elongatur meiner Gliebten. Dem Freunde der Wissenschaften bieten sie alle Blumen und Souvenirs für seine Geliebte" (II. 47).

Dieses Zitat gibt uns nicht nur den Schlüssel zu seiner Auffassung der Analogie, sondern auch zum Verständnis seines Liebeserlebnisses.

Aber mitunter scheinen die Analogien zu gewagt und beinahe spielerisch. Wenn wir lesen, daß Novalis Mund mit Augen, Wimpern mit Lippen, Stirn mit Nase und Gehirn mit Hoden zu vergleichen pflegt, so scheint es, als reite er auf einem Pferde der alles zusammenhängenden Assoziation und der „allverwandelnden, allverschwisternden" Phantasie und jage überall hin nach der Analogie. — Die naturwissenschaftlichen Erscheinungen seiner Zeit: Die Entdeckungen des Sauerstoffes und des Galvanismus, der Magnetismus und die Wahlverwandtschaft im chemischen Begriffe haben auch dazu beigetragen, daß er alles immer vergleicht, verähnlicht, ordnet und mischt, knüpft und wieder löst, um die Analogie herauszubilden. Daher sagt Novalis:

„Der Mensch ist eine Analogienquelle für das Weltall"
(II. 393).

Wir fassen zusammen: Die Beseelung der Natur, die Bildlichkeit in der Sprache und die Analogisierung von Natur und Geist, die Novalis eigenen Stil bilden und ernähren, wurzeln tief in seinem magischen Idealismus, der seinerseits aus der mystischen Denkform erwächst. In seinem Stil ist überall zu spüren, was Novalis mit allem Nachdruck betont:

„Die Welt ist ein Universaltropus des Geistes, ein symbolisches Bild desselben" (II. 384).

(Symbol ist dadurch von Metapher unterschieden, daß diese eine Gleichheit bezeichnet und jenes eine Funktion ausdrückt. Bei Novalis verstehen wir den Unterschied so: Was ein Anderes repräsentiert, ist Symbol, wie er sagt: „Man versteht eine Sache am liebsten, wenn man sie repräsentiert sieht. Das Nicht-Ich ist das Symbol des Ich und dient nur zum Selbstverständnis des Ich" (III. 66); was einem Aderen gleicht, ist eine Metapher, die Novalis Tropus nennt. Die Beiden entspringen aber aus derselben Quelle, der Analogie.)

Inwiefern die Welt ein Universaltropus des Geistes, ein Symbolisches Bild desselben ist, darauf werden wir in den nächsten Kapiteln in einzelnen Gruppen eingehen. Dieser Abschnitt schließe mit den Worten, in denen Novalis seine Eindrücke van Jakob Böhme Tieck mitteilt; sie charakterisieren zugleich des Novalis' eigenen Stil:

„Man sieht durchaus in ihm den gewaltigen Frühling mit seinen quellenden, treibenden, bildenden und mischenden Kräften, die von innen heraus die Welt gebären — ein echtes Chaos voll dunkler Begier und wunderbarem Leben — einen wahren, auseinandergehenden Mikrosmus"
(IV. 330 f.).

Die einzelnen Gruppen

In den nächsten Abschnitten untersuchen wir Novalis' Stilmittel in einzelnen Gruppen. Dabei scheint uns fast, als begingen wir Unrecht an einem der reinsten Dichter: Was er sorgfältig mischte, trennen wir, was er geistreich band, zerlegen wir in leblose Brocken, und den Teppich, den Novalis wob, entschuldigen, daß wir beim folgenden Verfahren Novalis' Persönlichkeit und Welt immer im Auge halten.

Novalis' Welt ist ein Organismus. In seinem dichterischen Stil ist nichts manieriert. Er ist sich seiner Stilmittel eher unbewußt als bewußt. Wir hoffen, durch Analyse, aber ohne seine Welt als Ganzes zu vergessen, manches erhellen zu können, woran wir sonst leicht gleichgültig vorübergingen.

1. Licht — Farbe

„Lebensdienst wie Lichtdienst" (II. 411)

Im Winter 1797 schreibt Novalis an Fr. Schlegel, er sei mit einem Traktat über das Licht beschäftigt. Dazu bemerkt er: „Das Licht wird nun der Mittelpunkt, von dem aus ich in mancherlei Richtungen zerstreue" (IV. 220). Dieses Traktat ist nicht erhalten, aber viele Fragmente, die vom Lichte handeln, erhellen uns, was für eine wichtige Rolle bei Novalis das Licht spielt. Es ist nicht gerechtfertigt, nur deswegen, weil Novalis die Hymnen an die Nacht gesungen hat, seinen Nachtkultus auf Kosten der Licht-Symbolik herauszuheben.[1] Wir möchten vielmehr vom Licht ausgehen, um Schritt für Schritt Novalis' dichteriches Land kennen zu lernen.

---

[1] Vgl. F. Strich, Mythologie in der deutschen Literatur, Bd. I, S. 461.

Jean Paul sagt in seiner „Vorschule der Aesthetik": „Die Metaphern aller Völker gleichen sich, und keines nennt den Irrtum Licht und die Wahrheit Finsternis" (§ 49). In der symbolischen Behandlung der Physik, d. h. Poetisierung der Welt und Auflösung der Natur ins Gemüt, hat Novalis dem Licht die besten Eigenschaften zugesprochen: Licht ist Symbol der echten Besonnenheit und Agens der Reinheit. Gott, Freiheit und Unsterblichkeit verhalten sich in der geistigen Physik (der Metaphysik), wie Sonne, Licht und Wärme in der irdischen (III. 120). „Schönheit und Sittlichkeit sind fast wie Licht und Wärme in der Geisterwelt" (III. 149). Licht ist universelle Mechanik und Vehikel der Gemeinschaft des Weltalls. In der Flamme eines Lichtes sind alle Naturkräfte tätig (I. 34), weil der Lichtstrahl der streichende Fiedelbogen ist (III. 114).

Die Dichter müssen „befreundet mit den scharfen Geistern des Lichtes sein, die alle Naturen durchdringen und sondern" (I. 164). Darin berührt sich der Geist des Dichters mit dem Licht, weil dieses der Beseelung der Natur fähig ist, und jener es sein muß. — Die Hymnen an die Nacht beginnen mit einer Hymne an das Licht, welches das Weltall belebt und bewegt, trennt und bindet „mit seinen Farben, seinen Strahlen und Wogen". Die ganze Welt atmet die Kraft des Lichtes. Dieses lichtschaffende

Vermögen ist es gerade, was Novalis von den Dichtern verlangt — von Dichtern und Menschen überhaupt. Was glänzt, fließt und alles zum Leben erweckt, entspricht Novalis' Geist, der alles in ewige Bewegung setzt und zum Unendlichen führt. Daher ist das Licht bei Novalis dem menschlichen Gemüt in jeder Einzelheit analog.

„Das echte Gemüt ist wie das Licht, ebenso ruhig und empfindlich, ebenso mächtig und ebenso unmerklich wirksam als dieses köstliches Element, das auf alle Gegenstände sich mit feiner Abgemessenheit verteilt, und sie alle in reizender Mannigfaltigkeit erscheinen läßt" (I. 185).

„Die Natur ist für unser Gemüt, was ein Körper für das Licht ist. Er hält es zurück; er bricht es in eigentümliche Farben; er zündet auf seiner Oberfläche oder in seinem Innern ein Licht an, das, wenn es seiner Dunkelheit gleich kommt, ihn klar und durchsichtig macht, wenn es sie überwiegt, von ihm ausgeht, um andere Körper zu erleuchten" (I. 184).

Und den Geist der Tugend, nämlich der Moralität, die der magische Idealist in sich tragen muß, nennt Sylvester „das allzündende, allbelebende Licht". Denn nur durch diesen Geist wird alles vom Himmel bis zur Erde erhalten und „die unbekannte Bahn der unendlichen Naturgeschichte bis zur Verklärung fortgeleitet" (I. 237).

Daß das Licht auf Erkenntnis und Verstehen, welches man als Funktion der Seele empfindet, übertragen wird, lesen wir sehr häufig so wohl in Luthers Sprache als auch bei vielen Dichtern im 18. Jahrhundert. Das Auge vermag die Umwelt wahrzunehmen und wird daher als Organ von Verstand und Einsicht gedeutet. Deshalb ruft der Jüngling in Sais mit „funkelndem Auge", daß, ihm das innerste Leben der Natur in das Gemüt kommt" (I. 35). Vor der hohen Rune entzündet sich auch ein eignes Licht in den Blicken des Lehrers, weil er diese heilige Schrift zu entziffern vermag (I. 11). Die schöne Mathilde hat glänzende Augen, um die schlummernde Jugend in Heinrich zu wecken (I. 175). (Von dem Auge wird ein anderer Abschnitt ausführlicher handeln.)

Nicht nur Augen, sondern auch Worte, die ein neues Leben verkündigen, sind wie Funken eines göttlichen Geistes (I. 62). Nachdem Heinrich den weisen Sylvester von der Natur des Gewissens hat sprechen hören, sagt er zu ihm: „Mit welcher Freude erfüllt mich das Licht, was aus Euren Worten ausgeht" (I. 236).

Die üblichen Licht-Metaphern: z.B. Die Zukunft schimmert,

Hoffnungsstrahl, Der heilige Geliebte in wunderbarem Glanze... brauchen wir nicht zu betonen, weil sie nicht über das Konventionelle hinausgehen und zu landläufig sind, um uns die Eigenart von Novalis' Stil zu zeigen. Kaum begegnen wir bei ihm etwa der Sitte, die Geliebte „mein Licht" zu nennen —, einst in barocken Dichtungen sehr häufig geübt und später von Lessing mit Nachdruck bemängelt.[1] Nur in den Hymnen an die Nacht nennt Novalis seine Geliebte Licht, jedoch in anderer Bedeutung.

Noch aufschlußreicher scheinen uns seine Beiwörter zu sein. Durch den berühmten Satz: „Beiwörter sind dichterische Hauptwörter" (II. 334), wissen wir, was für ein großes Gewicht Novalis auf sie legt. Das häufige Vorkommen der Beiwörter, die Bezug haben auf Licht, kann unsere Meinung noch mehr bekräftigen, daß das Licht bei Novalis gegenüber der Finsternis, der Nacht, großen Vorrang hat. Neben den ursprünglichen Adjektiven, z.B. hell, licht, birgt sein Werk eine Fülle von Licht-Beiwörtern, die in der Form des Partizips auftreten. Wir sind überall geblendet von Wörtern wie: glänzend, leuchtend,

---

[1] Lessing schreibt in „Berlinische privilegierte Zeitung" 1755 über Schönaichs Trauerspiel: „Wie kommt es aber gleichwohl, daß er seine tragische Personen so kriechend, so pöbelhaft, so Eckel sprechen läßt?...

blitzend, funkelnd. Über Novalis' Vorliebe für die Form des Partizips sagt Kluckhohn, der Novalis-Herausgeber: die Beiwörter „haben in seinem Stil nicht nur schmückende und charakterisierende Aufgabe, sondern mehr die, Stimmung zu erwecken und Bewegung darzustellen in der bevorzugten Form des Partizips, in der ein einzelnes Wort einen ganzen Satz ersetzen kann" (I. 73).

Abgesehen von dem in Wirklichkeit glänzenden z.B. Stern, Metall, Flamme, sehen wir noch viele Dinge, die mit realem Licht wenig zu tun haben, in Novalis' Welt blitzen und funkeln, leuchten und blenden.

Der Stein, durch den man die Chiffern der Natur lesen kann, besitzt magische Kraft. In der Halle des Lehrers in Sais sind viele Steine gesammelt. Sie berühren sich wie Strahlen (I. 13). Vor Karfunkel empfindet man, daß ein hellrotes kräftiges Licht sich ausgroß (I. 38). Der Karfunkel, den die Prinzessin zurückgelassen hat, funkelt auf einer Seite außerordentlich, und zeigt auf der andern unverständliche Chiffern (I. 124). Im magischen Morgenland rieseln die frischen Quellen über funkelnde Steine (I. 141). Auf den Gebirgen von Böhmen findet man glänzende und flimmernde Steine (I. 145).

In Novalis' Märchenwelt erblicken wir auch funkelnde

Blumen und Früchte (I. 216). Die lichtblaue Blume berührt Heinrich im Traum mit glänzenden Blättern (I. 103). Und in dem des Vaters verbreiten die Bäume ihren Schatten auch mit glänzenden Blättern (I. 107). Die Landschaft zu Sais liegt in schöner Erleuchtung (I. 28). In Klingsohrs Märchen ist die Stadt hell und auch die Ebene. „Die Welt liegt blühend um den hellen Hügel" (I.222). Dem Strom pflegt Novalis Beiwörter wie „leuchtend" oder „glänzend" zu geben, weil der Strom „das Auge der Landschaft" ist.

Ferner: Der König hält einen glänzenden Hof (I. 119), und die Tochter trägt glänzendes Gewand (I. 120). Die himmlische Jungfrau trägt den glänzenden Schleier (I. 27). Nicht nur Konkretes glänzt, sondern auch Abstraktes. Die Kraft, die den kleinen Eros aus einem Knaben zum Jüngling treibt, zieht sich „ganz in die glänzenden Schwingen" (I. 209). Jauchzen, Ereignisse, Herrlichkeit können alle hell, glänzend, funkelnd sein. Die weitesten Geschichten ziehen sich „in kleine glänzende Minuten" zusammen (I. 229).

Noch eins: Was bindet und knüpft, ist zuweilen auch glänzend oder funkelnd. Die heilige Sprache ist „das glänzende Band jener königlichen Menschen mit überirdischen Gegenden und Bewohnern" (I. 38). Die Leute, die suchen, die Natur in ihrer Fülle und ihrer Verkettung zu erfassen, „vergessen über der Vereinzelung den blitzenden Faden nicht, der reihenweise die Glieder knüpft und die heiligen Kronleuchter bildet" (I. 17).

Das Licht, welches nur zergliedern, aber nicht binden, unsere Phantasie nur fesseln, aber nicht beflügeln kann, findet Novalis in den Hymnen an die Nacht „arm und kindisch"; es ist nicht jenes höhere Licht, das in der romantischen Welt alles belebt und beseelt. Jenes kalte Licht wurde Liebling der Aufklärer „wegen seines mathematischen Gehorsams und seiner Frechheit". Die Aufklärer freuen sich, „daß es sich eher zerbrechen ließ, als daß es mit Farben gespielt hätte, und so benennen sie nach ihm ihr großes Geschäft, Aufklärung" (II. 76), während im Zeitalter Heinrichs von Ofterdingen „eine geschickte Verteilung von Licht, Farbe und Schatten die verborgene Herrlichkeit der sichtbaren Welt offenbart und sich hier ein neues Auge aufzutun scheint" (I. 109).

Dem Lichte verwandt ist die Farbe.

Eine der bedeutendsten Entdeckungen von Newton, daß das weiße Licht in seine farbigen Bestandteile zerlegt werden kann, interessiert die Frühromantiker, im besonderen Novalis. Dieses interessante Kapitel der Physik bedeutet ihnen sehr viel, weil es zum Aufbau ihrer romantischen Welt und zur Begründung ihrer Weltanschauung beiträgt. Diese Erscheinung ist „spielender Ernst"; über sie hat Novalis viel nachgedacht (vgl. manche Stellen in seinen Fragmenten) und bedient sich ihrer in seinen Dichtungen als eines der beliebtesten Gleichnisse. — Licht ist Quelle der Farben. Farbe ist gebrochenes Licht (III. 288), oder oxygeniertes Licht (III. 307). — Er fragt: „Sollten die Farben nicht die Lichtkonsonanten sein?" (II. 349).

Wenn unser Inneres in mannigfaltige Kräfte zerspalten (I. 15) oder die intensive Aufmerksamkeit, die man auf alles richtet, geteilt wird (I. 29), vergleicht es Novalis mit den Brechungen des Lichtstrahls. Das Element des Gefühls ist „ein inneres Licht, was sich in schönern, kräftigen Farben bricht" (I. 28). Das Leben ist wie das Licht. „Bricht es sich auch wie dieses in Farben?", so hat Novalis einmal gefragt.

Er vergleicht die Lichtbrechung mit dem, was sich in bunten Farben bricht und dadurch eine höhere Welt ausbildet, oder bedauernd mit dem, was sich spaltet oder alles nur analysiert, ohne es in eine Einheit zu fassen. In Bezug auf das letztere beklagt Novalis:

„Vielleicht ist es nur krankhafte Anlage der späteren

Menschen, wenn sie das Vermögen verlieren, diese zerstreuten Farben ihres Geistes wieder zu mischen und nach Belieben den alten einfachen Naturstand herzustellen, oder neue, mannigfaltige Verbindungen unter ihnen zu bewirken" (I. 15).

Deswegen wirft er den Aufklärern vor, daß sie nur für die Brechung des Lichtes Sinn haben, aber keinen Sinn für die Mischung der Farben, — wie wir oben schon erwähnt haben.

Novalis fühlt sich berufen, in seinen Dichtungen alle Farben nach seiner Idee zu mischen. Er sagt: „Nichts ist poetischer als alle Übergänge und heterogene Mischungen" (III. 311). Die Farbe sei Übergang: Von absoluter Bewegung zu absoluter Ruhe (III. 89) und von Qualität zu Quantität (III. 335). Außerdem ist sie zur Mischung geeignet, und daher, wie der Ton, poetisch.

In Novalis' Werken sind die Farben sehr glücklich nach seinem Willen gemischt. Wenn wir z.B. in Heinrichs Traum und Klingsohrs Märchen eintreten, werden wir sogleich eine Symphonie von Licht und Farben gewahr. In jenem Traum:

„Dunkelblaue Felsen mit bunten Adern erhoben sich in einiger Entfernung; das Tageslicht war heller und milder als das gewöhnlichte, der Himmel war schwarzblau und völlig rein. Was ihn mit voller Macht anzog, war eine hohe,

lichtblaue Blume, ... die ihn mit ihren breiten, glänzenden Blättern berührte. Rund um sie her standen unzählige Blumen von allen Farben, und der köstlichste Geruch erfüllt die Luft" (I. 103).

Das Märchen hebt an:

„Die lange Nacht war eben angegangen. ... Da fingen die hohen bunten Fenster des Palastes an von innen heraus helle zu werden, und ihre Figuren bewegten sich lebhafter, je stärker das rötliche Licht ward, das die Gassen zu erleuchten begann. Auch sah man allmählich die gewaltigen Säulen un Mauern selbst sich erhellen; endlich standen sie im reinsten, milch blauen Schimmer, und spielten mit den sanftesten Farben..."

„Am herrlichsten nahm sich auf dem großen Platze vor dem Palaste der Garten aus, der aus Metallbäumen und Kristallpflanzen bestand, und mit bunten Edelsteinblüten und Früchten übersät war. Die Mannigfaltigkeit und Zierlichkeit der Gestalten, und die Lebhaftigkeit der Lichter und Farben gewährten das herrlichste Schauspiel, dessen Pracht durch einen hohen Springquell in der Mitte des Gartens vollendet wurde" (I. 194 f.).

Und in der Schatzkammer, die ein großer Garten ist, genießt man das Schauspiel:

„... *Große Herden von Schäfchen, mit silberweißer, goldener und rosenfarbner Wolle irrten umher.... Auf einer Anhöhe erblickte man ein romantisches Land.... Die schönsten Farben waren in den glücklichsten Mischungen. Die Bergspitzen glänzten wie Luftfeuer in ihren Eis- und Schneehüllen. Die Ebene lachte im frischen Grün. Die Ferne schmückte sich mit allen Veränderungen von Blau, und aus der Dunkelheit des Meers wehten unzählige bunte Wimpel von zahlreichen Flotten"* (I. 202). Novalis gelingt die glücklichste Harmonisierung der Farben, womit er sich seine Ideenwelt vergegenwärtigt. Hier ist sein Wunsch erfüllt, die zerstreuten Farben nach dem Willen zu mischen.[①] Wir verstehen, warum das Wort „bunt" soviel in seinen Dichtungen auftritt.

Novalis, der seelische Mensch, der sich immer bemüht, die Sinne zu üben, im anderen Sinne reizbar zu machen, und mit dem man nur die späteren Symbolisten Baudelaire und

---

[①] Fr. Schlegel hat auch im Gedicht „Rückkehr zum Lichte" gesungen:
„Wo die Farben wieder eins,
Wird das Licht selber klar,
Denkt muthig auf die Rückkehr,
Wann die Heimat es gewahrt."

Verlaine in einem Atmen nennen kann, hat selbstverständlich sehr feinen Sinn für Farben, sowie für Ton. Daß die Farben nicht nur als Attribut dem Objekt beigelegt werden, sondern vielmehr Stimmung und Seelenzustand des Verfassers ausdrücken, ist vielen Romantikern gemein. Wie Tieck und Brentano für Rot, E.T.A. Hoffmann für Grau und Goldgrün, so hat Novalis Vorliebe für Blau.[1] Das Blau ist Symbolfarbe für Novalis und durch die Blaue Blume, in der seine Welt sich verkörpert, sehr bekannt geworden.[2] Er sagt selbst auch: „Alles blau in meinem Buche" (I. 245).

Blau ist die Farbe der Luft, des Dunstes, des Stroms, des Berges und — der Fernen. Es ist die Farbe, die alles durchsichtig macht und die Sehnsucht nach der Ferne erweckt. Durch die Lieblingsfarbe können wir den Seelenzustand von Tieck von dem des Novalis gut unterscheiden, was Steinert uns sehr geschickt klar macht: „Ofterdingen sieht sich an der Schwelle der Ferne und ist im Begriff, sich in ihre blaue Flut zu tauchen, genau wie Tiecks Lowell der Abendröte entgegentaumeln will, der purpurne Himmel war, bedeutet für Novalis das Blau der romantischen

---

[1] Vgl. Walter Steinert, L. Tieck und das Farbenempfinden der romantischen Dichtung. 1940, S. 149ff.
[2] Vgl. „Pflanzenwelt", bezüglich der „Blauen Blume".

Ferne."[1]

Die blaue Farbe erscheint mitunter differenziert und nüanziert: Der Himmel zeigt uns „unendliche Räume in dunkles Blau gekleidet" (I. 229). Die Felsen sind dunkelblau, der Morgen ist lichtblau. Die säulen und Mauern stehen im reinsten milchblauen Schimmer (I. 194). Der Strom ist milchblau, die Flamme ist lichtblau und die Decke ist himmelblau. Dadurch können wir uns Novalis' Welt ganz in Blau getaucht vorstellen und jeden Gegenstand darin mit einer blauen Nüance verstehen.

Außer der blauen Farbe kommen Rot und Grün manchmal vor, aber sie enthalten nur geringe Symbol-Bedeutung neben dem Blau. Von Braun und Gelb finden wir keine Spur in Novalis' Dichtungen. Die weiße Farbe ist ihm zu matt und blaß, um seine Welt zu schildern. Das Schwarz, das etwas Schauerliches vertritt, liegt weit von Novalis' Natur. Das Unklare, Verfallende, Trümmerhafte trägt die Farbe Grau; deshalb: graue Zeiten und graues Altertum. Nach Mathildens Tod sind alle Farben der Welt vor Heinrich in ein fahles Aschgrau verschossen (I. 225).[2]

Tieck berichtet uns über die Fortsetzung des Ofterdingen:

---

[1] A. a. O. S. 157 f.
[2] Vgl. Gloege, Novalis' Heinrich von Ofterdingen als Ausdruck seiner Persönlichkeit, Leipzig 1911. S. 48 ff.

„Menschen, Tiere, Pflanzen, Steine und Gestirne, Elemente, Töne, Farben, kommen zusammen wie eine Familie, handeln und sprechen wie ein Geschlecht" (I. 259). Die Synästhesie heterogener Sinnesreize, die den späteren Symbolisten Bahn bricht, hat Tieck einmal im „Zerbino" besungen: „Die Farbe klingt, die Form ertönt...".[1] Ein solches Gedicht können wir bei Novalis noch nicht finden. Aber der Satz: „klingender Baum voll goldener Früchte" läßt uns schon die Tendenz zur Identität heterogener Sinnesreize spüren, deren Darstellung er durch seinen frühen Tod nicht hat ausführen dürfen.

2. Feuer

Neben dem Licht finden sich Feuer und Wasser sehr häufig als Metaphern in Novalis' Dichtungen. Diese beiden Elemente, die Novalis Hauptkraftquellen nennt, bedeuten seinem Geist sehr viel, weil sie in der Natur gleicherweise bildende Kräfte besitzen.

In Novalis' Welt brennt nicht das immer zerstörende Feuer, sondern eine Flamme, die alles belebt und uns wohltut. Ähnlich wie sie Fr. Schlegel in seinen Ideen mit der Religion, der all belebenden Weltseele der Bildung, vergleicht (Minor, II. 289),

---

[1] Tieck, Schriften, x. Bd., S. 251.

so nennt Novalis einmal „das Höchste der Welt". In der antiken Zeit, so singt er, „verehrten alle Geschlechter kindlich die zarte tausendfältige Flamme" (I. 60). „Und lockt die Kinder nichts mehr als Feuer und Wasser" (I. 34). — Diese Feuerverehrung erinnert an Franz Baaders Naturphilosophie, die als Erneuerung von Böhmes Feuerlehre zu betrachten ist.

Das Feuer besitzt magische Kraft. „Die Flamme bindet das Getrennte und trennt das Verbundene" (III. 40). Es ist ein Element, das springt und sich steigert. Es löst alles auf in ein Höheres. Daher ist das Feuer dem romantischen Leben, inbesondere der Liebe analog.

Novalis sagt:

„*Leben ist ein Feuerprozeß. Je reiner der Geist (das Oxygen des Körper)ist, desto heller und feuriger das Leben*" (III. 126).

„*Der Akt des sich selbst Überspringens ist überall der höchste — der Urpunkt — die Genesis des Lebens. So ist die Flamme nichts als ein solcher Akt. — So hebt alle Philosophie da an, wo das Philosophierende sich selbst philosophiert — d. h. zugleich verzehrt und wieder erneuert*" (II. 345).

Dieser Prozeß: sich verzehren und wieder erneuern, gemahnt uns an den ägyptischen Phönix, der sich ins Feuer stürzt und verjüngt aus der Asche emporfliegt, oder an Goethes „Stirb und Werde". — In diesem Sinne verstehen wir auch den Flammentod der Mutter, den Novalis in Klingsohrs Märchen so herrlich erzählt hat. Nach dem Tod ihrer Pflegemutter sammelte die kleine Fabel in Begleitung von Turmalin und Gold die auffliegende Asche. Dann reichte sie die Urne der heiligen Sophie, der Hüterin des Altars. „Sie ergriff nun die Urne und schüttete die Asche in die Schale auf dem Altar. Ein sanftes Brausen verkündigte die Auflösung, und ein leiser Wind wehte in den Gewändern und Locken der Umstehenden. ... Alle kosteten den göttlichen Trank, und vernahmen die freundliche Begrüßung der Mutter in ihrem Innern, mit unsäglicher Freude. Sie war jedem gegenwärtig und ihre geheimnisvolle Anwesenheit schien alle zu verklären. ... Sophie sagte:

„*Das große Geheimnis ist allen offenbart, und in Tränen wird die Asche zum Trank des ewigen Lebens aufgelöst. In jedem wohnt die himmlische Mutter, um jedes Kind ewig zu gebären. Fühlt ihr die süße Geburt im Klopfen eurer Brust?*" (I. 215).

Dieser Flammentod ist notwendig, damit die Mutter als ein geistiger Mensch auferstehen und jedem in seinem Inneren gegenwartig sein kann.

Die Liebe, der einzige Weg, der zur höheren Welt führt, gleicht dem Feuer, — aber nicht, weil das Feuer immer gierig ist, greift und raubt es wie die ungebundene Leidenschaft, sondern weil es uns reinigt, sublimiert und steigert. Daher lodern „reine Flammen der Liebe in dieser irdischen Welt nur auf den Spitzen der Tempel oder auf umhergetriebenen Schiffen als Zeichen des überströmenden himmlischen Feuers" (I. 35). Heinrich von Ofterdingen nennt Mathilde die Hüterin seines heiligen Feuers. In der ersten Liebe zündet er sich der aufgehenden Sonne (d. h. seiner Liebe) zum nieverglühenden Opfer an (I. 181f.). Er fragt Mathilde:

> „*Wer weiß, ob unsre Liebe nicht dereinst noch zu Flammenfittichen wird, die uns aufheben, und uns in unsre himmlische Heimat tragen, ehe das Alter und der Tod uns erreichen.*"

Mathilde äußert sich auch in demselben Ton:

> „*Auch mir ist jetzt alles glaublich, und ich fühle ja so deutlich eine stille Flammen in mir lodern; wer weiß, ob sie uns nicht verklärt, und die irdischen Banden allmählich auflöst*" (I. 193).

In diesem In-die-himmlische-Heimat-tragen und Irdische-Banden-auflösen liegt die größte Bedeutung der Liebe, gleichfalls des Feuers. Deshalb wird die Liebe im Feuer versinnbildlicht, und Liebkosung ist feurig und der Kuß immer glühend.

Der Begeisterung, der Gehobenheit und ähnlichen Vorstellungen wird oft eine Feuer-Metapher beigelegt: Der Sänger singt feurige Gesänge nach Palestina, um den Heiland zu verkündigen (I. 62). Im Heere des Kreuzzugs tobt ein Feuereifer das Grab des Heilands zu befreien (I. 137). Im Traum des Vaters von Heinrich liest der alte Weise herrliche Gedichte mit lebendigem Feuer (I. 106). Im Feuer des Gespräches zwischen Heinrich und Klingsohr ergreift Heinrich unvermerkt Mathildens Hang (I. 180). In Ekstase ruft Novalis in der Nacht seiner toten Geliebten zu: „Zehre mit Geisterglut meinen Leib, daß ich luftig mit dir inniger mich mische und dann ewig die Brautnacht währt (I. 56). Nach der verschleierten Jungfrau ist Hyazinth Gemüt entzündet (I. 25). „Im goldenen Zeitalter brannten die Sinne in hohen Flammen" (I. 65).

Daß das Feuer seiner Natur nach als ein Tier gedacht wird, lesen wir schon in vielen altdeutschen Literaturdenkmälern. Novalis hat auch über die tierische Natur der Flamme nachgedacht. Daher scheint ihm das Tier brennend (I. 55); aber auch die Pflanze. In Klingsohrs Märchen verlangt Fabel von dem König. „Ich brauche Blumen, die im Feuer gewachsen sind" (I.

212). — Novalis schreibt in einem Fragment:

„*Der Baum kann nur zur blühenden Flamme, der Mensch zu sprechenden — das Tier zur wandelnden Flamme werden*" (III. 16).

Ist die Flamme nicht die erotische Kraft überhaupt, die jede Kreatur in sich tragt?

Die Zeit hat eine sonderbare Lebensflamme. Denn „die Zeit macht auch alles zerstört — bindet — trennt" (III. 78). Daher ist der Prozeß der Geschichte auch ein Verbrennen (III. 90).

In der Natur ist jeder Körper ein Problem. Das Feuer ist Denkkraft der Natur. Denn ein Problem bietet eine feste synthetische Masse. Es aufzulösen verdankt man der penetrierenden Denkkraft, die dem Feuer gleicht (II. 298).

Dem Feuer und der Flamme werden verschiedene Beiwörter gegeben. In der Natur sieht man ein ungeheures Feuer (I. 30). Die Liebe ist überströmendes, himmlisches Feuer (I. 35), heiliges Feuer (I. 181). In Mathilde lodert stille Flamme (I. 193). Die Liebenden genießen eine aufheiternde und beruhigende Unterhaltung bei dem knisternden Feuer (127). Sie lodern auf in süßen Flammen (133). Man liest schöne Gedichte mit lebendigm Feuer (106). Im Haus des Einsiedlers spielt blaue Flamme auf dem Herde empor (122). Alle setzen sich um das lodernde Feuer im Kamin, um Klingsohrs Märchen zu hören (194). Aus Kristallschalen lodert kühlendes Feuer (38). Die stille Glut des Gesichts verwandelt sich in das tändelnde Feuer eines Irrlichts (209). Im dunklen Schoß ist das innere Feuer (158). Das unterirdische Feuer treibt den Bergmann umher (164). Der Heiland facht in unserm Innern ein allbelebend Feuer (68).

Unter den Feuer-Beiwörtern: „feurig, erglimmend, brennend, lodernd, knisternd, glühend", tritt das letzte in auffallende Weise mehr auf als die andern. Wir lesen: glühender Staub, glühende Jugend, glühendes Blut, glühender Kuß, glühende Wangen, glühende Sehnsucht.

Die Temperaturenempfindungen von Novalis hat G. Gloege behandelt. Warm und heiß sind Novalis' Lieblingswörter, während kühl und kalt bei weitem seltener sind.[1]

Wir fassen zusammen: Das Feuer ist für Novalis eine der beliebtesten Metaphern. Doch das Feuer, das alles bloß zerstört und vernichtet, aber nicht Erneurung bringt, ist Novalis fremd. Nur jenes Feuer, worin alles sich verjüngt oder steigert, ist das höhere und wahre Feuer, das Novalis leuchtet und dessen er sich mit Vorliebe als Sinnbildes bedient. Er sagt:

---

[1] G. Gloege, S. 63.

„Wir sind mit nichts als mit der Erhaltung einer heiligen und geheimnisvollen Flamme beschöftigt — einer doppelten, wie es scheint. Es hängt von uns ab, wie wir sie pflegen und warten. Sollte die Art ihrer Pflege vielleicht der Maßstab unserer Treu, Liebe und Sorgfalt für das Höchste, der Charakter unsers Wesen sein?" (II. 391).

Ja, Novalis hat diese Flamme gepflegt, — mit Treue, Liebe und Sorgfalt für das Höchste.

3. Das Flüssige: Wasser, Meer, Strom, Quelle

Das Wasser gewinnt bei Novalis wieder eine ähnlich hohe Bedeutung, wie sie ihm die alten Griechen einst verliehen haben. — Im 17. Jahrhundert sehen wir durch die gekünstelte Schäferlandschaft einen Bach sich schlängen oder einen Fluß fließen, an dem Nymphen und Faunen spielen; später hören wir manchmal die Anakreontiker ein Badelied singen, dessen Inhalt über körperliche Behaglichkeit und erotische Empfindung nicht hinausreicht, — eine Gattung, in der Novalis sich in seiner Jugend auch einmal versucht (vgl. I. 301). In jener Zeit bedienen die Dichter sich des Wassers als Symbol und Metapher, aber mehr konventionell, z. B. „Das Menschenleben gleicht der Seefahrt, der fließende Fluß ist ein Gleichnis der Vergangenheit, die Träne ist wie Tau, und die Brust einer Geliebten wie warmer Schnee". Es fehlt jenen Dichtern am tiefen Schauen und wahren Erleben des Wassers. Ueberall machen ihre Geheimnisse oder Metaphern uns den Eindruck des Gekünstelten und Manirierten.[1] —Seit Mitte des 18. Jahrhunderts hören wir erst das Wasser wirklich rauschen bei Klopstock und Schiller; es wird nun beseelt von Goethe und Hölderlin. Am tiefsten aber fühlt Novalis die Verwandtschaft mit Wasser in sich, wie er zuinnerst die Wollust der Wasserberührung empfindet und Sehnsucht nach dem Zerfließen hegt.

Es versteht sich von selbst, daß Novalis' Geist, der sich in kein Festes fügen will, im Flüssigen wie im Licht und Feuer beste Form und glücklichstes Gleichnis für sich gefunden hat. Aber hinter dem irdischen entdeckt Novalis das höhere Wasser, wie er hinter dem allgemeinen Licht das höhere Licht, hinter dem gewöhnlichen Feuer das höhere Feuer und hinter der Erscheinung der Natur ihr höheres Sein entdeckt. In diesem höheren Wasser haben die alten Weisen den Ursprung der Dinge gesucht. Das Urflüssige mögen die Menschen immer göttlich

---

[1] Wilh. Müller, Die Erscheinungsformen des Wassers in Anschauung und Darstellung Goethes bis zur Italienischen Reise, 1915 (Kiel. Diss.) S. 1 bis 15.

verehrt haben. Wie wenige haben aber jetzt „sich noch in die Geheimnisse des Flüssigen vertieft und manchem ist diese Ahndung des höchsten Genusses und Lebens wohl nie in der trunkenen Seele aufgegangen", so bedauert der Jüngling in Sais (I. 36).

Ist die Flamme eine innige Umarmung, so ist das Wasser das „erstgeborne Kind lustiger Verschmelzungen". Deshalb zeigt es sich „als Element der Liebe und der Mischung mit himmlischer Allgewalt auf Erden" (I. 36).

Novalis fühlt sich selbst oft schon wie einen Fluß und betrachtet sich als Flüssigkeit. Der schöne Jüngling in Sais sagt:

„*Was bin ich anders als der Strom, wenn ich wehmütig in seine Wellen hinabschaue, und die Gedanken in seinem Gleiten verliere?*" (I. 32).

Noch berauschender singt Astralis:

„*... Ein innres Quellen*
war ich, ein sanftes Ringen, alles floß
durch mich und über mich und hob mich leise" (I. 221).

Novalis notiert auch in seinen Fragmenten:

„*Daß unser Körper ein gebildeter Fluß ist, ist wohl nicht zu bezeifeln*" (III. 45).

Wir sind jedoch meist erstarrt, — besonders im Verstand.

Wollen wir uns aus der Erstarrtheit retten und unseren inneren Sinn, der sonst darin entschlafen wäre, wieder erwecken, so müssen wir zuerst den äußeren Sinn flüssig machen. — Nachdem die grausame Herrschaft des Schreibers in Klingsohrs Märchen geendet hatte, erhob sich der Vater, „seine Augen blitzen, und so schön und bedeutend auch seine Gestalt war, so schien doch sein ganzer Körper eine feine unendlich bewegliche Flüssigkeit zu sein, die jeden Eindruck in den mannigfaltigsten und reizendsten Bewegungen verriet" (I. 215). Das Flüssigsein des äußeren Sinnes ist nämlich für Novalis die erste Stufe, die zu der höheren Welt führt. Wenn der Körper in Flüssigkeit verwandelt ist, wird der innere Sinn erst aufwachen.[1]

Wie tief sich Novalis der innigen Verwandtschaft zum Wasser bewußt ist, sagt der Jüngling in Sais:

„Die Berauschten fühlen nur zu gut diese überirdische Wonne des Flüssigen, und am Ende sind alle angenehme Empfindungen in uns mannigfache Zerfließungen, Regungen jener Urgewässer in uns. Selbst der Schlaf ist nichts als die Flut jenes unsichtbaren Weltmeeres, und das Erwachen das

---

[1] In Bezug auf die flüssigmachung des äußeren Sinnes hat uns K. J. Obenauer auf F. Baader hingewiesen, mit dem Novalis in mancher Hinsicht Gedankenverwandtschaft hat; vgl. K. J. Obenauer, Hölderlin Novalis, 1925, Jena.

Eintreten der Ebbe" (I. 36).

Das alltägliche Leben ist verflacht und nur ein Schein. Im Traum taucht die innere Welt auf. Ofterdingens Traum erhellt uns noch mehr die große Anziehungskraft des Wassers.

„Wie er hineintrat, ward er einen mächtigen Strahl gewahr, der wie aus einem Springquelle bis an die Decke des Gewölbes stieg, und oben in unzählige Funken zerstäubte, die sich unten in einem großen Becken sammelten:...Er näherte sich dem Becken. ... Er tauchte seine Hand in das Becken und benetzte seine Lipppen. Es war, als durchdränge ihn ein geistiger Hauch, und er fühlte sich innigst gestärkt und erfrischt. Ein unwiderstehliches Verlangen ihm sich zu haben, er entkleidete sich und stieg in das Becken" (I. 102).

Die Lust zum Baden verriet sich schon in Novalis' frühem Gedicht „Badelied". Diese Naturanlage, daß Novalis allem Füssigen geneigt ist, wird in seinen Werken vielfach offenbar. Nicht nur das Verlangen nach Bad, sondern auch nach Trank. Dabei fällt auf, daß der Durst, das Trinken gleichsam als Leitfaden zu einer höheren Welt führt. Z. B. Der Vater geht in ein Landhaus hinein, um einen Trank Wein oder Milch zu fordern. Dadurch begegnet er dem alten Mann und erlebt in dieser Nacht den seltsamen Traum (I. 106). Die Prinzessin tritt in das Haus des Einsiedlers, auch um sich einen Trunk Milch auszubitten. So lernt sie dessen Sohn kennen, der später ihr Gatte wird (I. 122). Sind die beiden Fälle nicht etwa die Versinnbildlichung des Satzes, den der Jüngling in Sais sagt: *„Im Durste offenbart sich diese Weltseele, diese gewaltige Sehnsucht nach dem Zerfließen"* (I. 36).

Das Zerfließen bedeutet das Sichauflösen in eine höhere, flüssige Welt, wo der Geist frei und der innere Sinn wach ist. Diese höhere Welt entfaltet Novalis im Ofterdingen: Heinrich ist in seinem Traum in das Becken gestiegen:

„Es dünkte ihn, als umflösse ihn eine Wolke des Abendrots; eine himmlische Empfindung überströmte sein Inneres; mit inniger Wollust strebten unzählbare Gedanken in ihm sich zu vermischen; neue, niegesehene Bilder entstanden, die auch ineinanderflossen und zu sichtbaren Wesen um ihn wurden, und jede Welle des lieblichen Elements schmiegte sich wie ein zarter Busen an ihn. Die Flut schien eine Auflösung reizender Mädchen, die an dem Jüngling sich augenblicklich verkörperten.

Berauscht von Entzücken und doch jedes Eindrucks bewußt, schwamm er gemach dem leuchtenden Strome nach, der aus dem Becken in den Felsen hineinfloß" (I. 102f.). Alles fließt und strömt zu dem Zentralpunkt, wo die Blaue Blume sich einsam befindet. —— Novalis' stete Sehnsucht nach dieser Welt, die einmal in Ofterdingens Traum Bild wird, scheint die Essenz seiner Dichtungen zu sein.

Diese Welt liegt in der Ferne. Doch nur der Fluß, nicht das Gebirge, führt uns in die bunte Ferne, in schönere Gegenden (I. 37). Die Ferne, die vielversprechende, scheint wie eine blaue Flut (I. 111). —— Einerseits ist die Ferne flüssig, anderseits unsere Ahnung. „Die Ahnung will sich selbst in keine feste Formen fügen. ... Nur augenblicklich scheinen ihre Wünsche, ihre Gedanken sich zu verdichten. So entstehen ihre Ahndungen, aber nach kurtzen Zeiten schwimmt alles wieder. ..." (I. 11).

Die Liebe ist für Novalis die Verschmelzung zweier Menschen zu einem höheren Dasein. Der erste Kuß ist ein geheimnisvolles Zusammenfließen unsers geheimsten und eigentümlichsten Daseins, so sagt Heinrich zu Mathilde (I. 193). —— Und wenn Meer und Land in Liebe zerrinnt, erwacht die Königin aus langen Träumen (I. 196).

Im Krieg, wo der menschliche Geist aufs Stärkste sich bewegt, regt sich das Urgewässer, das alles von neuem umbildet. Denn „neue Weltteile sollen entstehen, neue Geschlechter sollen aus der großen Auflösung anschießen" (I. 189).

Ferner: Jung entspricht dem Flüssigen, Alt dem Starren (III. 77). Die Skulptur ist das gebildete Starre, die Musik das gebildete Flüssige (III. 78). Erde ist starr, Aether flüssig (III. 81). Novalis fragt: „Sollte flüssig sein, worin die Zentrifugalkraft die Oberhand hat — und starr, worin die Zentripetalkraft die Oberhand hat?" (III. 29). Das Atmen ist ein Wechselprozeß zwischen Flüssigem und Starrem (III. 84). Unsere Geschichte ist Verwandlung des Jungen in das Alte, — und des Veränderlichen in das Bleibende — des Flüssigen in das Starre.

Das Meer, Wasser in unendlichem Maße, erscheint Novalis gestaltlos (I. 15), unwirtlich (I.18), unbekennt (II. 67) und pfadlos (I. 34). Wegen seiner Unerforschlichkeit bringt es Urgeheimnis und Wunder. Daher ist seine dunkle, grüne Tiefe einer Göttin Schoß (I. 66). Seltsame, unerhörte Begebenheiten pflegen sich auf dem Meer abzuspielen, wie sie etwa von einem Dichter jene Sage berichtet, die einige Kaufleute Heinrich erzählen (I. 117).

Charakterristisch ist folgendes Gleichnis, das Novalis zu Fr. Schlegels „Ideen" aufstellt: Die Religion ist „ein umgebendes

Meer, worin jede Bewegung statt einer Vision hervor bringt" (III. 358).

Das Meer bewegt sich immer und hört nicht auf. Aber bei Novalis ist es zuweilen erstarrt. Das starre Meer ist ein Symol für den kalten Verstand, während ein „geschmücktes Indien" die Poesie vertritt. „Damit Indien in der Mitte des Erdballs so warm und herrlich sei, muß ein kaltes starres Meer... die beiden Enden unwirtbar machen" (II. 80). Deshalb wird der bezauberte Palast in Klingsohrs Märchen jenseits des Eismeeres gelegt; alles spiegelt sich in dem starren Meere, das den Berg umgibt (I.194).

Zu Novalis' Metaphorik der Woge, des bewegten Meeres. Ein rauhes Heer ist wie Meereswogen (I. 140). Wenn der Tod zu dem ewig bunten Fest des goldenen Zeitalters tritt, so ist die Woge des Genusses „am Felsen des unendlichen Verdrusses" zerbrochen (I. 60). Die arme Persönlichkeit verzehrt sich in den überschlagenden Wogen (I. 36). Verwirrungen im Gemüt werden auch wie dunkle, sich aneinander brechende Wogen empfunden: Nachdem der innere Aufruhr sich gelegt hat, schwebt ein Geist des Friedens über die Wogen herauf (I. 23).

In Begeisterung, Liebe und Traum fühlt man dem eigenen Körper wie auf „Wellen". Von der ersten Liebe läßt sich Mathilde „willig von den schmeichelnden Wellen tragen" (I. 181). „Zink schlang um Ginnistans Busen eine Kette. Der Körper schwamm auf den zitternden Wellen" (I. 214). Im Traum schmiegt sich jede Welle wie ein zarter Busen an Ofterdingen (I. 102). Nachdem alles wieder beseelt ist, durchschnitt das Fahrzeug die blühenden Wellen wie im Fluge (I. 216). Beim Hören der Musik fühlt sich der König wie auf einen Strom des Himmels weggetragen (I. 130).

Die Flut versinnbildlicht das Leben wie auch ein Tod.

Der Tod, in den jeder Einzelne aufgeben muß, ist eine Welt, wo alles in einer großen Gemeinschaft lebt. Er tritt als Flut in Novalis' Vorstellungswelt. Wir hören die Toten im Kirchhof das folgende Lied singen, welches in manchen Töten an Rilkes Todesmystik anklingt:

„Wir nur sind am hohen Ziele,

Bald in Strom uns zu ergießen

Dann in Tropfen zu zerfließen

Und zu nippen auch zugleich.

Uns ward erst die Liebe, Leben;

Innig wie die Elemente

Mischen wir des Daseins Fluten,

Brausend Herz mit Herz.

Denn der Kampf der Elemente

> *Ist der Liebe höchstes Leben*
> *Und des Herzens eignes Herz.*
> . . . .
> *Wunden gibts, die ewig schmerzen*
> *Eine göttlich tiefe Trauer*
> *Wohnt in unser aller Herzen,*
> *Löst uns auf in eine Flut.*
>
> *Und in dieser Flut ergießen*
> *Wir uns auf geheime Weise*
> *In den Ozean des Lebens*
> *Tief in Gott hinein;*
> *Und aus seinem Herzen fließen*
> *Wir zurück zu unserm Kreise,*
> *Und der Geist des höchsten Strebens*
> *Taucht in unsre Wirbel ein."* (I. 253 f.).

Zu diesem Gedicht machte Tieck in seinem Bericht über die Fortsetzung des Ofterdingen die Anmerkung: „Aus dem stillsten Tode sollte sich das höchste Leben hervortun" (I.256). So singt Novalis auch in Hymnen an die Nacht:

> „*Ich fühle des Todes*
> *Verjüngende Flut,*

Zu Balsam und Aether

Verwandelt mein Blut..." (I. 59)

Wie der Tod ist auch das Leben nichts als eine Flut, — das höhere, das aus dem Tod entsteht, wie das irdische. Die letzte Strophe der fünften Hymne lautet:

„*Die Lieb' ist frei gegeben,*

Und keine Trennung mehr.

Es wogt das volle Leben

Wie ein unendlich Meer." (I. 61)

Während das volle Leben unendlich wogt, ist das irdische sehr beschränkt. Wenn jenes beginnt, endet dieses. Wo die „kristallene Woge, die gemeinen Sinnen unvernehmlich" ist, quillt, bricht die irdische Flut sogleich (I. 57). Denn die irdische Flut macht „das Gepräge einer wunderbaren Welt" bloß unkenntlich (I. 231).

Obwohl das Meer in Novalis' Stil eine der meistgebrauchten Metaphern Gruppen bildet, bleibt es ihm doch fremd und fast abstrakt, weil er es nicht kannte. Der Strom dagegen erscheint ihm viel vertrauter und konkreter, faßbarer. Während das Meer meinstens nur in seinen Märchen und Träumen wogt, fließt der

Strom auch in der „wirklichen" Landschaft vor dem wachen Auge dahin. Er ist sogar überall ihr notwendiger Bestandteil: Eine Gegend ohne Fluß ist blind und „wild". Denn die Ströme sind die Augen einer Landschaft (I. 187).

Novalis' Landschaft ist beseelt. Sie ist seine innere Phantasie. Der Strom wird mitunter personifiziert. Der Bach klimpert eine Ballade (I. 24). Der ungeheure Wald und das gezackte Gebirg sagen zum Strom.:

„Eile nur, Strom, du entfliehst uns nicht. — Ich will dir folgen mit geflügelten Schiffen. Ich will dich brechen und halten und dich verschlucken in meinen Schoß" (I. 224).

Novalis ist so sehr dem Strom verbunden, daß er z. B. angesichts von Steinen an den Strom denkt, der sie etwa formte und mit sich riß: Heinrich klettert zu bemoßten Steinen, „die ein ehemaliger Strom heruntergerissen hat" (I. 102). Novalis glaubt an die Sintflut, die einst hereinbrach und in Zukunft wieder kommen wird. Unsere Freiheit ist wie ein Strom. So sagen die Mutigeren in Sais: „Hier quillt der Strom, der sie (die wilde Natur) einst überschwemmen und zähmen wird, und in ihm laßt uns baden und mit neuem Mut zu Heldentaten uns erfrischen" (I. 21).

Die Quelle, woraus der Strom entspringt, symbolisiert den Ursprung menschlicher Freiheit. In Sais sagen sie:

„Am Quell der Freiheit sitzen wir und spähn; er ist der große Zauberspiegel, in dem rein und klar die ganze Schöpfung sich enthüllt, in ihm baden die zarten Geister und Abbilder aller Naturen, und alle Kammern sehn wir hier aufgeschlossen" (I. 21f.).

Oder wir lesen: Das Herz ist reiche Quelle des Lebens (I. 68). Der Geist eines Kindes kommt frisch aus der unendlichen Quelle (I. 230). Um die Quelle, das Herz, zu pflegen, sammelt der Graf von Hohenzollern ihr Nahrung in der Einsamkeit. Er sagt: „Unerschöpflich dünkt mir die Quelle meines innern Lebens" (I. 160). Denn der echte Lebensquell ist Gottes (III. 162).

Im Märchenland wie im Traum rauscht die Quelle sehr oft, weil jede Quelle Freistätte der Liebe und Aufenthalt der erfahrnen und geistreichen Menschen ist (I. 37). — Quelle und Blumen tauchen immer einem sehnsuchtsvollen Pilger auf, der eine lange, ermüdende Wallfahrt vollbracht hat. Sie erscheinen, um ihm zu zeigen, daß er seinem heiligen Ziel nahe ist: Dies geschieht im Märchen von Hyazinth und Rosenblüte und im Traum des Heinrich von Ofterdingen sowie seines Vaters (I.

26, 102, 107). In den Paralipomena zu den Lehrlingen lautet es: Quell und Blumen bereiten „einen Weg für eine Geisterfamilie" (I. 41). — In Klingsohrs Märchen ist ein hoher Springquell im bezauberten Schloß erstarrt (I. 195). Aber nach dessen Befreiung springt der „lebendiggewordne Quell"! (I. 216).

„Bilder — allegorische aus der Natur. Mein neuliches vom Springbrunnen — Regenbogen um die Quelle. Aufsteigende Wolken als Quellengebete" (III. 291).

(Leider sind die allegorischen Bilder in seinen Dichtungen nicht ganz ausgeführt durch seinen frühen Tod.)

Sehr häufig sind Zeitwörter, die Bezug auf Wasser, Meer, Strom und Quelle haben. Viele darunter, die eine Bewegung der Flüssigkeit ausdrücken, werden auf menschliches Leben und auf Naturerscheinungen übertragen.

Zum Beispiel: Die Wehmut fließt in eine neue Welt (I. 57). Die Sehnsucht fließt stürmisch (I. 221). Die Schätze fließen (II. 68). Die Zeit ist entflossen oder verflossen (I. 63, 152). Die Sternwelt zerfließt zum goldenen Lebenswein (I. 64). Eine Wolke des Abendrots umfließt einen Körper (I. 102). Die Gedanken der Seele fließen in wunderliche Träume zusammen

(I. 182). Die Szenen in der Schatzkammer fließen endlich in eine große geheimnisvolle Vorstellung zusammen (I. 203). Die Glieder der Tochter Arcturs scheinen wie aus Milch und Purpur zusammengeflossen (I. 195).

Ahnungsvoll quillt etwas unterm Herzen (I. 55). Die Kraft treibt quellend aus einem Knaben zum Jünglinge (I. 209). Pflanzen und Tiere quellen zu erstaunlichen Größen und Kräften auf (I. 166). Der zarte Schoß quillt still empor (I. 178). Die Reize quellen selbst empor (I. 177).

Was heillig durch der Liebe Berührung wird, rinnt aufgelöst auf das jenseitige Gebiet (I. 58). Die Hoffnung zerrinnt in Schmerz (I. 157). Meer und Land zerrinnt in Liebesglut (I.196).

Die Menschen strömen zu einem höheren Ort (I. 119, II. 68). Jünglinge und Mädchen störmen zu der Burg (I. 216). Ein süßer Schauer durchströmt uns (I. 66). Eine himmlische Empfindung überströmt das Innere eines Jünglings (I. 102).

In großer Ekstase in der Nacht wogt unendliches Leben in dem Dichter (I. 59). Die Musik wogt wie ein Luftmeer und hebt die berauschte Jugend (I. 180).

Die Riesenwelt der rastlosen Gestirne schwimmt in der blauen Flut des Lichtes (I. 55). Das Irdische schwimmt obenauf, wird von Stürmen zurückgeführt (I. 58).

Beim Antritt der ersten Reise empfindet Heinrich, als würde er auf ein fremdes Ufer gespüllt.

Aus der obigen Untersuchung ersehen wir, wie tief Novalis' Verwandtschaft mit dem Flüssigen sich in seinem dichterischen Stil ausgeprägt hat. Das Verlangen nach Bad und Trank, die Notwendigkeit von Strom und Quelle und das Wohlsein im Wasser kommt bei jeder Gelegenheit zum Ausdruck. Selbst die Städte, die das Meer oder ein großer Strom bespült, dünken sich sehr glücklich (I. 37). —wieviel mehr die Menschen!

Sein Stil entspricht ganz seinem Wesen: Novalis sehnt sich nach dem Unendlichen und zugleich immer heinwärts. Daher gewährt ihm der Strom das nächste Bild für seine innere Welt: Er fließt nach dem wunderbaren, fremden Meere und ist doch immer von seiner Urquelle abhängig —, zugleich im ewigen Kreislauf stehend.

Novalis' tiefe Verbundenheit mit dem flüssigen Element bestätigt sich auch in diesen wichtigen Worten über das Wesen der Dichtung selbst (Brief an A. W. Schlegel):

„Sie (Poesie) ist von Natur flüssig — allbildsam und unbeschränkt. Jeder Reiz bewegt sich nach allen Seiten. — Sie

ist Element des Geistes — ein ewig stilles Meer, das sich nur auf der Oberfläche in tausend willkürliche Wellen bricht' (IV. 224).

4. Himmel, Stern, Sonne, Mond

Der Glaube an ein goldenes Zeitalter ist uns heutigen Menschen fremd geworden. Aber viele von Novalis' Zeitgenossen glauben noch, daß die Menschheit in längst entschwundener Vorzeit einst ihren glücklichsten Zustand erlebt habe; sie ersehen und beschwören dieses Zeitalter. Hölderlin besingt es in hellenischer Schau heroisch bis zum Wahnsinn. Novalis weiht sich seiner Wiederkunft um so inniger, je mehr er sich dem eignen Tod nähert.

Unter Hemsterhuis' Einfluß erwächst Novalis dieser Glaube, der sich zudem aus christlichen End-Vorstellungen nähren mag. Novalis glaubt nicht nur an die Vergangenheit des goldenen Zeitalters, sondern an seine Zukunft, an seine Wiederbringung kraft der Bestrebungen unseres Geistes. In jener Epoche hat der Himmel keinen erheblichen Abstand von der Erde; er ist auf Erden wie die Erde himmelsnah ist. Die Menschen sind des Himmelswandels fälig. Fernlem Menschen-Alter des unmittelbaren Verkehrs mit dem Himmel, sehnt Novalis diesen himmlischen Umgang von ganzem Herzen herbei (vgl. I. 104). In seinen tiefreligiösen geistlichen Liedern singt er, wenn der Menschensohn ihm vor Augen schwebt, eine neue Welt verheißend, nun komme das Himmelreich auf Erden:

> „Nun sahn wir erst den Himmel offen
> Als unser altes Vaterland,
> Wir konnten glauben nun und hoffen,
> Und fühlen uns mit Gott verwandt." (I. 68)

> „Wenn ich ihn nur habe,
> Hab' ich auch die Welt;
> Selig wie ein Himmelsknabe,
> Der der Jungfrau Schleier hält." (I. 73)

> „Daß er in unser Mitte schwebt
> Und ewig bei uns ist.
> . . . .
> Daß bald an allen Orten tagt
> Das neue Himmelreich." (I. 77)

In der „Christenheit oder Europa" kommt Novalis' große Sehnsucht nach dem Erscheinen des Himmels in diesen Sätzen zum Ausdruck:

> „Die andern Weltteile warten auf Europas Versöhnung

und Auferstehung, um sich anzuschließen und Mitbürger des Himmelreichs zu werden . ... Sollten nicht alle wahrhafte Religionsverwandte voll Sehnsucht werden, den Himmel auf Erden zu erblicken?" (II. 84).

Der Himmel, den Novalis ständig auf Erden zu erblicken trachtet, vertritt eine höhere Welt, ein vollkommenes Leben, welches in unserem Zeitalter fehlt. Er sagt:

„Das vollkommene Leben ist der Himmel. Die Welt ist der Inbegriff des unvollkommenen Lebens. ... Wie der reine Himmel die Welt belebt — wie der reine Geist die Welt begeistert — bevölkert — so versittlicht Gott die Welt, vereinigt Leben oder Himmel und Geist. 1. Jedes soll Himmel — 2. jedes soll Geist — 3. und jedes soll Tugend werden. 3 ist die Synthesis von 1 und 2" (III. 32).

Der Himmel ist analog einerseits unserem Geist, andererseits Gott. Er ist aber keineswegs Wohnung Gottes, Aufentfalt der Heiligen und Gegensatz zur Hölle, wie ihn die religiösen Völker sich vorzustellen pflegen. Er ist vielmehr das höhere Erzeugnis des produktiven Herzens, weil das Herz selbst gleichsam das religiöse Organ scheint (vgl. III. 322). Jeder Blick ins Innere ist nach Novalis nicht anders als eine Himmelfahrt. (III. 162).

Novalis' Sehnsucht nach diesem Himmel und die Hoffnung auf seine Wiederkunft offenbaren sich oft in seinen Schriften: z. B. Im goldenen Zeitalter werden wir von den Kindern des Himmels besucht (I. 36). Die edle Unschuld und Unwissenheit sind Schwestern, die im Himmel wohnen. Sie besuchen nur die edelsten und geprüftesten Menschen, die berufen sein sollten zur Vorbereitung eines künftigen, goldenen Zeitalters (III. 284).

Heinrich von Ofterdingen sagt zu seiner Geliebten:

„*Ohne dich wäre ich nichts. Was ist ein Geist ohne Himmel, und du bist der Himmel, der mich trägt und erhält*" (I. 191).

Während der Himmel mit Geist und Gott verglichen wird, sind die Sterne Sinnbilder von Gott und Geist. Novalis nennt den Himmel ein großes Buch der Zukunft, aber die Hieroglyphen und Zeichen, die in diesem Buche stehen, sind Sternbilder. Der Himmel ist die Seele des Sternsystems — und dieses sein Körper. Dieses ist konkret und jener abstrakt. Die traditionelle Vorstellung des Himmels in verschiedenen Stufen oder Teilen ist Novalis fremd.

Novalis spürt in sich ein vertrautes Verhältnis zu den

Sternen und ist davon überzeugt, daß sie Einfluß auf Menschen ausüben können. In der Urzeit waren die lebendigen, rendenden Kräfte der Sterne himmlische Gäste, die über unseren Häuptern sichtbar waren (I. 158). — Die Magie, sagt Novalis, ist auch eine gestirn ähnliche Kraft. „Durch sie wird der Mensch mächtig wie die Gestirne, er ist überhaupt mehr mit den Gestirnen verwandt" (III. 54). — Trotz dieses Bekenntnisses dürfen wir Novalis nicht zu den üblichen Astrologen zählen. Er ist nicht der astrologischen Meinung, daß Sternerscheinungen Ursachen irdischer Geschehnisse sind; er bedient sich vielmehr der Sterne als Gleichnisses für seine höhere Welt, — nicht nur als Gleichnisses, sondern auch als unentbehrlichen Bestandteils. „Denn der allgemeine, innige, harmonische Zusammenhang ist nicht, aber soll sein" (III. 164). Und unter den Folgerungen aus den willkürlichen Namen der Planeten und Sternbilder versteht Novalis die „Erhebung des Zufälligen zum Wesentlichen — des Willkürlichen zum Fato" (III. 239).

Novalis ist weniger Astrologe als magischer Astronom, der z.B. den Einfluß eines Kometen „auf einen beträchtlichen Teil des geistigen Planeten, den wir die Menschheit nennen", zu merken versteht (II. 51). Er nennt die Astronomie einmal die Metaphysik der Natur (III. 119), ein andermal die Grundlage aller physikalischen Wissenschaften (III. 267). Die lebendige Astronomie stammt aus der Sehnsucht nach dem alten Himmel (vgl. II. 82).

Das Wiedererscheinen dieses alten Himmels, nämlich des goldenen Zeitalters, wird durch den „Besuch der Gestirne" versinnbildlicht. Wenn diese Zeit zurückkommt, schreibt Novalis:

> „*Dann werden die Gestirne die Erde wieder besuchen, der siegram geworden waren in jenen Zeiten der Verfinsterung; dann legt die Sonne ihren strengen Zepter nieder, und wird wieder Stern unter Sternen, und alle Geschlechter der Welt kommen dann nach langen Trennung wieder zusammen*" (I. 18f.).

An dieser Stelle meint Novalis wohl, die Sonne solle im goldenen Zeitalter sich wieder unter die Sterne einreihen, damit sie keinen Unterschied mehr zwischen Tag und Nacht bewirke.

In den Augen der Menschen, die einer höheren Familie angehören sollen, verschwindet auch der weite Abstand des Menschen, die Menschen bald Sterne (I. 12). Das Sternrad kann einst das Spinnrad unsers Lebens werden (I. 21). Wenn die Sternwelt zum goldnen Lebenswein zerfließt, werden wir sie genießen und auch lichte Sterne sein (I. 64). Nachdem Fabel die Asche der Mutter gesammelt hat, hat sie sich das Verdienst erworben, einen Platz unter den ewigen Sternen zu besitzen (I. 214). Heinrich von Ofterdingen wird einst Stern werden (I. 241).

Nicht nur die höheren Menschen, sondern die großen Gebirgsketten, sehnen sich danach, sich in Sterne zu verwandeln. Manche von den Gebirgen „hoben sich kühn genug, um auch Sterne zu werden" (I. 165).

Die Gestirne werden häufig menschlich vorgestellt: Sie befinden sich in einer Riesenwelt, in weiten Sälen und bilden sich zu einem großen Chor (I. 55, 153, 181).

Sie sind stille Wanderer (I. 181) und vereinigen sich zu melodischen Reigen (I. 126). In den bezaubernden Tönen des Sängers erscheinen Sonne und Gestirne zugleich am Himmel (I. 118), um die Musik zu genießen. Die Sterne rufen uns den Weg, wie einer einst jenen „zu des Königs demütiger Wiege" (I. 61).

Der Stern ist eine Metapher für geistige Reife, die aus den Augen strahlt. Der Lehrer erspäht in den Augen der Schüler, ob das Gestirn aufgegangen ist, „das die Figur sichtbar und verständlich macht" (I. 11, 28). Darin ist der Stern identisch mit dem Licht, das wir als Metapher für den menschlichen Verstand kennen lernten.

Noch ein spielerisches, aber sehr charakteristisches

Gleichnis:

„*Was sind Orden? Irrwische oder Sternschnuppen. Ein Ordensband sollte eine Milchstraße sein, gewöhnlich ist es nur ein Regenbogen, eine Einfassung des Ungewitters*" (II. 53).

Klingsohrs Märchen beginnt im Sternreich des Sternenkönigs Arctur. Was in seinem Palast geschieht, schildert Novalis aufs Wunderlichste:

„*Die Geister der Gestirne stellen sich um den Tron. ... Eine unzählige Menge Sterne füllten den Saal in zierlichen Gruppen. Die Dienerinnen brachten einen Tisch und ein Kästchen, worin eine menge Blätter lagen, auf denen heilige tiefsinnige Zeichen standen, die aus lauter Sternbildern zusammengesetzt waren.*"

Der König spielte nun mit den Blättern und fand manchmal durch ein gutgetroffenes Blatt eine schöne Harmonie der Zeichen und Figuren. Zu gleicher Zeit bewegten sich sonderbar die Sterne und schlangen sich durcheinander. Daraus entstand eine sanfte, aber tiefbewegende Musik.

„*Die Sterne schwangen sich, bald langsam, bald schnell, in beständig veränderten Linien umher, und bildeten, nach dem Gang. Mit einer unglaublichen Leichtigkeit flogen die Sterne den Bildern nach. Sie waren bald in einer großen Verschlingung, bald wieder in einzelne Haufen schön geordnet, bald zerstäubte der lange Zug, wie ein Strahl, in unzählige Funken, bald kam durch immer wachsende, kleinere Kreise und Muster wieder eine große überraschende Figur zum Vorschein"* (I. 196f.)

In diesem Märchen findet Novalis die geeignetste Gelegenheit jene wunderbare Sternenwelt, die sich in seinem Geist bewegte Bild werden zu lassen. Er webt Sternbilder in einen bunten schönen Teppich ein, mit dichterischer Freiheit und spielerischer Laune.

Unbeschadet seines Wunsches, die Sonne möge in einem goldenen Zeitalter wieder Stern unter Sternen werden, um den Unterschied zwischen Tag und Nacht aufzuheben, liebt Novalis doch die Metapher der Sonne: — Die Sonne ist wie ein Gott und beseelt die Mitte in ewiger Selbsttätigkeit, während die Planeten sich um sie bewegen. Das Leben der Planeten ist Sonnen dienst, wie das Leben des Menschen Gottesdienst ist (II. 400). Nun sagt Novalis: „Die Sonne ist in der Astronomie, was Gott in der Metaphysik ist" (III. 120). In Geistlichen Liedern nennt er seinen Heiland Sonne (I. 81).

Der König gleicht bei Novalis zuweilen der Sonne. „Der König ist das gediegene Lebensprinzip des Staates; ganz dasselbe, was die Sonne im Planetensystem ist" (II. 50). — Die tote Geliebte ist die liebliche Sonne der Nacht (I. 56). Der Anfang eines neuen Lebens hervorgebracht von der ersten Liebe, wird von der aufgehenden Sonne versinnbildlicht (I. 182).

Die mondbeglänzte Zaubernacht, von Tieck entdeckt und von vielen Romantikern besungen, gehört zu den wichtigsten Bestand teilen der romantischen Landschaft. Dank seiner geheimnisvollen Kraft, die alle Wirklichkeit ins Traumhafte verwandelt, und seines Einflusses aus unser Seelenleben, hat der Mond bei Romantikern besonsere Vorliebe gewonnen. Auch in Novalis' Landschaft erscheint der Mond, um die Welt phantastischer und wunderbarer zu machen. Z.B.:

„*Der Mond stand in mildem Glanze über den Hügeln, und ließ wunderliche Träume in allen Kreaturen aufsteigen*" (I. 156).

„*Der Mond bekleidete die alten Säulen und Mauern mit seinem bleichen schauerlichen Lichte*" (I. 106).

„*Der Mond hob sich aus dem feuchten Walde mit*

beruhigendem Glanze herauf. ... Der Mond zeigte ihm das Bild eines tröstenden Zuschauers und erhob ihn über Unebenheiten der Erdoberfläche" (I. 143).

Der Mond begleitet den sehnsuchtsvollen Menschen und führt ihn ins traumhafte und wunderbare Land. Er ist Novalis viel vertrauter als die Sonne. Novalis verwendet die Sonne bloß als Metapher; aber der Mond ist ihm vonnöten für seine seelische Landschaft wie für die romanische seiner Dichtung.

5. Luft, Wind, Wolke

Der Zweite Teil des Heinrich von Ofterdingen fängt mit einem Prolog an, den Astralis spricht. Der Sterngeist, der siderische Mensch, ist mit der Umarmung Heinrichs und Mathildens geboren. Er ist Aether-Körper, belebt die Welt und lenkt aus dem Stofflichen zum Geistigen hin. Der Prolog ist voll ursprünglicher Natur. Alle Grenzen, die zeitlichen und die räumlichen, werden aufgehoben. Astralis ruft das chaotische Urspiel der Natur wieder ins Leben. — Ist das wunderbare Kind, Astralis, nicht ein Symbol für die Sublimierung der Liebe, die Heinrich und Mathilde pflegten? Ist die Welt, die Novalis singt, nicht die höchste Ideenwelt, die man nur durch Liebe erreichen kann?

In dieser Ideenwelt vollzieht sich eine große Erhöhung. Das Irdische, Starre, Feste, steigert sich zum Himmlischen, Flüssigen, Beweglichen. Die Erhebung des Niedrigen zum Höheren ist ein höchst wichtiger Vorgang in Novalis' Welt, den wir immer ins Auge fassen müssen.

Luft und Aether treten bei Novalis nicht in dem Maße hervor, wie Licht, Feuer und Wasser, aber sie haben für ihn ähnliche Bedeutung. Novalis meint, wir leben vom Aether, wie Pflanzen von der Erde und wie wir den Pflanzenbogen düngen, so düngen uns die Pflanzen den „Luftbogen" (III. 81).

Wir sind so innig mit der Luft verbunden wie mit anderen Elementen, mit Licht, Feuer und Wasser, die wir nicht entbehren können. Sie ist so gut Organ des Menschen wie das Blut (III. 214). In uns sollte es ein Vermögen geben, „was dieselbe Rolle hier sichtbare Materie, der Stein der Weisen — der überall und nirgends, alles und nichts ist — ... Sie ist über vorher" (III. 259).

Novalis hat nicht wie Hölderlin den Aether Vater genannt und in großer Begeisterung besungen. Er strebt aber immer danach, sich oder die Welt wieder in Luft und Aether zu verwandeln, wie er sich nach seiner Urheimat sehnt. Wir lesen Sätze wie:

„Die erstarrte Wunderheimat verflog in den Aether"

(I. 61).

"Wie in Staub und Lüfte zerfiel in dunkle Worte die unermeßliche Blüte des Lebens" (I. 61).

"Eine Quelle, die in die Luft hinausquoll und sich darin zu verzehren schien" (I. 103)

Vor der himmlischen Jungfrau schwindet von Hyazinth der letzte irdische Anflug, „wie in Luft verzehrt" (I. 27). In den Hymnen an die Nacht singt Novalis:

„Zu Balsam und Aether

Verwandelt mein Blut —" (I. 59).

Solche Verse finden später Widerklang bei den Neuromantikern, wenn z. B. v. Hoffmannsthal in seinem lyrischen Drama „Ariadne" dichtet:

„ ... Balsam und Aether

Für sterbliches Blut in den Adern mir fließt."

Die Luft wird oft flüssig und als kostbarer Trank gedacht. Schon unter den kindlichen Völkern gibt es ernste Leute, denen die Luft ein erquickender Trank ist (I. 18). In der Nacht wird „der Wehmut weiche Luft" verschluckt (I. 55). Im Bereich der Luft ist alles so tief und geheimnisvoll wie im Meer. Der Lehrer in Sais sieht ins Luftmeer ohne Rast, um seine Klarheit, seine Bewegungen, seine Wolken, seine Lichter zu betrachten (I. 12).

Die Luft in Novalis' Welt ist rein und blau. Sie übt Einfluß auf das menschliche Gemüt. In der klaren warmen Luft des südlichen Deutschlands wird Heinrich seine ernste Schüchternheit ablegen (I. 112).

Der Wind ist eine Luftbewegung. Er ist poetisch und musikalisch (III. 128) und bedeutet daher dem „einsamen, sehnsuchtsvollen Herzen" sehr viel. Wenn er an ihm vorübersaust, scheint er von geliebten Gegenden herzuwehren und „mit tausend dunklen,wehmütigen Lauten den stillen Schmerz in einen tiefen melodischen Seufzer der ganzen Natur aufzulösen" (I. 32).

Als Metapher wird der Wind wenig von Novalis angewendet. Er weht in seinem dichterischen Land freundlich, duftend und leise und immer in dem Augenblick, wo er not tut. Wie der Mond erscheint, um die Welt zum Traum hinzulenken, so säuselt der Wind, um alles leiser, beweglicher und musikalischer zu machen und Unerreichliches in Vorhahnung zu setzen. — Vor Ofterdingens Traum saust der Wind vor den klappernden Fenstern (I. 101). Vor der Erscheinung des Sängers tönt ein leiser Wind oben in den alten Wipfeln, wie die Ankündigung eines fernen fröhlichen Zuges (I. 129). Im Saale, worin Arcturs Tochter liegt, weht ein duftender Wind (I. 195). Während Sophie die Asche der Mutter in die Schale auf dem Altar schüttet, weht ein leiser Wind in den Gewändern und Locken der Umstehenden (I. 215). Wunderlich hört man in Sylvesters Garten den Abendwind die Wipfel der Kiefern rühren (I. 231). — Damit verglichen, bläßt der kalte und starke Wind selten in Novalis' Welt.

Der Sturm dagegen wird meistens als Gleichnis gebraucht. Er bricht kaum aus Novalis' wirklicher Natur. Mit einer Ausnahem da zwei Liebende auf einem Spaziergang vom Sturm überrascht werden, der ihnen die ganze Nacht über den Brautgesang singt (I. 127). Sonst stürmt der Sturm nur im Plural in Gedichten und Hymnen und versinnbildlicht Hindernisse oder Schwierigkeiten, z. B.

„Das Irdische schwimmt obenauf, wird von Stürmen zurückgeführt" (I. 58).

„Mit deiner Hand ergriff mich ein Vertrauen,

Das sicher mich durch alle Stürme trägt" (I. 97).

Sylvester erwidert Heinrich, nachdem dieser Wolken als Erscheinungen der zweiten höhern Kindheit, des wiedergefundenen Paradieses angesprochen hat:

„Es ist gewiß etwas sehr Geheimnisvolles in den

Wolken, und eine gewisse Bewölkung hat oft einen ganz wunderbaren Einfluß auf uns. Sie ziehn und wollen uns mit ihrem kühlen Schatten auf ein ausgehauchter Wunsch unsers Innern ist, so ist auch ihre Klarheit, das herrliche Licht, was dann aud Erden herrscht, wie die Vorbedeutung einer unbekannten, unsäglichen Herrlichkeit. Aber es gibt auch düstere und ernste und entsetzliche Umwölkungen, in denen alle Schrecken der alten Nacht zu drohen scheinen. Nie scheint sich der Himmel wieder aufheitern zu wollen, das heitre Blau ist vertilgt und ein fahles Kupferrot auf schwarzgrauem Grunde weckt Grauen und Angst in jeder Brust. Wenn dann die verderblichen Strahlen herunterzucken und mit höhnischem Gelächter die schmetternden Donnerschläge hinterdreinfallen, so werden wir bis ins innerste beängstigt, und wenn in uns dann nicht das erhabne Gefühl unserer sittlichen Obermacht entsteht, so glauben wir den Gefühl unsrer sittlichen Obermacht entsteht, so glauben wir den Schrecknissen der Hölle, der Gewalt böser Geister überliefert zu sein.

„*Es sind Nachhalle der alten menschlichen Natur, aber auch weckende Stimmen der höhern Natur, des himmlischen Gewissens in uns. Das Sterbliche dröhnt in seinen*

Grundfesten, aber das Unsterbliche fängt heller zu leuchten an und erkennt sich selbst" (I. 233 f.).

Diese Stelle erhellt uns wesentlich, wie Novalis die Wolke betrachtet und was für eine Bedeutung er ihr beimißt. Ist eine Wolke schön und lieblich, so scheint sie „ein ausgehauchter Wunsch unseres Innern" oder die „Vorbedeutung einer unbekannten, unsäglichen Herrlichkeit"; aber wenn sie düster und ernst aussieht, so wohnen „alle Schrecken der alten Nacht" ihr inne. — Daher: Die entsetzlichen Gefahren, die der menschliche Verstand verursacht, seien den unschuldigen Menschen wie furchtbare Wetterwolken, die „um ihre friedlichen Wohnsitze herlägen und jeden Augenblick über sie hereinzubrechen bereit wären" (I. 20). Unseren Blick beschränken die Wolken, die kein Hoffnungsstrahl durchblickt (I. 82). Auf der Wallfahrt zu der Jungfrau werfen Nebel und Wolken sich Hyazinth in den Weg (I. 26). Die Liebe geht auch durch Wüsten und Wolken, um endlich im Hof des Mondes die schlafende Tochter an der Hand zu haben (I. 201).

Die schönen, herrlichen Wolken hingegen besitzen anziehende Kraft und ihr Spiel ist äußerst poetisch (III. 333, 251). Aufsteigende Wolken sind als Quellengebete zu betrachten (III. 291). Sie locken die feurigen Jünglinge „mit tausend Reizen" (I. 202). In goldener Zeit lieben und erzeugen sich die

Geschlechter der Menschen spielend in buntfarbigen Wolken, die schwimmenden Meeren gleichen und Urquellen des Lebendigen auf Erden sind! (I. 35). In den geistlichen Liedern besingt der Verfasser die Mutter:

"*Du aber hobst den hehren Blick*
Und gingst in tiefe Wolkenpracht zurück" (I. 83).

Diese Wolken gleichen dem Himmel, nach dem Novalis Sehnsucht hegt, wie wir im vorigen Kapitel gesehen haben.

6. Nacht, Dämmerung

Die Nacht in der Mentaphorik des Novalis ist andern Wesens als jene des Hymnen-Zyklus, die wir kurz betrachten:

Die Hymnen sind nicht datiert, und vergebens suchte man, ihre Entstehungszeit festzulegen. Doch ist gewiß, daß sie die Früchte seines tiefsten, mystischen Erlebnisses, des Todes Sophiens sind, und ohne diesen nicht zu denken: Ein phantastisches Erlebnis an Sophiens Grab, das Novalis in seinem Tagebuch vom 13. Mai 1797 erwähnt, ist die Keimzelle des ganzen Zyklus. Der Entschluß zu sterben, von dem wir in seinem Tagebuch aus jener Zeit häufig lesen, die Sehnsucht nach dem Jenseits, nach ewiger Vereinigung mit der toten Sophie, danenben die Beschäftigung mit Youngs "Nachtgedanken" haben zu der Entstehung der Hymnen geführt. Novalis versenkt sich in diese Nacht, wie in ein tief gefühltes Wesen. Die inneren Kräfte, Trunkenheit des Gemüts und die Ahnung eines tieferen Genusses sind erwacht. Zeit und Raum verschmelzen miteinander in diesem seligen, heiligen Augenblick. Man vergißt sich Selbst. Die Nacht ist unser tiefinnerstes Erlebnis weit vor allen anderen.

Die Nacht bringt ihm Erfüllung seiner Wünsche. In ihr sieht er die Mutter, die alles zeugt. Mütterlich trägt sie das Licht, und all seine Herrlichkeit verdankt ihr das Licht. Ihre Tochter ist die Liebe. In der Urheimat kann man sich mit der Geliebten — der lieblichen Sonne der Nacht — inniger vereinigen und dann wird „ewig die Brautnacht währen". — Besonders in der 3. Hymne zeigt Novalis, wie er, während Zeit und Raum verschwinden und Leben und Tod ins Vergessen sinken, in Einem heiligen Moment die Ewigkeit mit seiner toten Geliebten auskostet.

Dieses immer tiefere gehende Erleben erweitert und verklärt sich im Geiste des Dichters über das Persönliche hinaus: In der Geliebten sieht er die Madonna; in der Nacht, wo seine Geliebte ihre Heimat hat, findet er die Urheimat der Welt. Die Sehnsucht nach ewiger Vereinigung verwandelt sich in die religiöse Sehnsucht der Menschheit. Durch die Madonna ist ja Christus geboren.

Wir haben die Nacht, die Novalis in den Hymnen besingt,

in aller Kürze geschildert und vernommen, daß sie das Reich des Todes — Urheimat des Lebens — vertritt, wonach er in der Zeit nach Sophiens Tod sich zutiefst sehnt. — Aber die allgemeine Nacht in seinen anderen Dichtungen ist ganz anderer Natur. Sie ist das Gegenteil vom Licht: Wenn das Licht Symbol der Besonnenheit ist (II. 400), so wird die Nacht Symbol der Unbesonnenheit (II. 401). Novalis vergleicht die Nacht und Unbesonnenheit auf folgende Weise:

„*Die Nacht ist zweifach: indirekte und direkte Asthenie. Jene entsteht durch Blendung, übermäßiges Licht, diese aus Mangel an hinlänglichem Licht. So gibt es auch eine Unbesonnenheit aus Mangel an Selbstreiz und eine Unbesonnenheit aus Uebermaß an Selbstreiz — dort ein zu grobes, hier ein zu zartes Organ. Jene wird durch Verringerung des Lichts oder des Selbstreizes — diese durch Vermehrung derselben gehoben oder durch Schwächung und Stärkung des Organs. Die Nacht und Unbesonnenheit aus Mangel ist die häufigste...*" (II. 401).

Der Lehrer in Sais erspäht in den Augen der Schüler, ob sie für die Chiffernschrift Verständnis haben, wenn nicht, so sieht er die Schüler traurig, „daß die Nacht nicht weicht" (I. 11f.).

Die Nacht ist voll von Schrecken. Wir lesen: „grausende"

Nacht, „schreckende" Nacht (I. 20), „tiefe" Nacht (I. 78) und „kalte" Nacht (I. 196). In ihr gerät alles in Irrtum, und sie bringt uns in tiefe, geistige Depression. Z. B.

> *„Wir irrten in der Nacht wie Blinde*
> *Von Reu und Lust zugleich entbrannt"* (I. 68).

> *„Es schleichen wilde Schrecken*
> *So ängstlich leise her,*
> *Und tiefe Nächte decken*
> *Die Seele zentnerschwer"* (I. 78).

In den entsetzlichen Umwölkungen drohen „alle Schrecken der alten Nacht" (I. 234). Novalis ist jedoch in dem festen Glauben:

> *„Die kalte Nacht wird diese Stätte räumen,*
> *Wenn Fabel erst das alte Recht gewinnt"* (I. 196).

Das Beiwort „nächtlich" wird auch Bezirken beigelegt, die öde, traurig und ängstlich jeder Tag" (I. 67). Die erste Ankündigung des Todes, die erste Trennung, beängstigt den Menschen wie ein nächtliches Gesicht (I. 110). „Drohende Wetterwolken ziehen mit tiefem nächtlichen Dunkel" (I. 126).

Die Finsternis gleicht der Nacht: In Zeiten der Verfinsterung sind die Sterne der Erde gram geworden (I. 18). Ein lichtes Leben verzehrt doch schnell die bodenlose Finsternis (I. 67).

Hingegen scheint die Dämmerung freundlich und liebevoll. Novalis liebt sie, nicht nur weil ihre traumhafte Stimmung zur Herstellung der Märchenwelt beiträgt, sondern weil sie ein poetischer Übergang ist, — ein Übergang von Nacht zum Tag und von Tag zur Nacht. Novalis, „der gespenstige Seher der Übergänge"[1], findet in jedem Übergang seine dichterischmagische Steigerung. Er betrachtet Licht, Luft und Wärme als Übergang des Körpers zur Seele (III. 197). Alle Kraft erscheint nur im Übergehen (II. 343). Alle Wirkung ist Übergang (II. 408). Die tiefsinnige und romantische Zeit ist auch nur eine Übergangszeit, die sich „zwischen den rohen Zeiten der Barbarei und dem kunstreichen, vielwissenden und begüterten Weltalter" niederläßt. Denn „in allen Übergängen scheint, wie in einem Zwischenreiche, eine höhere, geistliche Macht durchbrechen zu wollen". Der Dichter schreibt weiter:

„Wer wandelt nicht gern im Zwielichte, wenn die Nacht am Lichte und das Licht an der Nacht in Höhere Schatten und Farben zerbricht" (I. 110).

---

[1] Gundolf, Romantiker, Neue Folge, S. 229.

Novalis unterscheidet Abend- und Morgendämmerung voneinander: Diese ist eine freudige, erwartungsvolle Stunde und jene eine wehmütige (IV. 379). Einerlei ob wehmütig oder freudig, beflügelt die Dämmerung doch die dichterische Phantasie in gleicher Weise.

Sie begünstigt Heinrichs gerührte Stimmung, ehe er die neuen unbekannten Gegenden kennen lernt (I. 111). Die fernen Berge werden buntgefärbt, aber der Abend legt sich mit süßer Vertraulichkeit über die Gegend (I. 33). Fernen Bergen, fernen Menschen, fernen Begebenheiten weiht Novalis seine romantische Sehnsucht. Die Dämmerung setzt die heftige Sehnsucht und die unerreichbare Ferne in Berührung. „Poesie der Nacht und Dämmerung" hat Novalis einmal in seinen Fragmenten notiert. Die Poesie der Nacht kristallisiert sich im Hymnen-Zyklus; die Dämmerung aber wartet da und dort in seinen Dichtungen.

In Traum von Ofterdingen, nachdem er ein unendlich buntes Leben durchlebt hat und bevor die Blaue Blume ihm erscheint, bricht draußen die Dämmerung an: Nun wird es in seiner Seele stiller und die Bilder werden klarer und bleibender (I. 102). Ebenso sieht er im Traum des Vaters nach langem Irrweg von weitem eine Dämmerung, ehe er der seltsamen Blume gewahr wird (I. 107). — In der 3. Hymne, zwischen seiner großen Einsamkeit und der Begegung mit der toten Geliebten, kommt aus blauen Fernen ein Dämmerungsschauer und mit einmal reißt das Band der Geburt, des Lichtes Fessel (I. 57). Kurz: Die Dämmerung ist in Novalis' Dichtungen das Vorzeichen einer neuen Welt, von der er träumt. Sie ist Übergang von der allgemeinen dunklen Nacht zum hellen Tag, und zugleich vom ärmlichen flachen Tag zur höheren Nacht, der Heimat der Liebe.

7. Pflanzenwelt

Fast ein halbes Jahrhundert nach Novalis' Tod erschien ein Büchlein von Fechner, das vom Seelenleben der Pflanzen handelt und Nana heißt. Es beginnt mit folgenden Worten:

„*Wenn man einen zugleich allgegenwärtigen, allwissenden und allwaltenden Gott zugibt, der seine Allgegenwart nicht bloß neben oder über der Natur behauptet... So ist hiermit eine Beseelung der ganzen Natur eben durch Gott... schon zugestanden, und es wird nichts in der Welt aus dieser Beseelung herausfallen, weder Stein, noch Welle, noch Pflanzen.*" [1]

---

[1] Fechner, Nanna, 5. Aufl, Leipzig 1921, S. 1.

Diese Worte klingen sehr an Novalis an: Bei ihm ist alles beseelt — nicht allein von Gott, sondern Kraft magischen Geistes —, und nichts bleibt davon ausgeschlossen, weder Stein, noch Welle, oder Pflanze. Den Gedanken vom Beseeltsein des für unbeseelt Gehaltenen teilt Fechner mit Novalis und vielen romantischen Naturphilosophen, z. B. mit G. H. Schubert und Oken. Sie sind mit kleinen Abweichungen der Ansicht, daß Menschen, Tiere und Pflanzen dazu bestimmt sind, in gegenseitiger Ergängzung gemeinsam einem höhren Ganzen zu dienen. Sie heben das Tier und die Pflanzen zum Menschen empor und nennen sie Brüder.

Das Fechnersche Büchlein heißt Nanna, — die Göttin der Blumen. Von ihr wird eine Sage überliefert: Die Göttin der Blumen war zugleich die Gattin des Lichtgottes Baldur. Die Blumen gediehen unter der Lichtes Herrschaft. Aber das Licht nahm nach und nach ab, und die Blumenwelt neigte sich zum Untergang. Als Baldur verbrannt wurde, starb auch seine Gattin. Nur war die Zeit der Blumen verflossen. — Auch diese Sage gemahnt uns an Novalis. Ist die Zeit der Blumen nicht das goldene Zeitalter, dem er seine stete Sehnsucht schenkt? Gleicht die Blumenwelt nicht dem Garten, den der alte Sylvester mit ganzem Herzen pflegt?

Novalis beschwört diese Welt, wo Meschen, Tiere

und Pflanzen sich verständigen können und miteinander in vertraulichem Verkehr stehen. Die Blumen und Tiere sollen über Menschen, Wissenschaft, Religion sprechen können (III. 334). Novalis sagt:

„*Aus einem Menschen spricht für dieses Zeitalter Vernunft und Gottheit nicht vernehmlich, nicht frappant genug — Steine, Bäume, Tiere müssen sprechen, um den Meschen sich selbst fühlen, sich selbst besinnen zu machen*"
(III. 358).

Diese Welt ist in Klingsohrs Märchen verwirklicht. Nachdem das Schloß vom Zauber befreit ist, scheint alles beseelt. Tiere und Pflanzen sprechen und singen. Die kleine Fabel grüßt überall ihre alten Bekannten (I. 216).

Daß die innigen Beziehungen zwischen Menschen und Pflanzen abgebrochen sind und jede Gattung für sich ein eignes Reich bildet, dünkt Novalis verhängnisvoll. An dem Reich der Pflanzen geht man jetzt gleichgültig vorüber, und kaum bedenkt jemand, daß sie eigentlich uns als Geschwister angehören und mit uns in unlösbarer Verbindung stehen. Nur ein „ruhiges", genußvolles Gemüt kann sie verstehen (I. 32). Die Natur erscheint in einem Felsen zwar wild, aber in einer stillen treibenden Pflanze wie eine „stumme menschliche Künstlerin"

(I. 166). — Wir Menschen besitzen eigentlich Pflanzen-, Tiere- und Steinsinne, worauf Pflanzen, Tiere und Steine wirken (III. 47). (Daß wir diese Sinne nicht üben, sondern verloren gehen lassen, gehört zu unserer Trägheit.) Die folgenden Worte von Sylvester lehren uns, wie man sich des Umgangs mit Pflanzen befleißen soll.

„Ich bin nicht müde geworden, besonders die verschiedene Pflanzennatur auf das sorgfältigste zu betrachten. Die Gewäsche sind so die unmittelbarste Sprache des Bodens; jedes neue Blatt, jede sonderbare Blume ist irgend ein Geheimnis. ... Findet man in der Einsamkeit eine solche Blume, ist es da nicht, als wäre alles umherverklärt. ... Über die ganze trockne Welt ist dieser grüne, geheimnisvolle Teppich der Liebe gezogen, mit jedem Frühjahr wird er erneuert und seine Schrift ist nur dem Geliebten lesbar wie der Blumenstrauß des Orients"
(I. 232f.).
Aus Novalis' Fragmenten, die auf Pflanzen sich ergänzen und zu einer großen Familie gehören, z. B.: Die Pflanze hat ein einfaches, das Tier ein zweifaches, der Mensch ein dreifaches Leben (II. 246). Wie wir die Pflanzen düngen, so düngen uns die Pflanzen den Luftboden. — Wir sind Kinder des Aethers,

die Pflanzen Erdenkinder (III. 81). Die Blüte ist schon eine Annährung ans Tierische; das Höchste des Tieres ist vielleicht ein den Pflanzen sich nährendes Produkt (III. 48). Lehrreich sind die folgenden Fragmente, die Menschen, Tiere und Pflanzen verschwistert zeigen:

„Das Tier lebt im Tiere, in der Luft. — Die Pflanze ist ein Halbtier, daher sie zum Teil in der Erde, der großen Pflanzen, zum Teil in der Luft lebt."

„Die Sinne sind an den Tieren, was Blätter und Blüten an den Pflanzen sind."

„Unsre Sinne sind höhere Tiere."

„Nerven sich höhere Wurzeln der Sinne" (III. 369).

„Sollten die Pflanzen etwa die Produkte der weiblichen Natur und des männlichen Geistes — und die Tiere die Produkte der männlichen Natur und des weiblichen Geistes sein? Die Pflanzen etwa ein Mädchen — die Tiere die Jungen der Natur?" (III. 74).

Über den Charakter der Weiblichkeit der Pflanzen hat Novalis vielfach nachgedacht (vgl. III. 319). Wie das Weib steht die Pflanze immer in ihrem engen Lebenskreis, indes das Tier wie der Mann ungebunden und handelnd in der Welt sich bewegt.[1] (Fechner hat den in Dichtungen häufig verkommenden Vergleich der Pflanze mit dem Weibe behandelt.)[2]

Die Romantiker haben eine Vorliebe für Blumen. Sie bewundern nicht bloß ihre Schönheit, sondern verleihen ihnen zudem tiefe symbolische Bedeutung wegen ihrer Reinheit und Vollkommenheit. Die Blumen sind ihnen einerseits Offenbarung der Natur, andererseits Symbolik des menschlichen Geistes. Was die Romaniker verkündigen wollen, sehen sie schon im Voraus in den Blumen, die auf Liebe und Frieden deuten. Den Blumen-Mythos, der in jedem Altvolk eine Rolle gespielt hat, bringen Romantiker zu neuem Leben. Die Blumen blühen in ihrer Landschaft, symbolisieren ihre Ideen. Ohne Blumen wäre die romantische Welt undenkbar.

Novalis ist jedoch zu sehr Traumseher, um die Blumen in ihrer Wiklichkeit zu beobachten, wie etwa später J. P. Jacobsen und R. M. Rilke die Rosen so tiefgehend und sich hingebend sehen und schildern. Die Blumen dienen Novalis meistens als

---

[1] Scheling vergleicht in seinem Gedicht „Tier und Pflanze" auch Pflanze mit Weib und Tier mit Mann.
[2] Fechner, Nanna, S. 261 f.

Symbol und Allegorie, oder als unentbehrlicher Bestandteil der Landschaft.

Die „Blaue Blume" ist Novalis' Schöpfung und wird zum Symbol der ganzen Romantik. Die verheißungsvolle Zauberblume, sie ursprünglich tief im Wunderglauben des Volkes wurzelt, und die Traumblume, die Jean Paul in der „Unsichtbaren Loge" mit dichterischem Herzen gepflegt hat, verschmelzen sich bei Novalis zu einer wunderbaren Blume der Poesie, der Liebe, — zur „Blume der Erkenntnis, die eine Erlösung ist in der Welt der ursprünglichen Harmonie".[①]

Die Blaue Blume zieht sich wie ein Faden durch den ganzen Roman „Heinrich von Ofterdingen" hindurch. Der Roman fängt so an: Heinrich liegt unruhig auf seinem Lager und gedenkt der Erzählung eines Fremden von der Blauen Blume. Nun wird die blaue Blume gleichsam in sein Inneres verpflanzt durch einen seltsamen Traum, wie ihn zur Jugendzeit auch einmal sein Vater hatte, der jedoch nachher die Farbe der Blume vergaß. Die Blaue Blume sei wundersamer Art, demütig könne man sich ihrer „himmlischen Führung" überlassen — so erklärte dem

---

[①] Vgl. J. Hecker: Das Symbol der Blauen Blume im Zusammenhang der Blumensymbolik der Romantik, 1931, Jena S. 20-35.

Vater damals sein Begleiter. Wegen seiner immer zunehmenden Entfremdung von der Wunderwelt verlor der Vater die Blume beinahe aus dem Gedächtnis. Aber sie wurzelt jetzt tief und fest in Heinrichs Herzen, weil er immer die Wunderheit vor sich hat. Bei jedem merkwürdigen Ereignis erscheint sogleich die Wunderblume: beim Antritt der ersten Reise, bei der Begegnung mit der Morgenländern. In der ersten Liebesregung zu Mathilde sagt Heinrich zu sich selbst:

„Ist mir nicht zumute wie in jenem Traume, beim Anblick der blauen Blume? Welcher sonderbare Zusammenhang ist zwischen Mathilde und dieser Blume? Jenes Gesicht, das aus dem Kelche sich mir entgegenneigte, es war Mathildens himmlisches Gesicht..." (I. 181).

Die Blaue Blume symbolisiert hier die Liebe, das Urweibliche und die Erlösung alles Irdischen. Sie würde im zweiten Teil des Romans ebenso oft erscheinen, wenn der Roman nicht abbrechen würde. Wir lesen aus der Paralipomena zum Heinrich on Ofterdingen: „Erzählung des Mädchen, der blauen Blume... Heinrich muß erst von Blumen für die blaue Blume empfänglich gemacht werden. Geheimnisvolle Verwandlung. Übergang in die hörere Natur. ... Er soll die blaue Blume pflücken und herbringen. ..." (I. 240, 241, 247). Sie ist zugleich die Morgenländerin, Mathilde, Edda: die Verkörperung der Liebe.

Um die Blaue Blume stehen noch unzählige andere Blumen in Heinrichs Traum. Sie sind wie Planeten, die ihre Sonne, die Blaue Blume, umgeben. Wenn die Blaue Blume nur im Traum und bei bedeutungsvollen Begebenheiten zum Vorschein kommt, so blühen die anderen Blumen allenthalben: In Novalis' Welt begegnen wir Blume sehr häufig, vor allem der Rose: Von jeher als Blume der Liebe betrachtet, dient sie auch Novalis als Symbol der Liebe. Mathilde vergleicht sich mit einer Rose. Sie sagt zu Heinrich:

„Heinrich, du weißt das Schicksal der Rosen; wirst du such die welken Lippen, die bleichen Wangen mit Zärtlichkeit an deine Lippen drücken?" (I. 192).

Im Märchen heißt das Mädchen Rosenblüte und ihr wundersamer Geliebter Hyazinth. In ihrer Umgebung spricht alles freundlich und bewegt sich menschlich insbesondere die Blumen. Die Rose schleicht sich freundlich hinter Hyazinth herum, kriecht durch seine Locken (I. 24). An einer kristallnen Quelle grüßen ihn eine Menge Blumen „freundlich mit bekannten Worten" (I. 26). — Im Traum reden Blumen und Bäume Heinrich an (I. 182). Und im zweiten Teil des Ofterdingen sollten

Tiere und Blumen sprechen können, — nicht bloß im Märchen und Traum, sondern auch in der verwirklichten Wunderwelt.

Menschen, die mit Blumen Verwandtschaft haben, sprechen mit ihnen im Traum, sammeln sie und schmücken sich mit ihnen an Tag. Die Lehrlinge in Sais suchen Kristalle und Blumen. Rosen und Winden zieren dem munteren Gespielen, der das Märchen von Hyazinth und Rosenblüte erzählt, die Schläfe (I. 23). In der Höhle beim Grafen von Hohenzollern werden zwei Bildsäulen mit einem Kranz von Lilien und Rosen eingefaßt (I. 161). Mathilde trägt am Busen eine Rose (I. 187). Nicht nur die Menschen sind blumengeschmückt, sondern auch Christus:

„Die Augen sehn den Heiland wohl,

Und doch sind sie des Heilands voll,

Von Blumen wird sein Haupt geschmückt,

Aus denen er selbst holdselig blickt" (I. 81).

Die körperliche Schönheit wird, nach allgemeinerem Brauch, mit Blumen verglichen (z. B.: Wie Lilien glänzt die Haut des Lehrlings (I. 12)). Charakteristisch sind aber die folgenden Stellen: Das Gesicht des Pilgers ist bleich, wie eine Nachtblume (I. 225). Das Gesicht von Mathilde ist eine nach der aufgehenden Sonne geneigte Lilie (I. 175). Daß gewisse Blumen sich immer nach der Sonne richten, ist Novalis ein willkommenes Gleichnis:

nach der Sonne richten, ist Novalis ein willkommenes Gleichnis:

> *„Greife dreist nach seinen Händen,*
>
> *Präge dir sein Antlitz ein,*
>
> *Mußt dich immer nach ihm wenden,*
>
> *Blüte nach dem Sonnenschein..."* (I. 70).

Die Blüten sind Allegorien des Bewußtseins oder des Kopfs (III. 369). Auch Herz und Leben finden ihr Sinnbild in Blumen:

> *„Meine Welt war mir zerbrochen,*
>
> *Wie von einem Wurm gestochen*
>
> *Welkte Herz und Blüte mir..."* (I. 71).

> *„Einsam entfaltete das himmlische Herz sich zu einem Blütenkelch allmächtiger Liebe"* (I. 61).

> *„Wie Blume keimte ein neues fremdes Leben"* (I. 62).

Wie Heinrich auf seiner Reise auf Frauen wirkt, wird auf diese Weise geschildert:

> *„Die Frauen verweilten gern auf seiner einnehmenden Gestalt, die wie das einfache Wort eines Unbekannten war, das man fast überhört, bis längst nach seinem Abschiede es seine tiefe unscheinbare Knospe immer mehr auftut, und endlich eine herrliche Blume in allem Farbenglanze dichtverschlungener Blätter zeigt..."* (I. 135).

Wie das Mannesalter Blütezeit des Lebens ist, so sieht

Novalis beim Mittagessen die Blütezeit des Tages. Das Frühstück ist die Knospe (II. 403).

Eine schöne Analogie: „Die Sieste des Geisterreichs ist die Blumenwelt. In Indien schlummern die Menschen noch immer, und ihr heiliger Traum ist ein Garten, den Zucker- und Milchseen umfließen" (II. 352). — Der stille Hof der Kirche ist der sinnbildliche Blumengarten der Geschichte (I. 162).

„Auch die Philosophie hat ihre Blüten. Das sind die Gedanken, von denen man immer nicht weiß, ob man sie schön oder witzig nennen soll" (II. 17). — Soldaten sind Blüten des Staates; deshalb tragen sie bunte Kleider (III. 294).

Die Tiere streben nach individueller Alleinherrschaft; hingegen erinnert Novalis das Nachbegen der Blumen an Toleranz und Kosmopolitismus (III. 328).

Zum Schluß haben wir noch einen Vergleich zu erwähnen, den Novalis mit vielen anderen Dichtern gemein hat, nämlich den der Blumen mit Kindern. Wegen ihrer Unschuld und Verbundenheit mit der Mutter Erde haben Dichter sie mit Kindern verglichen. Ein Beispiel dafür ist die erste Strophe von Tiecks Gedicht „Die Blumen"

„Sieh die zarten Blüten keimen,
Wie sie aus sich selbst erwachen

Und wie Kinder aus den Träumen

Dir entgegen lieblich lachen."

Heine singt angesichts eines Kindes:

„Du bist wie eine Blume,

so hold und schön und rein."

Bei Novalis sind die unschuldigen Blumen Ebenbilder der Kinder. So erklärt Heinrich:

„Den vollen Reichtum des unendlichen Lebens, die gewaltigen Mächte der spätern Zeit, die Herrlichkeit des Weltendes und die goldne Zukunft aller Dinge sehn wir hier noch innig ineinander geschlungen, aber doch auf das deutlichste und klarste in zarter Verjüngung. Schon treibt die allmächtige Liebe, aber sie zündet noch nicht. Es ist keine verzehrende Flamme; es ist ein zerrinnender Duft" (I. 233).

„Blühen" und „Aufblühen" treten häufig auf, als Zeitwörter und in Partizip-Form als Beiwörter. Indien muß selbst im Norden um Christus fröhlich blühen (I. 67). Das Land und die Städte blühen auf (I. 112). Die blühende Welt geht unter (I. 36). Der Alte zieht aus fernen Gegenden in das friedliche und blühende Land (I. 121). Ferner lesen wir: Blühendes Kind (I.61), aufblühende Prinzessin (I.120), aufblühende Tochter (I.121), blühende Wangen (I. 188), blühende Anmut (I. 214). Die Welt ist der Kampfplatz einer kindlichen, aufblühenden Vernunft (I. 22).

In Vorzeiten prangten uralte Stämme blühenreiche Weisheit (I.61). Das Morgenland besitzt ahnende, blütenreiche Weisheit(I.61).—Noch ein schönes Beiwort, das zwar nur einmal vorkommt: Im Grün der Frühlingswiesen fühlt der junge Liebende seine „blumenschwangre" Seele mit entzückender Wahrheit ausgesprochen (I. 32).

Die Blumen sind die schönsten, geheimnisvollsten, sinnbildlichsten Wesen in der Pflanzewelt; die Bäume scheinen aber die edelsten, „weil ihre unzähligen Individuen so sehr mittelbar nur noch an der Erde hängen, und gleichsam schon Pflanzen auf Pflanzen sind" (III. 369). Die Blumen sind liebe Kinder von Sylvester, unter denen er sich wie ein alter Baum fühlt (I. 231).

Der heiligste Baum der Germanen, die Eiche, ragt vor andern Bäumen hervor. Sie steht in Novalis' Landschaft, aber ohne mythologische Bedeutung. Heinrich begegnet der Morgenländerin unter einer alten Eiche und er sieht im zweiten Teil des Romans einen Mönch unter einem alten Eichbaum knien (I. 141, 225). Im Fest des Königs wird die Stille plötzlich durch leise Laute einer unbekannten schönen Stimme unterbrochen, die von einer uralten Eiche herauszukommen scheint (I.130). Die andern Bäume, die in Novalis' Welt stehen, z.B. Tannen und Kastanienbäume, erhalten im allgemeinen auch wie die Eiche das Beiwort „alt".

Der Baum ist eine wenig gebrauchte Metapher. Nur „ein klingender Baum voll goldener Früchte" wird mit dem hohen Lebensgenusse verglichen. Die Menschliche Neigung soll nicht „von diesem Baum zu der gefährlichen Frucht des Erkenntnisses, zu dem Baum des Krieges sich gewendet haben" (I. 176). Eine fröhliche Botschaft empfindet Novalis baumartig: Sie wächst empor tausendzweigig (I. 62). Ein Satz aus den Fragmenten: „Über die als einen geschlossenen Körper — als einen Baum — woran wir die Blütenknospen sind" (II. 377).

Die Waldeinsamkeit hat Tieck entdeckt und in dem unvergeßlichen Lied des Märchens „Der blonde Eckbert" besungen. Bei Novalis bildet sich der Wald zu einem Reich, wo Wunderbares und Geheimnisvolles zu Hause ist. Daher zieht er die sehnsuchtsvollen Menschen an. In den Wäldern sind Geister verborgen und dort erklingen noch die in der Außenwelt schon verstummten und verlorenen Töne (I. 117,18). Die Frische des Waldes lockt die Prinzessin immer tiefer in seine Schatten (I. 122).

Höhlen und Wälder sind der liebste Aufenthalt des Hyazinth, der später eine Wallfahrt zur Jungfrau unternimmt (I. 23). Auf der Wallfahrt locken grüne Büsche ihn mit anmutigen Schatten und erfüllen sein Herz mit grünen Farben und kühlem, stillem Wesen. (I. 26).

Die Kräuter sind bei Novalis heilsame Pflanzen. Die feinen Figuren und wundersame Herrlichkeit, die der Pilger durch einen langen Strahl erblickt, sind wie „ein vollsaftiges Kraut aus eigner Lustbegierde gewachsen" (I. 67). Und sein Angesicht schimmert nicht nur aus Stein, Meer und Licht, sondern auch aus jedem Kraut (I. 81). — Die Alraunwurzel, durch deren Wirkung der junge Jäger in Tiecks Märchen „Der Runenberg" von unwiderstehlicher Sehnsucht nach dem fernen Berge ergriffen wird, und die Achim von Arnim als Motiv in der Novelle „Isabella von Ägypten" verwendet, findet sich auch in Klingsohrs Märchen. Der Schreiber trägt sie bei sich, um sich zu schützen (I. 206).

An der Küste oder am Ufer wächst lispelndes Schilf und bringt Frieden (I. 118, 216). Das Moos überwächst Steine, Höhlen und Felsenstücke (I. 102, 127, 139). Die Erinnerung empfindet Novalis zuweilen als moosiges Denkmal (I. 58).

Daß einerseits Keim und Knospe als unentwickelte Wesen oder Anfänge, andererseits die Frucht als Erzeugnisse oder Erfolg gedacht wird, ist zu allgemein, um Novalis' Stil zu charakterisieren.

Wir fassen zusammen: Novalis hegt Liebe zu aller Kreatur, insbesondere zur Pflanze. Der Traum ist edel, die Blüte poetisch (III. 309). Die Entwicklung eines Künstlers wird mit dem Wachstum der edelsten Pflanze verglichen, die man mit großer Sorgfalt vor der trüben Strenge des nordischen Himmels schützen muß (I. 230). Die Dichter müssen sich innig und tief in die Pflanzenwelt versenken: sie wecken das geheime Leben der Wälder und die in den Stämmen verborgenen Geister auf, sie erregen in würsten, verödeten Gegenden den toten Pflanzensamen, und rufen blühende Gärten hervor (I. 116f.): um die Welt zu romantisieren und ihren Beruf zu erfüllen.

8. Tierwelt

Aus den bisherigen Ausführungen ersehen wir, wie innig verwandt für Novalis Menschen, Tiere und Pflanzen, wie untrennbar ihre Reiche sind. Es ist eine der Bestrebungen der romantischen Dichter, sowie der romantischen Naturphilosophen, die schroffen Grenzen zwischen diesen drei Reichen aufzuheben. Oken nennt Tier „Blüte ohne Stamm".[1] Novalis meint, unsere Sinne seien höhere Tiere (III. 369). Ritter und Fechner vergleichen Menschen, Tiere und Pflanzen mit Sonne, Erde und Mond. Alle drei drehen sich um den gemeinschaftlichen Schwerpunkt.

In vorromantischer Zeit bekümmerte man sich, abgesehen von den Fabeldichtern, wenig um die Tierwelt. Den Tieren schenkte man kaum mehr als kühle Gleichgültigkeit. Die Brücke zwischen Tier und Mensch war längst abgebrochen. Daß sie wieder von neuem gebaut wurde, verdanken wir den Romantikern. Innige Liebe zu den Tieren, fast franziskanischer Art, wacht in ihrem Herzen auf. Sie erheben die Tiere zu den Menschen, während die Materialisten später den Menschen zum Tier herabziehen wollen.[2]

Diese Liebe zum Tier gründet sich einerseits auf die romantische Weltanschauung, die das All als großen, einheitlichen Organismus auffaßt, andererseits auf die Entdeckung des Märchens. Jede Kreatur, sei es Mensch oder Tier, sei es Pflanze oder sogar Stein, fügt sich in den Organismus und

---

[1] Oken, Lehrbuch der Naturphilosophie, 2. Aufl. S. 251.
[2] Ricarda Huch, Die Romantik, Bd. II. S. 123.

ist ein Glied desselben. Alle sind berufen, der höchsten Einheit zu dienen; dabei verschwindet natürlich jeder kleine Unterschied und jede Grenze wird verwischt. Daher sagt Novalis: „Wenn Gott Mensch werden konnte, kann er auch Stein, Pflanze, Tier und Element werden, und vielleicht gibt es auf diese Art eine fortwährende Erlösung in der Natur" (III. 337).

Auf Grund seiner Anschauung baut Novalis die Märchenwelt, worin die Vereinigung aller Kreaturen sich verwirklicht. Insbesondere erscheinen die Tiere in Märchen, Traum und im goldenen Zeitalter überwiegend freundlich und für Menschensitte empfänglich. Sie verstehen die Menschen und sprechen mit ihnen in tiefem Vertrauen. Im Hyazinth-Märchen bemühen sich Eichhörnchen, Meerkatze, Papagei und Gimpel, den Hyazinth zu zerstreuen. Die Gans erzählt im Märchen. Die Hauskätzchen merken die Liebe des Hyazinth und der Rosenblüte. Das Eidechschen singt das Lied über die beiden Liebenden. Auf der Wallfahrt fragt er überall Menschen und Tiere, Felsen und Bäume nach der heiligen Göttin (I. 23—26). — Im Traum sieht Heinrich wunderliche Tiere umherlaufen (I. 102). — In der Sage, die die Kaufleute Heinrich erzählten, während der Sänger einen herrlichen, rührenden Gesang singt, tauchen tanzende Scharen von Fischen und Meerungeheuern hervor. Ein dankbares Tier rettet ihm das Leben (I. 118). — In Klingsohrs Märchen irren Schäfchen mit silberweißer, goldener und rosenfarbener Wolle umher. Die sonderbarsten Tiere beleben den Hain (I. 202). — Den erwachten Menschen nahen sich die Tiere mit freundlichen Grüßen (I. 216). — In den alten Zeiten sprachen die Tiere ständig mit den Menschen (I. 101), sie besitzen menschlichen Sinn.

Aber außerhalb der Märchenwelt sind die Tiere nicht alle freundlich und liebevoll, wie die Pflanzen. In Vorzeiten gab es Leute, die den Wald von schädlichen Ungeheuern, den „Mißgeburten einer entarteten Phantasie", säubern müssen, um sich der „armen, verlassenen, für Menschensitte empfänglichen Tiere" anzunehmen (I. 18). Wir lesen ferner: ein entsetzliches Tier (I. 22), das wilde, brennende, vielgestahltete Tier (I. 55), grausame Tiere (I. 117). Man glaubt mit Angst an die Sagen von Drachen und andern Untieren und findet in der Höhle die Spuren der ausgestorbenen, fremdartigen, ungeheuren Tiere (I. 155, 157, 165). — Viele Tiere sind von der „fressenden Wut" besessen (I. 233), während die zahmen Tiere „als hülflose", den Menschen sich nähern (III. 164).

Im Vergleich zu den Pflanzen wird das Tierleben seltener metaphorisch verwendet. Wir finden nur einige Stellen in den „Lehrlingen zu Sais": Die schädlichen Ungeheuer sind Mißgeburten der entarteten Phantasie (I. 18). Die Natur ist ein entsetzliches Tier; die regellose Einbildungskraft setzt Brut (I. 22). Ein großer, dicker Stein macht lächerliche Bockssprünge (I. 24).

In den Fragmenten aber finden sich viele Vergleiche der Tiere mit den Menschen einerseits, andererseits mit den Pflanzen: z. B. Die kräuterfressenden Tiere gleichen den Philogynen, die fleischfressenden den Päderasten (III. 48). Die Sinne der Menschen sind die Jungen der Natur (III. 48). Die Sinne der Menschen sind höhere Tiere (III. 369). Die Blüte ist eine Annäherung ans Tierische (III. 48). Schmarotzertiere sind Tiere Tierpflanzen (III. 83). — Wie Planton die Welt ein mit Seele begabtes Tier nennt und später Kepler behauptet, die Welt sei tierischer Natur, so betrachtet auch Novalis die ganze Natur als ein Tier:

„Wir leben eigentlich in einem Tiere — als parastische Tiere. Die Konstitution dieses Tiers bestimmt die unsrige, et vice versa" (III. 264).

Der Tierwelt entstammt auch die Vorstellung des Flügels als Ausdruck für die Sehnsucht. Die Nacht hebt die schweren Flügel des Gemüts empor (I. 56). Die Dichter sind freie Gäste, deren

Gegenwart in allen unwillkürlich die Flügel ausbreitet (I. 172). Der Wein schüttelt seine goldenen Flügel (I. 176). Die Schritte sind beflügelt; ein helles Jauchzen fliegt (I. 124, 134). Die Worte des Propheten werden Flügel. Wachstum der Besinnung ist nur ein Flug (I. 222). Und aus Novalis' Studiennotizen zu Hemsterhuis:

„Wünsche und Begehrungen sind Flügel. — Es gibt Wünsche und Begehrungen — die so wenig dem Zustande unsers irdischen Lebens angemessen sind, daß wir sicher auf einen Zustand schließen können, wo sie zu mächtigen Schwingen werden, aauf einen Element, das sie heben wird, und Inseln, wo sie sich niederlassen können" (II. 298).

Das Märchen von Klingsohr ist voll allegorischer Bilder. Aus der Tierwelt spielen die Taranteln hier eine Rolle (I. 207, 210f.). Sie sind Allegorien für Leidenschaften, „die in der Gegenwart des unsteten Eros zum Vorschein kommen und die die Parzen brauchen, um den Lebensfaden des Menschen zu verkürzen".[1] Die kleine Fabel versteht aber sich ihrer zu bemächtigen. Sie

---

[1] Obenauer, Hölderlin/Novalis. S. 282.

sind von der kleinen Fabel mit bezaubernder Musik so sehr abgerichtet, daß sie sie vor den Parzen schützen! — Auf der Fahrt nach dem Monde überlassen Ginnistan und Eros die Führung der kleinen Schlange:

„*Die kleine Schlange blieb getreu:*
Sie wies nach Norden hin,
Und beide folgten sorgenfrei
Der schönen Führerin" (I. 201).

Die Schlange, ein Sternbild an nördlichen Himmel, ist zugleich eine Allegorie für die magnetische Kraft, die die Beiden zum Hof des Mondes hinzieht.

9. Mensch

„*Die Menschheit ist gleichsam der höhere Sinn unsers Planeten, das Auge, war er gen Himmel hebt, der Nerv, der dieses Glied mit der obern Welt verknüpft*" (II. 350).

Die beiden bekannten Aphorismen: „Die Welt ist ein Universaltropus des Geistes" und „die Natur ist ein enzyklopädischer, systematischer Index oder Plan unsers Geistes", haben wir schon in den Anfangskapiteln zitiert und behandelt. In den Fragmentensammlungen (1798), wo die beiden

Aphorismen sich finden, lauten zwei andere:

„Was ist der Mensch? Ein vollkomener Trope des Geistes. Alle echte Mitteilung ist also sinnnbildsam — und sind also nicht Liebkosungen echte Mitteilungen? (II. 325).

„Der Mensch ist eine analogiequelle für das Weltall" (II. 393).

Wenn wir die vier Fragmente zusammenstellen und miteinander vergleichen, so verstehen wir, daß Natur, Welt und Mensch bei Novalis sich zu einer Reihe ordnen und dem Geist untertan sind. Sie dienen dem Geist gemeinsam als seine Tropen.

Der Mensch ist ein Glied der Natur. Er ist nicht nur dem Tier und der Pflanze verschwistert, sondern er kann auch Stein werden. Er besitzt eigentlich in sich Stein-, Pflanze- und Tiersinn und strebt, darüber hinaus ein übersinnliches Wesen zu sein (vgl. II. 18; III. 360).

Der Mensch selbst ist, nach Novalis' Worten, „aus Leib und Geist zusammengesetzt". Der Natur gehört er mit seinem Leib an, der wiederum Natur und Geist verbindet. Der alte religiöse Glaube, der Geist sei ein Fremdling, der seinen Körper bewohne, wie ein Gasthaus oder ein Gefängnis, und nur der Tod vermöge ihn von hier aus weiterzuführen, besteht nicht mehr bei Novalis. Der Leib ist vielmehr eine Darstellung des Geistes. Es ist ein Teil der Natur, der dem Geist am nächsten steht und von ihm immer belebt wird. Novalis fühlt die ganze Natur wie den eigenen Leib. Er sagt: „Der physische Magus weiß die Natur zu beleben und willkürlich, wie seinen Leib, zu behandeln". (III. 107). — Wie Novalis den menschlichen Körper begreift und Grenze zwischen einem Körper und der Außenwelt sprengt, vergegenwärtigt uns das Fragment:

> „*Die Luft ist so gut Organ des Menschen wie das Blut. Die Trennung des Körpers von der Welt ist wie die der Seele vom Körper.*
>
> *Der Mensch hat gleichsam gewisse Zonen des Körpers.* — *Sein Leib ist die nächste* — *was ihn zunächst umgibt, die zweite* — *seine Stadt und Provinz die dritte* — *so gehts fort bis zur Sonne und ihrem System...*" (III. 214).

Novalis vergeistigt und vergottet den menschlichen Körper und schenkt ihm hohe Bedeutung gleich allen Dingen in der Natur. Denn er hat nie den Zwiespalt zwischen Leib und Geist empfunden. Vielmehr ist er überzeugt, daß unser ganzer Körper vom Geist in beliebige Bewegung gesetzt zu werden vermag (II. 369). Novalis ahnt vor, die Zeit sei nicht mehr fern, wo man höhere Begriffe vom organischen Körper haben werde (II. 402), und sagt an einer andern Stelle:

„Es gibt nur einen Tempel in der Welt und das ist der menschliche Körper. Nichts ist heiliger als diese hohe Gestalt. Das Bücken vor Menschen ist eine Huldigung dieser Offenbarung im Fleisch. Man berührt den Himmel, wenn man einen Menschenleib betastet" (III. 292).

Um vom organischen Körper höhere Begriffe zu haben und diesen heiligen Tempel zu erhalten, müssen wir unaufhörlich unsere Sinne üben. „Die Gliedmassen unseres Körpers nennen wir Sinne" (I. 29). Unser Körper ist nichts als eine gemeinschaftliche Zentralwirkung unsrer Sinne. Haben wir Herrschaft über die Sinne, vermögen wir sie beliebig in Tätigkeit zu versetzen und gemeinschaftlich zu zentrieren, so können wir uns den Körper geben, den wir wollen (II.370). — Aber unsere Sinne sind jetzt zu stumpf, um einen höheren Körper zu bilden; unsere Organe sind zu schwach, als daß wir uns in einer Märchenwelt erblicken könnten (II. 350). Deshalb sieht Novalis seinen notwendigen, unverzüglichen Beruf darin: die Sinne zu üben. Er sagt:

„Vermehrung der Sinne und Ausbildung der Sinne gehört mit zu der Hauptaufgabe der Verbesserung des Menschengeschlechtes, der Graderhöhung der Menschheit" (III. 125).

Die Notwendigkeit des Sinne-Übens kommt sowohl in seinen Dichtungen als auch in den Fragmenten allenthalben zum Ausdruck. Wie die Sinne geübt werden, lernen wir am besten bei dem Lehrer in Sais: Als er noch Kind war, beschäftigte er sich schon mit der Übung der Sinne.

„Den Sternen sah er zu und ahmte ihre Züge, ihre Stellungen im Sande nach. Ins Luftmeer sah er ohne Rast, und ward nicht müde seine Klarheit, seine Bewegungen, seine Wolken, seine Lichter zu betrachten. Er sammelte sich Sterne, Blumen, Käfer aller Art, und legte sie auf mannigfache Weise sich in Reihen. Auf Meschen und auf Tiere gab er acht, am Strand des Meeres saß er, suchte Muscheln. Auf sein Gemüt und seine Gedanken lauschte er sorgsam.

Wie er größer ward, strich er umher, besah sich andre Länder, andre Meere... stieg in Höhlen, sah wie... der Erde Bau vollführt war, und drückte Ton in sonderbare Felsenbilder. ... Er merkte bald auf die Verbindungen in allem, auf Begegnungen, Zusammentreffungen. Nun sah er bald nichts mehr allein. — In große bunte Bilder drängten sich die Wahrnehmungen seiner Sinne: er hörte, sah, tastete und dachte zugleich..." (I. 12).

Aus dieser Stelle ersehen wir, daß der Lehrer beim Sinnenüben sich mehr des Sehorgans als der Gehör- und Tastorgane bedient, während das Geruchs- und Geschmacksorgan ganz außer Gebrauch gelassen wird. Die Sehen-Zeitwörter gewinneu hier bedeutendes, auffalendes Gewicht. Die Hören-Zeitwörter werden nur von einem „Lauschen" vertreten.

Nicht nur an dieser Stelle, sondern in seinen ganzen Dichtungen spüren wir Novalis' Vorliebe für das Sehvermögen. Vielleicht sieht Novalis im Auge denjenigen Sinn, der den Vorrang vor allen anderen hat und im jetzigen Zustand schon dazu berechtigt ist, uns einen Vorgeschmack für den höheren Sinn zu gewähren. Novalis meint, das Licht ist die Aktion des Weltalls, das Auge ist der vorzügliche Sinn für das Weltall (III. 255). Er trachtet alle Matrie dem Licht, alle Handlungen dem Sehen, alle Organe dem Augen anzunähren (III. 325). Der Außenwelt gegenüber gleicht unser gesamtes Wahrnehmungsvermögen dem Auge. „Die Objekte müssen durch entgegengesetzte Media durch, um richtig auf der Pupille zu erscheinen" (II. 16). — Von Innen aus ist das Auge das Sprachorgan des Gefühls (II. 334). Daher wird das Auge einerseits als Organ von Verstand und Einsicht gedeutet und andererseits als Ausdruck des inneren Gefühls betrachtet.

Novalis bervorzugt das Auge, um die Schönheit und Geistigkeit derjenigen, die zu der höheren Welt bestimmt sind, der Liebenden und der Weisen, zu beschreiben. Der Fremde im Hyazinth-Märchen hat tiefe Augen (I. 25). — Die Gestalt des Sohns des alten Einsiedlers scheint „gewöhnlich und unbedeutend, wenn man nicht einen höheren Sinn für die geheimere Bildung seines edlen Gesichts und die ungewöhnliche Klarheit seiner Augen" mitgringt (I. 121). In den Augen des Grafen von Hohenzollern liegt eine „unaussprechliche Heiterkeit", als „sähe er von einem hellen Berge in einen unendlichen Frühling hinein" (I. 159). Klingsohr hat große, schwarze, durchdringende und feste, Mathilde unschuldige, große, ruhige Augen, aus denen ewige Jugend spricht. „Auf einem lichthimmelblauen Grunde liegt der milde Glanz der braunen Sterne." Und ihre glänzenden Augen werden die schlummernde Jugend in Heinrich wecken (I. 174, 175).

Um zu wissen, ob die Schüler für die Natur Verständnis haben, späht der Lehrer in ihren Augen (I. 11). Für die entzückenden Mysterien bedarf man eines Auges; das tiefer sehende Auge sieht in der Natur eine wunderbare Sympathie mit dem menschlichen Herzen (I. 28, 32). Das Auge des Vaters regte sich früher voll Lust, ein wahres Auge, ein schaffendes

Werkzeug zu werden (229). Der alte Schwaning sagt zu seinem Enkel: „Du sollst lernen nach hübschen Augen zu sehn" (I. 174).

Die Liebenden sprechen durch das Auge. Heinrich sagt zu Mathilde: „Du könntest durch meine Augen in mein Gemüt sehn" (I. 192). Seine Augen glänzen ungewöhntlich (180). In den Augen der toten Geliebten ruht die Ewigkeit (57). Die Augen der Tochter des alten Meisters Werner, die der Bergmann in der Jugend liebt, sind so blau und offen, wie die Kristalle glänzen (149). Die Mädchen im Süden haben reizende Augen (112). Die Prinzessin steht vor ihrem Geliebten mit niedergeschlagenen Augen (125). In den „Geistlichen Liedern":

„Werd' ich nie aus seinen Augen

Wieder Lieb' und Leben saugen?" (I. 76).

Die Natur hat Auge. Novalis fragt das Licht: „Hat deine Sonne freundliche Augen, die mich erkennen?" (I. 58). Die Ströme sind Augen der Landschaft (I. 187). Eine geschickte Verteilung von Licht, Farbe und Schatten offenbart die verbogene Herrlichkeit der sichtbaren Welt und läßt ein neues höheres Auge auftun (II. 79).

Seltener als das Auge kommen Lippen und Zunge vor. Die Lippen sind für die Geselligkeit sehr viel. Sie verdienen sehr den Kuß (II. 399). Wir lesen z. B. kirschrote Lippen, zärtere

Lippen, zartgeschlossene tonreiche Lippen (I. 24, 75, 55). Von den begeisterten Lippen des Geliebten erfährt die Prinzessin „die Enträtselung der Naturgeheimnisse" (126). Der Sänger singt:

> *„Ich fühle dankbar Zaubermächte*
> *An diese Lippen festgebannt"* (I. 132).

In den Geistlichen Liedern:

> *„Aber wer jemals*
> *Vom heißen, geliebten Lippen*
> *Atem des Lebens sog..."* (I. 74).

Es scheint uns, als ob der Dichter oft fühlte, die Zunge sei gefesselt. Aus langem Gefesseltsein kann sie auf einmal durch eine Inspiration befreit weden. Wir lesen: Die Zunge löst sich, Wie gelöst ist die Zunge, Am Ende wird die Zunge frei (I. 23, 108, 14).

Zwischen den verschiedenen Organen entdeckt Novalis viele Ähnlichkeiten und begründet hierdurch seine „poetische Physiologie", worin die Analogie ihre Rolle bis an die letzte Grenze der Möglichkeit spielt. — Die Organe stehen in Gemeinschaft, wie Sprache und Ohr, Geruch und Geschmuck im Verhältnis stehen (III. 256). Die Musik und Poesie mögen eins sein, und ebenso zusammengehören wie Mund und Ohr. Der Mund ist nur ein bewegliches und antwortendes Ohr (I. 117).

Unter dem Strichwort „Poetische Physiologie" schreibt Novalis:

„Unsre Lippen haben oft viel Ähnlichkeit mit den beiden Irrlichtern im Märchen Goethes. Die Augen sind das höhere Geschwisterpaar der Lippen — sie schließen und öffnen eine heiligere Grotte als den Mund. Die Ohren sind die Schlange, die das begierig verschluckt, was die Irrlichter fallen lassen. Mund und Augen haben eine ähnliche Form. Die Wimpern sind die Lippen, der Apfel die Zunge und der Gaum, und der Stern die Kehle. Die Nase ist die Stirn des Mundes — und die Stirn die Nase der Augen. Jedes Auge hat sein Kinn am Wangenknochen" (III. 129).
Ferner sieht Novalis in den Organen die Urbilder von Werkzeugen und Maschinen: Zunge und Lippen sind Teile eines Telegraphs. Die Augen sind Fernröhren usw. (III. 241). „Man könnte die Augen ein Lichtklavier nennen. Das Auge drückt sich auf eine ähnliche Weise, wie die Kehle durch höhere und tiefere Töne, durch schwächere und stärkere Leuchtungen aus". — Die Physiognomie ist die Gebärdensprache des Gesichts: Die Augenspiele sind Vokale; die übrigen Gesichtsgebärden oder Minen nur Konsonanten (II. 394).

Novalis beschränkt die „poetische Physiologie" nicht bloß auf das Gesicht. Er erweitert sie vielmehr auf den ganzen

Körper: Der Nasenschleim gleicht dem Samen, das Gehirn dem Hoden, die Galle dem Speichel und die Ausdünstungsmaterie dem Urin (III. 171). Die Lunge ist unser Wurzelkern (III. 81). Die Nerven sind höhere Wunzeln der Sinne, das Denken ist als Muskelbewegung zu betrachten (III. 369, 334). Neigungen sind das Analogon der Muskeln (III. 42). Der Nerv ist das mechanische, magnetische und hypermagnetische Agens (III. 308).

Das Blut ist ein erhabenes Symbol (II. 402). Der junge Mensch fühlt das Gebot der Jugend in allen Adern (I. 23). Dem Karfunkel ist ein rätselhaftes Zeichen in sein glühendes Blut tief eingegraben (I. 24). In Todesflut verwandelt sich das Blut in Balsam und Aether (I. 59).

Die alte religiöse Symbolik von Brot und Wein wird von Novalis im siebten Geistlichen Lied besungen:

„Wenige wissen

Das Geheimis der Liebe,

Fühlen Unersättlichkeit

Und ewigen Durst.

Des Abendmahls

Göttliche Bedeutung

Ist den irdischen Sinnen Rätsel;

. . . .

. . . essen von seinem Leibe

Und trinken von seinem Blute

. . . .

Wer kann sagen,

Das er das Blut versteht?

Einst ist alles Leib,

Ein Leib,

In himmlischem Blute

Schwimmt das selige Paar. —

O! daß das Weltmeer

Schon errötete,

Und in duftiges Fleisch

Aufquölle der Fels!

Nie endet das süße Mahl,

Nie sättigt die Liebe sich.

. . . .

Durstiger und hunriger

Wird das Herz:

. . . .

Hätten die Nüchternen
Einmal gekostet,
Alles verließen sie,
Und setzten sich zu uns
An den Tisch der Sehnsucht,
Der nie leer wird.
Sie erkannten der Liebe
Unendliche Fülle,
Und priesen die Nahrung
Von Leib und Blut" (I. 741).

Die Unersättlichkeit und den ewigen Durst hat Novalis immer in sich gespürt. Der Durst, das Verlangen nach Bad und Trank hat den Ursprung in seiner bewußten Verwandtschaft mit dem Flüssigen. Hierüber haben wir schon in der Wasser-Gruppe gesprochen. Besehen wir diesen Wesenszug näher, wo begegnen wir in seinen Dichtungen einer Menge Wörter, die Bezug auf Trinken haben: Wein, Balsam, Trunk, trunken... Novalis meint selbst: Das Trinken verherrlicht die Poesie (II. 403).

Die Natur wird vom Dichter beseelt, wie durch geistvollen Wein (I. 16). Die Sternwelt zerfließt zum goldenen Lebenswein (64). Die Seele ist lüstern nach süßer Auflösung in goldenen Wein (32). In den Reden von Heinrich kocht der feurige welsche

Wein (105). In Jerusalem erinnert man sich bei vaterländischem Wein an die Heimat (136). Der Wein schüttelt seinen goldenen Flügel und stellt bunte Tapeten zwischen die Welt und die Gäste (176). — In der antiken Welt schmeckte der Wein süßer und war ein Gott in den Trauben (60). Klingsohr singt der begeistern Gesellschaft ein Weinlied: Die Natar der wie der Wein, je älter, je köstlicher (III. 89).

Die Luft ist ein erquickender Trank (I. 18). Man genießt das Leben mit langsamen, kleinen Zügen wie einen köstlichen Trank (120). Die Blumen und Quelle bieten dem Hyazinth einen frischen Trunk (26). Aus der lichten Farbenquelle genießt man einen langen tiefen Trunk (69).

Der Balsamsaft des jungen Lebens verwandelt sich in Tränen (255). Die „Nacht" begeistert Novalis wie ein kostbarer Trank. So singt er:

„*Köstlicher Balsam träuft aus deiner Hand, aus dem Bündel Mohn.*

„*Sie fühlen dich nicht in der goldenen Flut der Trauben — in des Mandelbaums Wunderöl, und dem braunen Safte des Mohns*" (55 f.).

In den Hymnen und Geisttlichen Liedern:

„*O, sauge, Geliebter,*

Gewaltig mich an," (59)

"Als ich kaum meiner noch bewußt,

Sog ich schon Milch aus deiner selgen Brust" (83).

„Werd' ich nie aus seinen Augen

Wieder Lieb' und Leben saugen?" (76).

Das Herz ist von süßer Liebe trunken (62). Der Blick schaut trunken in eine geheimere Welt hinüber (131). Der Felsen ist freundentrunken gesunken (227).

Wie nach Trank, hegt Novalis auch Verlangen nach Speise. In den Tagebüchern nach Sophiens Tod lesen wir die Notizen: „Ich habe viel gegessen." „Zuviel gegessen hab ich heut wieder." Er interessiert sich übrigens auch für die „große Brezel", die die gute Kreisamtmännin hat backen lassen. Aber das Zuviel-Essen reut ihn sogleich. Er schreibt hinter eine der Notizen: „O! Ohne Sitten werd ich meines bessern Selbsts nicht gewiß" (vgl. IV. 382, 398).

Daher: In Sais bringen freundliche Kinder mannigfaltige Speisen und Getränke (28). Die Mutter im Märchen macht Zubereitungen zu einem köstlichen Mahle (199). Pflanzen und Tiere sind manchen Leuten nur köstliche Speisen und die Natur eine lustige Küche und Speisekammer (18). Hyazinth „war gesund und aß" (24). Die Mutter sagt zu ihrem Sohn: „Iß und trink, daß du munter wirst" (104). — Die antike Welt wird als ein ewig buntes Fest, ein froher Tisch vorgestellt (60). Die meisten Menschen sind jetzt „nur Überbleibsel eines vollen Gastmahls, das Menschen von verschiedenem Appetit und Geschmack geplündert haben" (230). — Trank und Speise schmeckt nur dem Bergmann „recht erquicklich und andächtig, wie der Leib des Herren" (III. 91). Darüber schreibt er sehr ausführlich:

„Das gemeinschaftliche Essen ist eine sinnbildliche Handlung der Vereinigung. ... Alles Genießen, Zueignen und Assimilieren ist Essen, oder Essen ist vielmehr nichts als eine Zuneigung. Alles geistige Genießen kann daher durch Essen ausgedrückt werden. — In der Freundschaft ißt man in der Tat von seinem Freunde oder lebt von ihm. Es ist ein echter Trope, den Körper für den Geist zu substituieren und bei einem Gedächtnismahle eines Freundes in jedem Bissen mit kühner, übersinnlicher Einbildungskraft sein Fleisch und in jedem Trunke sein Blut zu genießen..." (II. 401 f.).

Novalis vergleicht das Essen mit geistigem Genuß. Kenntnis und Wissenschaft sind völlig dem Körper analog. Lernen gleicht dem Essen; das a priori Wissen einem Sattwerden, einem Ernähren ohne zu essen (III. 170). Der Philosoph lebt von Problemen, wie der Mensch von Speisen. Ein unauflösliches

Problem ist eine unverdauliche Speise. Die Würze an den Speisen hat Ähnlichkeit mit dem Paradoxe an den Problemen (II. 353). Der Gelehrte versteht nicht nur das Fremde sich zuzueignen, sondern auch das Eigne fremd zu machen. Daher verhält sich das Lernen zum Lehren, das Beobachten zum Darstellen, ganz wie das Essen zum Absondern (III. 136). — Weiter: Aller Ernst frißt und aller Spaß sondert ab. Wenn Denken Absondern ist, so ist Empfinden Fressen. Selbstdenken ist ein Lebensprozeß — Freß- und Absonderungsprozeß zugleich (III. 245).

Die äußen Sinne überhaupt sind Fresser (III. 89). Was die äußern Sinne gefressen haben, wird im Schlaf verdaut. Novalis sagt:

> *Schlafen ist Verdauen der Sinneneindrücke. Träume sind Exkremente; sie entstehn durch die peristaltische Bewegung des Gehirns...*" (III. 42).

Der Schlaf wird gepriesen in den Hymnen an die Nacht. Er erhält das Beiwort Heilig; er beglückt der Nacht Geweihte (I. 56). Er ist dem ersehnten Tod analog. — Im allgemeinen aber wird der Schlafzustand als eine Vorbereitung für Kommendes oder als Ende betrachtet.

In der fabelhaften Urzeit schlummert jeder Keim für sich (I. 156). Die Jungfrau steht in tiefem Schlafe (13). Der Mensch erwacht aus einem tiefen Schlafe (29). Die Augen der Mathilde wecken die schlummernde Jugend in Heinrich (175). Eros naht sich der schlummernde Freya (216). — Wer ein Ende findet, schläft ein: Die antiken Götter kehren zurück und schlummern ein (61). In den Geistlichen Liedern:

> *„Wenn ich ihn nur habe,*
> *Schlaf' ich fröhlich ein"* (72).

Im Schlaf entfaltet sich ein höheres Leben, der Traum. Über den Vergleich der Poesie, des Märchens mit dem Traum haben wir uns schon unterrichtet. Überhaupt ist jedes Wunder ein Traum, weil es unverknüpft mit unserem übrigen Bewußtsein ist und in uns isoliert bleiben muß (III. 370). Der Traum ist bedeutend und prophetisch wie die Poesie und hat sehr viel zur Kultur und Bildung der Menschheit beizutragen (III. 250, 202).

Über die Bedeutung der Träume spricht Heinrich sehr ausführlich, nachdem der Vater die Träume Schäume genannt und die Zeiten, wo zu den Träumen göttliche Geschichte sich gestellt, für vergangen erklärt hat:

> *„Aber, lieber Vater, aus welchem Grunde seid ihr so den Träumen entgegen, deren seltsame Verwandlungen und*

leichte zarte Natur doch unser Nachdenken gewißlich rege machen müssen? Ist nicht jeder, auch der verworrenste Traum, eine sonderliche Erscheinung, die auch, ohne noch an göttliche Schickung dabei zu denken, ein bedeutsamer Riß in den geheimnisvollen Vorhang ist, der mit tausend Falten in unser Inneres hereinfällt?..."

"Mich dünkt der Traum eine Schutzwehr gegen die Regelmäßigkeit und Gewöhnlichkeit des Lebens, eine freie Erholung der gebundenen Phantasie, wo sie alle Bilder des Lebens durcheinanderwirft. ... Ohne die Träume würden wir gewiß früher alt, und so kann man den Traum... als eine göttliche Mitgabe, einen freundlichen Begleiter auf der Wallfahrt zum heiligen Grabe betrachten. Gewiß ist der Traum, den ich heute Nacht träumte, kein unwirksamer Zufall in meinem Leben gewesen, denn ich fühle es, daß er in meine Seele wie ein weites Rad hineingreift, und sie in mächtigem Schwunge forttreibt" (I. 104f.)

Ja, ohne den Traum von der Blauen Blume wäre der ganze Roman nicht zu denken. Die verschiedenen Szenen in dem Roman scheinen sich in einem großen Traum abzuspielen.

Was der Dichter ersehnt, verwirklicht sich in den Träumen. Er singt:

„Ein Traum bricht unsre Banden los
Und senkt uns in des Vaters Schoß (66)
„Oft, wenn ich träumte, sah ich dich
So schön, so herzensinniglich" (82).
„Was bleibt einem armen Kinde
Außer süßen Träumen noch?" (177).

Den Träumen werden solche Beiwörter gegeben, die sie besonders charakterisieren: unerschöpflich (57), selig (69), anmutigst (210), angenehmst (124), unterhaltend (143), seltsam (146), mutwillig (162): Die Gedanken der Seele fließen in wunderliche Träume zusammen (182). Bevor der Hyazinth vor der Jungfrau stand, entschlummerte er unter himmlischen Wohldüften, „weil ihn nur der Traum in das Allerheiligste führen durfte. Wunderlich führte ihn der Traum durch unendliche Gemächer voll seltsamer Sachen auf lauter reizenden Klängen und in abwechselnden Akkorden" (27).

Wirklichkeit und Traum verschmelzen sich in Novalis' Welt: Es ist Heinrich wie ein Traum, daß Mathilde seine Geliebte wird (191). Nach ihrem Tod, auf der Pilgerfahrt, dünkt es ihm, „als träumte er jetzt oder habe er geträumt" (224). Im Mondschein scheint alles in Träumen:

„Der Mond stand in mildem Glanze über den Hügeln,

und ließ wunderliche Träume in allen Kreaturen aufsteigen. Selbst wie ein Traum der Sonne, lag er über der in sich gekehrten Traumwelt, und führt die in unzählige Grenzen geteilte Natur in jene fabelhafte Urzeit zurück..." (156).
Im Gedicht „Astralis":
„*Der Welt wird Traum, der Traum wird Welt*" (223).

Die Geschichte wird zum Traum einer unendlichen Gegenwart (22). Das Lied von dem Bergmann unterhält uns wie ein Traum (153). Das Denken ist ein Traum des Fühlens (28). — Insofern ist unser Leben ein Traum, als unser Leben ein Gedanke ist (III. 34).

Aber wir haben auch dünsteren und schweren Traum (76, 78). Daher begegnen wir solchen Sätzen: Fieberträume ängstigen uns, Die Natur ist eine wüste Phantasie des Traumes (22), Der Welt Getümmel verweht wie ein Traum (84).

Novalis' Todesmystik wurzelt tief in dem Erlebnis von Sophiens Tod, das ihn bis zu seinem eignen Tod begleitet. Am 19. März 1797 starb Sophie; am 14. April desselben Jahres sein Bruder Erasmus. Die große, innere Erschütterung, die der Tod ihm verursacht hat, kommt in den Tagebüchern und Briefen jener

Zeit allenthalben zum Ausdruck. Aber gleichzeitig kann er schon das Licht erblicken, welches ihm aus dem Jenseits winkt und einen Weg zu der toten Braut zeigt: Im Frühsommer schreibt er diese Betrachtung:

> *„Verbindung, die auch für den Tod geschlossen ist — ist eine Hochzeit — die uns eine Genossin für die Nacht gibt. Im Tode ist die Liebe am süßesten; für den Liebenden ist der Tod eine Brautnacht — ein Geheimnis süßer Mysterien"* (IV. 378).

Dieses Geheimnis der süßen Mystrien offenbart sich später in den Hymnen an die Nacht. In der tiefen Nacht entdeckt Novalis der Mutter Schoß, worin Tod und Geburt sich begegnen: Hier bedeutet der Tod die ewige Umarmung, die höchste Brautnacht. Denn der Tod ist „wiedervereinigend" (II. 63) und eine nähere Verbindung liebender Wesen (III. 232).

> *„O! Sauge, Geliebter,*
> *Gewaltig mich an,*
> *Daß ich entschlummern*
> *Und lieben kann.*
> *Ich fühle des Todes*
> *Verjüngende Flut... (I.59).*
> *„Zur Hochzeit ruft der Tod —*

Die Lampen brennen helle —" (I. 63)

Das Christentum ist eine Religion, die den Tod verschönt, während die antike Welt den Tod als „grause Larve" sieht. Wenn der frohe Tisch, um den die antiken Götter kindlich ihr Fest feiern, von dem Tod unvorbreitet überrascht wird, geraten die Götter in große Verlegenheit (vgl. Hymnen an die Nacht 5). Dem Tode ist das Christentum jedoch gewachsen. Der Sänger verkündigt Christus:

„*Im Tode ward das ewge Leben kund,*
Du bist der Tod und machst uns erst gesund" (I. 62).

Der Heiland stirbt, um wieder auferstehen zu können und ein höheres Leben zu vollenben. Er wird „als Brot und Wein verzehrt, als Geliebte umarmt, als Luft geatmet, als Wort und Gesang vernommen, und mit himmlischer Wollust als Tod unter den höchsten Schmerzen der Liebe in das Innre des verbrausenden Liebes aufgenommen" (II. 79f.)

Der Tod gleicht einer höheren Offenbarung des Lebens (I. 226). In der alles vereinigenden Tod-Gemeinschaft, in die wir alle aufgehen sollen, verbinden und berühren sich die Seelen, wie sie wollen. Daher ist der Tod unaufhörliche Zerstörung alles unvollkommenen Lebens, fortwährende Verdauung, unaufhörliches Bilden neues „Freßpunkte", neuer Mägen, beständiges Essen und Machen (III. 32). In dieser Hinsicht ist das Leben nur um des Todes willen (II. 17).

Der echte philosophische Akt ist Selbsttötung (II. 307). Denn wir können den Tod als eine Selbstbesiegung, eine Selbstüberwindung betrachten, die „eine neue leichtere Existenz verschafft" (II. 37). Novalis als magischer Idealist verlangt noch weiter:

„*Verlorne Glieder zu restaurieren, sich bloß durch seinen Willen zu töten, und dadurch erst wahre Aufschlüsse über Körper — Seele — Welt — Leben — Tod und Geisterwelt zu erlangen*" (II. 369).

Lenken wir unseren Blick zurück auf seinen Roman. Wenn er nicht unvollendet wäre, könnten wir vielleicht viele Todesszenen lesen: In den Paralipomena lesen wir: „Der Tod macht das gemeine Leben so poetisch. ... Die Meschen müssen sich selbst untereinander töten — das ist edler als durch Schicksal fallen. Sie suchen den Tod. ... Wunderliche Gespräche mit den Toten. ... Der Schluß ist Übergang aus der wirklichen Welt in die gemeine — Tod — letzter Traum und Erwachen." Das herrliche Gedicht „Lied von den Toten", das in den zweiten Teil des Romans aufgenommen werden sollte, ist uns überliefert. Einige Verse lauten:

„Helft uns nur den Erdgeist binden,

Lernt den Sinn des Todes fassen

Und das Wort des Lebens finden" (I. 255).

Das ist das große Problem, das viele Geistesverwandte von Novalis beschäftigt, dann fast übersehen wurde im Zeitalter des Realismus und Naturlismus, und wieder aufgenommen von den Neuromantikern.

10. Mineralien

Während seiner Studienzeit an der Bergakademie Freiberg lernte Novalis den berühmten Professor der Bergbaukunst und Mineralogie A. G. Werner kennen. Er ist für ihn so begeistert, daß er sein Bild in der Gestalt des Lehrers zu Sais und in der des Bergmanns im Ofterdingen verewigt. Obwohl Novalis anders geartet ist als Werner, und manche kristische Bemerkung gegen ihn in den Fragmenten macht, bedeutet ihm noch seine Bekanntschaft sehr viel: Werner führt Novalis in den geheimnisvollsten Bereich der Natur ein, — in den der Mineralien. Aus diesem Reich holt Novalis Steine, Matalle und Kristalle, um seine Welt zu bauen.

Novalis betrachtet zuweilen die Natur als ein großes Gebäude. Der geheimnisvollste Teil des Baus ist in der Erde und im Berge. Die Höhlen scheinen wie „Vorhöfe des innern Erdenpalastes" (I. 158). Die köstlichen Metalle bilden sich zu einem Zaubergarten (I. 167). — Dieses innern Baus sind wir leider meistens unkundig. Fast nur die Bergleute kennen seine Wunder und Geheimnisse. Der alte Bergmann erzählt von seinem Erlebnis:

> *„Er (der Bergmann) wird nie mit Sehen fertig, und hat seine ganze Lebenszeit an jener wunderlichen Baukunst zu lernen, die unsern Fußboden so seltsam begründet und ausgetäfelt hat"* (I. 164).

Und er singt im „Bergmannslied":

> *„Der ist der Herr und Erde,*
> *Wer ihre Tiefen mißt,*
> . . . .
> *Wer ihrer Felsenglieder*
> *Geheimen Bau versteht,*
> . . . .(I. 152).

Des Bergmanns Beruf, nach den Beheimnissen der inneren Erde zu forschen und Metalle und kostbare Steine zu Tage zu förden, wird von vielen Romantikern gepriesen und besungen.[1]

---

[1] Z. B. Tieck in seinem Märchen „Runenberg"; E. T. A. Hoffmann in der Erzählung „Die Bergwerke zu Falun". Görres pflegt dus dem Berg- und Hüttenwesen Metapher zu holen.

Sein Leben ist voll romantischen Wesens. Der Graf von Hohenzollern nennt die Bergleute verkehrte Astrologen; er sagt zu dem alten Bergmann:

> *„Wenn diese den Himmel unverwandt betrachten und seine unermeßlichen Räume durchirren: so wendet ihr Euren Blick auf den Erdboden und erforscht seinen Bau. Jene studieren die Kräfte und Einflüsse der Gestirne, und ihr untersucht die Kräfte der Felsen und Berge, und die mannigfaltigen Wirkungen der Erd- und Steinschichten. Jenen ist der Himmel das Buch der Zukunft, während euch die Erde Denkmale der Urwelt zeigt"* (I. 165).

Daher scheint die Erde wie die Braut des Bergmanns. Sie läßt ihm keine Ruh und ist jederzeit bereit, ihm „die mächtigen Geschichten der längst verflossenen Zeit" zu berichten (I. 152). In der alten Zeit gab es schon die sinnigeren Seelen: Sie „legten ihre Ahndungen und Bilder schönerer Geschlechter in Erz und Steine nieder, ... brachten die verborgenen Schätze aus den Grüften der Erde wieder ans Licht" (I. 18).

In Novalis' Welt steigen meistens die wissensdurstigen und sehnsuchtsvollen Menchen mit großer Leidenschaft in Höhlen oder tiefe Schachte. Der Fremde führt Hyazinth in tiefe Schachte hinunter (I. 25). Der Einsiedler, Graf von Hohenzollen, wohnt für immer in den Höhlen. Der Lehrer in Sais erkennt, wie in Bänken und in bunten Schichten der Erde Bau vollführt ist (I. 12).

Der Lehrer sammelt sich zugleich Steine. Wenn das schöne Kind nach langer Ungeschicktheit auf einmal ein unscheinbares Steinchen von seltsamer Gestalt gefunden hat und zu ihm kommt, so nimmt er es in die Hand, und legt es auf einen leeren Platz, der mitten unter andern Steinen liegt, gerade wo die Strahlen vieler Reihen sich berühren (I. 13).

Die wunderbaren Steine pflegen in Novalis' Welt zu strahlen. Im Morgenland sind funkelnde Steine. Auf dem Gebirge findet der Bergmann glänzende und flimmernde Steine (I. 141, 145).

Viele Steine sind lebendig in der Natur und empfänglich für Menschensitte. Steine und Wälder gehorchen der Musik und sind von ihr gezähmt wie Haustiere (I. 32). Selbst die totesten Steine reißt der Dichter in regelmäßige tanzende Bewegung (I. 117).

Den Stein der Weisen, vermittelst dessen die Alchemisten die Metalle in Gold und Silber verwandeln und alle Wunder tun können, sucht der zwanzigjährige Novalis schon „unter jeder Gestalt". (Brief an Erasmus Aug. 1793). Später versteht Novalis unter dem Stein der Weisen den Schlüssel zu einem Problem. Die Antiphlogistiker machen das Oxygen zum Stein der Weisen (II.

125). In uns soll es auch ein Vermögen geben, eine unsichtbar sichtbare Materie, den Stein der Weisen (III. 259). Im zweten Teil des Ofterdingen sollte der Stein der Weisen eine Rolle spielen. Der Plan wird aber nicht ausgeführt (I. 242).

Der seit dem Mittelalter mit Sagen umgebene Karfunkel wird bei Novalis zum Symbol der „inbrünstigen Naturerfassung", sowie der Liebe. (Im selben Sinne verwendet Tieck diesen Edelstein in seiner Genoveva.)[1] Der Lehrer besitzt seltene leuchtende Steine, die man Karfunkel nennt (I. 38). Die Prinzessin trägt den Karfunkelstein, der auf einer Seite außerordentlich funkelt und auf der anderen „eingegrabene unverständliche Chiffern" zeigt. Beim Betrachten des Steins fühlt der Jüngling „ein unwiderstehliches Verlangen", einige Worte über den Stein zu schreiben:

> „Es ist dem Stein ein rätselhaftes Zeichen
> Tief eingegraben in sein glühend Blut,
> Er ist mit einem Herzen zu vergleichen,
> In dem das Bild der Unbekannten ruht.
> Man sieht um jene tausend Funken streichen,
> Um dieses woget eine lichte Flut.

---

[1] Vgl. E. Hilborn, Novalis, 1901, S. 182.

In jenem liegt des Glanzes Licht begraben,

Wird dieses auch das Herz des Herzens haben?" (I. 124).

Der lebende und leuchtende Stein gehört zu den Werkzeugen, mit denen der magische Idealist die Natur entziffern kann. Aber den toten Stein verwendet Novalis als Metapher für geistige Depression und Erstarrtheit. Der alte Schwaning singt:

„Jede Neigung zu verfließen,

Hart und kalt zu sein, wie Stein."

Nach der Begreiung des verzauberten Schlosses heißt es:

„Kein Stein lag mehr auf einer Menschenbrust, und alle Lasten waren in sich selbst zu einem festen Fußboden zusammengesunken" (I. 216).

Die Felsen-Metaphorik bevorzugt Novalis sehr: Wir lesen: „Felsen des unendlichen Verdrusses" (I. 60), „Felsen der Trauer" (I. 208). Die Natur scheint uns jetzt wie eine stille, treibende Pflanze, während sie ehemals „ein wildgebärender Fels" war (I. 166). Im Märchen und im goldenen Zeitalter sprechen die Felsen mit den Menschen wie die Tiere und die Pflanzen. Von der Ferne sieht der Pilger in dem Felsen einen Mönch. Der Pilger singt:

„Auch der Felsen ist gesunken

Freudentrunken

Zu der seligen Mutter Füßen,

Ist die Andacht auch in Steinen

Sollte da der Mensch nicht weinen

Und sein Blut für sie vergießen?" (I. 227).

Der schöne Jüngling in Sais sagt:

„*Wird nicht der Fels ein eigentümliches Du, eben wenn ich ihn anrede?"* (I. 32).

In Novalis' Welt haben die Steine Gefühlsleben und sind verwandt mit Menschen, Tieren und Pflanzen der Vorzeit gefunden werden, heißen Fossilien. Novalis hält Fossilien für wichtige Dokumente der Vergangenheit. In den Höhlen des Einsiedlers an den Wänden sind versteinerte Knochen und Zähne, die die Aufmerksamkeit aller Besucher auf sich lenken (I. 157). Die ältesten Fossilien tragen das Gepräge der größten Revolutionen (III. 184). In den Fossilien entdeckt Novalis sich selbst:

„*In allen Prädikaten, in denen wir das Fossil sehn, sieht es uns wieder"* (III. 302).

Der Garten vor dem Sternen-Palaste von Arctus besteht aus Metallbäumen und Kristallpflanzen. In der irdischen Welt hat aber nur der Bergmann das Vorrecht, die Metallbäumchen zu besichtigen. Der alte Bergmann schildert sie:

„Was ich ansah, war von köstlichen Metallen und auf das kunstreichste gebildet. In den zierlichen Locken und Aesten des Silbers hingen glänzende, rubinrote, durchsichtige Früchte, und die schweren Bäumchen standen auf kristallenem Grunde, der ganz unnachahmlich ausgearbeitet war" (I. 167).

Der Bergmann ist mit den Metallen innig vertraut. Er freut sich „mehr über ihre wunderlichen Bildungen, und die Seltsamkeiten ihrer Herkunft und ihrer Wohnung, als über ihren alles verheißenden Besitz. „Er begnügt sich damit, die metallischen Mächte finden und zu Tage fördern zu können (I. 146). — Dieses Leben des Bergmanns ist ein Ebenbild des Dichterlebens, zugleich des Lebens eines Magiers.

Aus dem Bereich der Metalle steht das Gold bei Novalis im Vordergrund. Das Gold hat Zauber (I. 28). Ein Strahl glänzt wie entzückendes Gold (I. 102). Ein altes Buch ist mit Gold verschlossen (I. 360). Der Bergmann führt des Goldes Ströme in seines Königs Haus (I. 153). In Klingsohrs Märchen helfen Turmalin, Gold und Zink, die drei Elemente des Galvanismus, in dem man das Geheimis der Lebenskraft zu erfassen glaubt, der kleinen Fabel ihre Arbeiten vollbringen.[1] — Dem Beiwort

---

[1] Vgl. Kluckhohns Einleitung, I. 57 und Obenauer, S. 284f.

Golden begegnen wir noch häufiger als dem Hauptwort Gold: Stirnbinden und Ringe, Band und Kette sind golden (I. 133, 252, 144, 149). Der Wein schüttelt seine goldenen Flügel; ein klingender Baum ist voll goldener Früchte (I. 176). Die Blume schwankt in goldener Morgenluft (I. 221). Die Erde sieht wie eine goldene Schüssel mit dem saubersten Schnitzwerk aus (I. 108).

Silber kommt bei weitem weniger vor. Es wird meistens mit Gold zusammen genannt. Z. B. Gold und Silber sind das Blut des Staates (II. 48). Der Streit zwischen Idealismus und Dogmatismus scheint wie das Steigen und Fallen von Gold und Silber. Goldene Engelskinder singen silbernen Gesang. ... (I. 157). Die Ausdrücke: silberne Haare, Silberhaupt eines Greises: sind ebensowenig bedeutend wie die bei Eisen: eiserner Tisch, eisernes Schild, eisernes Schicksal.

Novalis meint, der Stahl sei gekohltes Eisen (III. 19). — „Der Dichter ist reiner Stahl, ebenso empfindlich wie ein zerbrechlicher Glasfaden, und ebenso hart wie ein ungeschmeidiger Kiesel" (I. 185).

In den Fragmenten vergleicht Novalis Geist und Gott mit edlem Metall:

„Wenn Geist gleich edlem Metall ist, so sind die meisten Bücher Ephraimiten. Jedes nützliche Buch muß

wenigstens stark legiert sein, rein ist das edle Metall in Handel und Wandel nicht zu brauchen (II. 40).

„Gott ist von unendlich gediegenem Metall — das Körperlichste und Schwerste aller Wesen" (III. 346).

Novalis hegt auch Vorliebe für die Kristalle. Wir lesen: kristallene Woge, kristallene Quelle, ein üppiges Volk schwelgt in den kristallenen Grotten, die schweren Bäumchen stehen auf kristallenem Grunde (I. 57, 140, 60, 167). Der Wein erscheint im Kristallgewand (I. 179). Die Augen glänzen wie die Kristalle (I. 149).

Die Kristalle wendet Novalis als Metapher für die Verkörperung eines Abstrakten an: Die Menschen sind Kristalle für unser Gemüt (I. 184). Ein Kind liest ein altes Buch und schaut in den Kristall der neuen Welt (I. 360). In gewissen Perioden bringt man alles in Fluß und veranlaßt durch neue Mischungen eine neue, reinere Kristallisation (II. 51). Man versteht die merkwürdige Kristallisation des historischen Stoffs zu erkennen (II. 80).

Die Natur ist ein großes Gebäude; zu seinen wichtigsten Baustoffen gehören Steine, Metalle und Kristalle. Dieser Bau und seine Formen üben auch Einfluß auf das menschliche Schaffen. Novalis sagt:

„Sollte nicht die Kristallisation, die Naturarchitektonik und Technik überhaupt — Einfluß auf die frühere Baukunst und Technik überhaupt gehabt haben?" (III. 198).

Novalis hat aus der tiefen Erde bunte Steine, kostbare Metalle und klare Kristalle ans Licht gefördert, nach seinem System geordnet, und zugleich von ihnen gelernt, wie er seine Welt bilden und alles ordnen soll.

---

11. Physiklisches und Chemisches

Novalis denkt in der Form des Kreises und erklärt alles für korrelativ: Hierüber haben wir uns schon im Anfangskapitel unterrichtet. Aus dieser Denkform entspringt seine Weltanschauung: der Weg nach Innen und der magische Idealismus, worauf sein dichterischer Stil fußt. Novalis ist von Natur dazu veranlagt, in dieser Form zu denken; aber auch die Errungenschaften der zeitgenössischen Wissenschaft haben sehr dazu beigesteuert.

Er ist darin Vielen seiner Zeitgenossen, z. B. Schelling, ähnlich, daß er für eigene philosophische Spekulationen die Ergebnisse auf dem Gebiet der Naturwissenschaft in Bausch und Bogen ausnützt. Die Erkenntnisse der Naturwissenschaft gewähren ihm die symbolische Bildersprache, in der er seine Naturphilosophie ausdrücken und von seiner Ideenwelt mitteilen kann. Daher sind Magnetismus, Galvanismus und Oxygen in Novalis' Fragmenten drei große Stützpfeiler, die seinen großen Bau im wesentlichen tragen; sie üben sogar großen Einfluß auf Gehalt und Gestalt seiner Dichtungen.

Novalis'Zeit ist reich an naturwissenschaftlichen Entdeckungen und kühnen Hypothesen. Naturwissenschaftler und Philosophen sind alle bemüht, auf der Grundidee, die Natur sei ein großer Organismus und ein höchstes Gesetz walte überall in der Welt, ein großartiges Weltsystem aufzubauen, was später in Hegel gipfelt. Jeder trachtet das Gesetz zu entdecken als Schlüssel zu den geheimnisvollen und verschlossenen Tiefen der Natur, und er sucht gleichzeitig Stützpunkt und Beweis für sein Gesetz im Bereich der Naturwissenschaft. — Im Jahre 1774 entdeckt Priestley den Sauerstoff, 1789 findet Gavani in dem Froschschenkelexperiment zufällig die Berührungselektrizität, den Galvanismus. All diese Entdeckungen scheinen wie berufen gerade in der Zeit gekommen zu sein, da man auf sie wartete. Alle Rätsel der Natur schienen durch sie gelöst.

Wie Novalis sich nach und nach der Physik zuwendet, suchen wir in seinen Briefen zu verfolgen. Zu Weihnachten 1797 schreibt er an Fr. Schlegel: „In der Physik bin ich noch in der Gärung." Am 20. Juli 1798 an denselben: „Ich denke Schelling weit zu überfliegen. Was denkst du, ob das nicht der rechte Weg ist, die Physik im allgemeinsten Sinn, schlechterdings symbolisch zu behandeln?" Ein halbes Jahr später teilt er Karoline Schlegel seine „Hauptidee in der Physik" mit:

„*Schreiben Sie mir nur bald von Ritter und Schelling. Ritter ist Ritter und wir sind nur Knappen. Selbst Baader ist nur sein Dichter.*

Das Beste in der Natur sehn indes diese Herrn doch wohl nicht klar. Fichte wird hier noch seine Freunde beschämen — und Hemsterhuis ahandete diesen heiligen Weg zur Physik deutlich genug. Auch in Spinoza lebt schon dieser göttliche Funken des Naturverstandes. Plotin betrat, vielleicht durch Plato erregt, zuerst mit echtem Geiste das Heiligtum, und doch ist nach ihm keiner wieder so weit in demselben vorgedrungen. In manchen ältern Schriften

klopft ein geheimnisvoller Pulsschlag und bezeichnet eine Berührungsstelle mit der unsichtbaren Welt — ein Lebendigwerden. Goethe soll der Liturg dieser Physik werden — er versteht vollkommen den Dienst im Tempel. Leibnizens Theodizee ist immer ein herrlicher Versuch in diesem Felde gewesen. Etwas Ähnliches wird die künftige Physik — aber freilich in einem höheren Stile. Wenn man bisher in der sogenannten Physikotheologie nur statt Bewunderung ein ander Wort hätte!"
(IV. 263f.).

Der gleiche Wortlaut findet sich auch inden Fragmenten (vgl. III. 266). Aus den zitierten Stellen wissen wir, daß Novalis von vornherein mit der allgemeinen Physik sich nicht abfindet, sondern immer nach einer höheren Physik strebt. Er meint, die Physik sei noch nicht auf dem rechten Wege, solange sie nicht phantastisch und willkürlich zu Werke gehe (III. 45f.) Unter der Physik versteht er „die Lehre von der Phantasie" (III. 285). Und die vollendete Physik wird „die universelle Lebenskunstlehre" sein (III. 216). Den neueren Physikern mutet Novalis den höchsten Beruf zu:

„Unsere neueren Physiker arbeiten ins Große — sprechen vom Bau des Universums — und darüber wird

nichts fertig — kein wahrer Schritt getan. Entweder Zaubern — oder handwerksmäßig, mit Nachdenken und Geist — arbeiten" (III. 265).

Zu dem Zweck, die Welt zu verzaubern und unseren Geist mit einer geheimnisvolen Kraft in Berührung zu bringen, beschäftigt sich Novalis mit der Physik. Aufschlußreich ist der Brief von Fr. Schlegel an Schleiermacher (Dresden, Mitte Juli 1798):

„Ich werde ganz bescheiden auftreten, nur als Prophet; er (Novalis) selbst wird den Zauberer, jener Galvanismus des Geistes und das Geheimnis der Berührung sich in seinem Geiste berühren, galvanisieren und bezaubern, das ist mir selbst noch ziemlich geheim."

In demselben Brief betont Schlegel, der Galvanismus des Geistes sei eine der Lieblingsideen von Novalis.[①]

Der begeisterte Anhänger des Galvanismus, Ritter, nimmt den Galvanismus als einen göttlichen Schüssel, mit dem er alle geheimnisvolle Tiefen der Natur erschließen will. Novalis scheint noch radikaler zu sein. Er sagt: „ Der Galvanimus ist wohl weit allgemeiner als selbst Ritter glaubt — und entweder ist alles Galvanismus oder nichts Galvanismus" (III. 304). —Ja,

---

[①] Vgl. Dilthey, Das Erlebnis und die Dichtung, S. 287f.

bei Novalis ist alles Galvanismus: Er ist höheres Bewußtsein der Natur, Geist des Ganzzen, politische Aktion der Natur, weil er alle natürlichen Funktionen erhöhen könnte (III. 293). Er ist auch auf Ökonomie zu verwenden; das Geld hat Galvanismus (III. 291, 88). Und der Geist galvanisiert die Seele mittelst der gröbern Sinne; Seele und Geist wirken galvanisch aufeinander (II. 334, 344). Unter dem Titel „Geistige Physik" schreibt Novalis:

„*Unser Denken ist schlechterdings nur eine Galvanisation — eine Berührung des irdischen Geistes — der geistigen Atmosphäre — durch einen himmlischen, außerirdischen Geist. Alles Denken usw. ist also an sich schon eine Sympraxis im höhern Sinn*" (III. 82).

Die Vereinigung unzähliger Welten, die innige Berührung des Universums ist für Novalis Faktum der ganzen Natur (I. 30, 34). Dieser Gedanke ist philosophiegeschichtlich zwar auf Lavater, Swedenborg und Jakob Böhme zurückzuführen; aber daß der Gedanke bei Novalis aktuell und lebendig wird, ist der Entdeckung des Galvanismus zu verdanken. Was die früheren ahnten und hofften, aber mit dem Auge nicht wahrzunehmen vermochten, findet Novalis jetzt durch den Galvanismus greifbar und fühlbar. Der Galvanismus wird ihm eines der beliebtesten

Werkzeuge für seinen magischen Idealismus.[1]

Der Bedeutung des Galvanismus ist für Novalis die des Magnetismus gleich:

Kant schon sieht im materiellen Dasein zwei Kräfte, die gegeneinander wirken: Attraktion und Repulsion. Einer der Prototypen für die Polarität ist der Magnet, — wegen seiner in sich gebundenen, korrelativen Dualität der Pole. Den Magnetismus erhebt Schelling zum allgemeinen Weltgesetz. Novalis wird durch den Magnetismus natürlich in seiner Meinung bestärkt, alles in der Welt sei korrelativ.

Übrigens wird der Magnet im allgemeinen als Symbol einer beseelten Materie betrachtet. Der romantische Arzt Passavant wendet die Magnet-Symbolik sogar an auf die Deutung der Priesterweihe im katholischen Dogma: Unsere Kraft könne durch Handauflegen auf Andere übertragen werden.[2] Der Magnetismus ist bei Novalis die Naturkraft, die uns die Möglichkeit der Verbindung von Natur und Geist und die Versöhnung von Himmel und Erde zeigt. Er spielt in Klingsohrs Märchen eine große Rolle. — Der Held warf sein Schwert aus dem Fenster des Schlosses über die Stadt und das Eismeer auf die Erde. Es fiel in

---

[1] Vgl. W. Feilchenfeld, Der Einfluß Böhmes auf Novalis, Berlin 1922, S. 56.
[2] Vgl. R. Huch, Die Romantik, Bd. II. S. 48 f.

den Hof des Vaters. Das eiserne Stäbchen, in der Mitte an einem Faden aufgehängt, drehte sich immer von selbst nach Norden. Ginnistan nahm es in die Hand, bog er, drückte es, hauchte es an, und gab ihm die Gestalt einer Schlange, „die sich nun plötzlich in den Schwanz biß". Die Eisen-Schlange ist der Magnet, der sich nach Norden richtet und die korrelative Zweiheit der Pole in sich schließt. Die Schlange macht die Vereinigung von Himmel und Erde möglich und ist Leitfaden der Liebe.

Daß der Magnet der zuverlässigste Führer ist, lesen wir auch in den Lehrlingen in Sais:

„Dankbar legt der Priester diese neue, erhabene Meßkunst auf den Altar zu der magnetischen Nadel, die sich nie verirrt, und zahllose Schiffe auf dem pfadlosen Ozean zu bewohnten Küsten und den Häfen des Vaterlands zurückführte" (I. 34).

Die Chemie betrachtet Novalis als einen Galvanismus, den Galvanismus der leblosen Natur (II. 408). Sie ist Stoffkunst wie die Mechanik Bewegungskunst. Die Physik verbindet die Beiden und ist Lebenskunst (III. 66). Novalis mißt der Chemie nicht so große Bedeutung bei wie der Physik. Sie ist der Physik nicht ebenbürtig. Aber auch sie schenkt Novalis, dem großen Zauberer, eine Wünschelrute: den Sauerstoff. Der neu entdeckte, sich mit fast allen Elementen verbindende und die Verbrennung bewirkende Stoff bedeutet für Novalis nicht weniger als der Galvanismus und der Magnetismus. Fast alle Erscheinungen sind auf Wirkungen des Sauerstoffs zurückzuführen. „Alle Naturkräfte sind nur eine Kraft. Das Leben der ganzen Natur ist ein Oxydationsprozeß" (III. 346).

Novalis nennt Oygen Universalarzneimittel. Die Oxydation gleicht, wie Novalis einmal in den Fragmenten aufzählt (III. 345), der Auflösung, Luftwerdung, Entfärbung, Diphanation, Wärmebindung, Lichtbindung, Vermehrung des Volumens, Verminderung der Terrestrizität oder der spezifischen Schwere, Verminderung der Kohäsion, Verminderung der Elastizität, Verminderung der Wärmekapazität, negativer Elektrisierung, Demagnetisation, Verminderung der Akustizität, Verminderung der Leitungskraft der galvanischen Aktion.

Alles Verbrennen müßte eigentlich ein ewiger Prozeß sein (III. 304). Unsere Geschichte ist ein Verbrennungsprozeß. Unser körperliches Leben ist ein Verbrennen (III. 286). Unser Geist ist das Oxygen des Körpers; die Seele ist die eindringende Basis des Oxygens (III 126.) Das Denken oxydiert, indes das Empfinden desoxydiert (III. 334). Das Weib ist unser Oxygen. Denn „ je lebhafter das zu Fressende widersteht, desto lebhafter wird die Flamme des Genußmoments sein (III. 80). Kurzem: Oxygen hat Verwandtschaften zu allen Körpern (III. 143). Vor allem ist es Element des Feuers (III. 174), das Novalis anbetet.[1]

Die meisten Fragmente von Novalis sind überladen mit Fremdwörtern. Dessen ist Novalis sich meist bewußt: Die Fremwörter zu verdeutschen hat ihn beschäftigt. Er schreibt hinter ein Fragment, das von naturwissenschaftlichen Terminologien angefüllt ist: „Deutsche Namen für diese besonderen Naturkräfte" (III. 155). In den Fragmentensammlungen 1798 finden wir noch Spuren seines Bestrebens, Fremdwörter ins Deutsche zu übertragen, z.B. Operation in Arbeit, Dokument in Urkunde, Maxime in Grundsatz (vgl. II. 336, 339). Aber späterhin scheint er dieses Bestreben vernachlässigt zu haben. — Hingegen sind seine Dichtungen kaum in Betracht, aber ihr Einfluß ist allenthalben fühlbar: In seinen Dichtwerken begegnen wir einer Fülle von Zeitwörtern wie Knüpfen, Verbinden,

---

[1] Vgl. Feuer-Abschnitt.

Vereinigen, Mischen, Anziehen, Auflösen usw. Sie gehören zu Novalis' Lieblingswörtern und entspringen aus dem magischen Idealismus. Denn der magische Idealist knüpft und löst zugleich, und sieht, daß alles in der Welt sich anzieht und verbindet —, ein Tun und Schauen, dessen Berechtigung und Begründung er dem Galvanismus, Magnetismus und Oxygen dankt.

Die Anziehungskraft in der Natur geht jeder Bewegung voran. Im Galvanismus, so meint Novalis, empfinden sich die Körper, ehe sie sich gegenseitig äußern (III. 48). Kräfte, Dinge und Menschen, die verwandt sind, ziehen sich immer an in Novalis'dichterischer Welt. Bevor eine Berührung, eine Begegnung geschieht, spürt man schon die unwiderstehliche Anziehungskraft im Voraus. Man erbebt alles in der Ahnung.

Die Ahnung des Kommenden ist geheimnisvoll. Das Geheimnis macht alles anziehend, z. B.:

„Das schöne Geheimnis der Jungfrau, das sie eben so unaussprechlich anziehend macht, ist das Vorgefühl der Mutterschaft, die Ahndung einer künftigen Welt, die in ihr schlummert, und sich aus ihr entwickeln soll" (II. 399f.).

Die Anziehungskraft ist so stark und geheimnisvoll, daß Novalis darauf verzichtet, es positiv zu beschreiben. Z. B. Das Lied des Bergmanns zieht die Leute „unbegreiflich" an, eben weil es dunkel und unverständlich ist (I. 153). Was die Betrachtung über die alte Zeit anzieht, ist „unbeschreiblich" (I. 165).

Die Blaue Blume zieht Heinrich „mit voller Macht" an(I.103). Im Morgenland fliegen die Vögel anziehend durh mannigfaltige Überbleibsel ehemaliger Zeiten(I.141).

Der Einsiedler Heinrich unwiderstehlich an, so daß er nichts wünscht, als bei ihm zu bleiben (I. 168). Heinrich hat ein anziehendes Gesicht; Klingsohr hat anziehende Miene (I. 175, 174). Die Gespräche der Liebenden sind anziehend (I. 122). Ginnistan ist verliebt in Eros und fühlt sich von dem schönen Jüngling lebhaft angezogen (I. 204).

Die Sammlung des Lehrers entfernt den Schüler und zieht ihn zugleich an; die Naturkräfte sind anziehend und abstoßend (I. 14, 15).

Dinge und Menschen ziehen sich, nach romantischem Glauben, schon von Haus aus an. Diese Gegebenheit will der magische Idealist ausnützen, erweitern und steigern. Er ist durch sein Wissen von Physik und Chemie überzeugt, daß ein Stoff mit einem ganz andersartigen verbunden werden kann. Kraft Verknüpfens und Vereinigens schafft Novalis dem Ineinander-Übergehen und Ineinander-Fließen große Möglichkeiten. Er bemüht sich, Gemüts- und Naturkräfte zu vereinigen, und fragt sich: Ist jetzt etwa die Zeit der Vereinigung gekommen? (II. 333, 318). — J. W. Ritter schreibt ähnlich wie Novalis: „Schon der Ausdruck: Vereinigung zeigt an, daß man den chemischen Prozeß schon längst sehr bestimmt definierte."[1]

In seinen Fragmenten trachtet Novalis alles Entgegengesetzte zu vereinigen: Pantheismus und Monotheismus, Monarchie und Demokratie, Materialismus und Theismus, Willen und Wissen, Phantasie und Denkkraft, vor allem Natur und Geist: und er glaubt, kein Grad der Vereinigung der Wesen sei ohne Frucht (II. 284).

Das romantische Land vereinigt „alle Anmut bewohnter Ebenen mit den furchtbaren Reizen der Einöde und schroffer Felsengegend" (I. 202). Die Gestirne vereinigen sich zu melodischen Reigen (I. 126).

Die Religion ist eine ewige Vereinigung liebender Herzen (I. 192). Die Liebe ist die Vereinigung der zärtlichen Seelen (233). Heinrich und Mathilde vereinen sich zu einem Bilde (222). Die Tochter besitzt alles, „was die süßeste Einbildungskraft nur in der zarten Gestalt eines Mädchens vereinigen" kann

---

[1] Ritter, Fragmente eines jungen Physikers, Heidelberg, 1810. Ed. I. S. 26.

(120). Der Tod vereinigt die getrennten Liebenden wieder (II. 68). — Mannigfaltige Zufälle vereinigen sich zur Bildung des Menschens (I. 172). Im Sprechen der Menschen in Sais scheinen alle Kräfte, alle Arten von Tätigkeit auf das unbegreiflichste vereinigt zu sein (I. 38). Gefühl und Verstand kann man vereinigen (184). Ein Oberhaupt vereinigt die politischen Kräfte (II. 67). Die große Idee wird durch vereinigte Kräfte und Ideen dargestellt (II. 59). Die Menschenwelt ist das gemeinschaftliche Organ der Götter. Die Poesie vereinigt sie, wie uns (II. 35). — In den geistlichen Liedern singt Novalis:

"*Ich habe dich empfunden,*

O! lasse nicht von mir;

Laß innig mich verbunden

Auf ewig sein mit dir" (I. 74).

"In unserm Gemüt ist alles auf die eigenste, gefälligste und lebendigste Weise verknüpft. Die fremdesten Dinge kommen durch einen Ort, eine Zeit, eine seltsame Ähnlichkeit, einen Irrtum, irgendeinen Zufall zusammen. So entstehen wunderliche Einheiten und eigentümliche Verknüpfungen — und eins erinnert an alles —" (III. 318). — Daher: Unser Natursystem ist nur eine Sonne im Universo, die durch Bande an dasselbe geknüpft ist (I. 34). Tausend Erinnerungen knüpfen sich von selbst an einen zauberischen Faden (I. 157). Im Mittelalter knüpft ein kindliches Zutrauen die Menschen an ihre Verkündigungen (II. 67). Im zweiten Teil des Ofterdingen sollten die entferntesten und verschiedenartigsten Sagen und Begebenheiten verknüpft werden (I. 245). — Die Moralität ist das Band, welches Zweck und Mittel verknüpft (II. 324).

Mit Vereinigen und Verknüpfen zusammenhängend ist das Hauptwort: das Band. Zwischen der Seele und dem Körper merkt Novalis das geheimnisvolle Band (II. 407). Er sagt:

„Jetzt sehn wir die wahren Bande der Verknüpfung von Subjekt und Objekt — sehn, daß es auch eine Außenwelt in uns gibt, die mit unserm Innern in einer analogen Verbindung wie die Außenwelt außer uns mit unserm Äußern, und jene und diese so verbunden sind, wie unser Innres und Außres" (III. 157).

Das „Band" ist ein häufiges Bild: die heilige Sprache ist das glänzende Band der königlichen Menschen mit überirdischen Gegenden und Bewohnern (I. 38). Eine gemeinschaftlich genossene Jugend ist ein unzerreißliches Band (I. 194). Bei innerem Beben der Sehnsucht muß ein bestes Band sich geben (I. 177). Ein heimliches Band schlingt sich um des Reiches Untertanen (I. 154). Nach der Befreiung des bezauberten

Schlosses zieht sich ein glänzendes Band über die Stadt und das Meer und die Erde (I. 217). — Eine lange Umarmung, unzählige Küsse besiegeln den Bund des seligen Paares (I. 193).

Wir betonen diesen Satz wiederholt: „Nichts ist poetischer als alle Übergänge und heterogene Mischungen" (III. 311). Die Chemie führt Novalis zur Vermischung der verschiedensten Wesenheiten.

Viele Fragmente zeigen uns, daß Novalis sich immer um „Mischung" bestrebt: Mischung von Bedingtem und Unbedingtem, von Vergangenheit und Zukunft, von Götterwelt und Menschenleben, von Körper und Geist, usw. Gott ist ein gemischter Begriff (III. 247). In der Geschichte sieht Novalis ein:

„So nötig es vielleicht ist, daß in gewissen Perioden alles in Fluß gebracht wird, um neue, notwendige Mischungen hervorzubringen und eine neue, reinere Kristallisation zu veranlassen..." (II. 51).

In einem seiner Fragmente über Poesie sagt er:

„Sie (die Poesie) mischt alles zu ihrem großen Zweck der Zwecke — der Erhebung des Menschen über sich selbst" (II. 327).

Die zerstreuten Farben des Geistes sollen wieder gemischt werden (I. 15). Im Traum streben unzählbare Gedanken sich zu vermischen (I. 102). Der Liebende ruft der Geliebten zu: „Ich mische mich mit dir." Oder: „Mein ganzes Wesen soll sich mit dem deinigen vermischen" (I. 56, 193). In einer Hymne heißt es:

> „Was heilig durch der Liebe Berührung ward, rinnt
> aufgelöst in verborgenen Gängen auf das jenseitige Gebiet,
> wo es, wie Düfte, sich mit entschlummerten Lieben mischt"
> (I. 58).

Astralis singt:

> „...und das Verlangen
> Nach innigerer, gänzlicher Vermischung
> Ward dringender mit jedem Augenblick" (I. 221).
> „Alles muß ineinander greifen,
> Eins durch ds andre gedeihn und reifen;
> Jedes in allen der sich stellt,
> Indem es sich mit ihnen vermischet
> Und gierig in ihre Tiefen fällt..." (I. 222f.).

Einerseits verbindet Novalis' Natur mit Geist, verknüpft Außenwelt mit Innenwelt, vermischt alle entgegengesetzten Dinge. Andererseits versteht er auch alles aufzulösen, was schon erstarrt und nicht mehr lebendig ist. Problem ist Körper, Auflösung ist Feuer. Die Verbrennung ist nichts anders als Auflösung (vgl. III. 38). Die chemische Errungenschaft hat ihn gelehrt, daß die

Verbrennung nicht in der Entziehung des Phlogistons, sondern in der Mischung des Oxygens mit anderem Stoff besteht. Daher betrachtet Novalis die Auflösung mitunter zugleich als eine Art Mischung. Er schreibt zum Beispiel in „Blütenstaub":

„*Die gewöhnliche Gegenwart verknüpft Vergangenheit und Zukunft durch Beschränkung. Es entsteht Kontinuität, durch Erstarrung Kristallisation. Es gibt aber eine geistige Gegenwart, die beide durch Auflösung identifiziert, und diese Mischung ist das Element, die Atmosphäre des Dichters*" (II. 35).

J. W. Ritter sagt ähnlich in seinen Fragmenten:

„*Auflösung = Vereinigung = Entformung. Auflösung = Tod im Organischen. Auflösung = chemischem Prozeß. So steigt mit dem übergange ler Einheit in die Mehrheit das Lebendige aus dem Grabe der Identität hervor, kommt zu Genusse seiner in der höchsten Differenzierung = Lebendigkeit und kehrt mit sinkender Differenz in seinen Ursprung zurück.*" [1]

Unser Gefühl und Geist kann entweder Fremdes auflösen oder selbst aufgelöst werden. Das mächtige Liebesgefühl dehnt

---

[1] Ritter, Fragmente, Bd. I. S. 93.

sich in uns aus, wie ein gewaltiger, alles auflösender Dunst (I. 36). Hoffnung zerrinnt aufgelöst in Schmerz; Liebesleben rinnt aufgelöst auf das jenseitige Gebiet (I. 57, 58). Die Aufmerksamkeit kann in eine zitternde Gedankenlosigkeit sich auflösen (185). Im Traum scheint die Flut eine Auflösung reizender Mädchen, die an dem Jünglinge sich augenblicklich verkörpern (I. 103). Mathilde wird Heinrich in Musik auflösen (181). In Tränen wird der Leib aufgelöst (223). —— Der Krieg ist eine große Auflösung, woraus neue Geschlechter entstehen sollen (189). Die Heilung der Krankheit ist eine musikalische Auflösung (III. 119). Klingsohrs Märchen fängt mit großer Erstarrtheit der Welt an und endet mit Auflösung derselben. Die Tätigkeit der Poesie ist: fremdes Dasein in eignem aufzulösen (II. 327).

Novalis hat alles vereingt, verknüpft, vermischt und wiederum aufgelöst. So verwandelt sich die Welt bei Novalis unaufhörlich. Zum Schluß werfen wir einen Blick auf das Wort Verwandeln, das ebenso oft vorkommt wie Vereinigen, Verknüpfen usw. ...

Der Dichter verwandelt reißende Flüsse in milde Gewässer (I. 117). Die Kaufleute verwandeln Heinrichs Neugierde in heiße Ungeduld(116). Dem kleinen Eros verwandelt sich die stille Glut seines Gesichts in das tändelnde Feuer eines Irrlichts, der heilige

Ernst in verstellte Schalkheit, die bedeutende Ruhe in kindische Unstetigkeit, der edle Anstand in drollige Beweglichkeit (209). Das Blut verwandelt sich in Balsam und Aether (59). Der Balsamsaft des jungen Lebens verwandelt sich in Tränen (225). Im Traum sind seltsame Verwandlungen, die unser Nachdenken rege machen (104). Die Blaue Blume verwandelt sich; mit der sonderbaren Verwandlung wächst Heinrichs süßes Stauen (103).

Die Welt und ihre Geschichte verwandelt sich in die Heilige Schrift (I. 237). Im zweiten Teil des Ofterdingen sollte eine große Verwandlung sich vollziehen. Wir lesen in den „Paralipomena": „Heinrich von Ofterdingen wird Blume, Tier, Stein — Stern... Geheimnisvolle Verwandlung... Heinrich wird im Wahnsinn Stein. — Klingender Baum — glodner Widder — ... Sollte es nicht gut sein, hinten die Familie sich in eine wunderliche mystische Versammlung von Antiken verwandeln zu lassen?" (I. 241 bis 245).

Das Licht ruft jede Kraft zu zahllosen Verwandlungen (I. 55). Die Natur verwandelt sich in Menschen, wenn sie selbst auch einen Genuß von ihrer großen Künstlichkeit haben will (115). In der Schatzkammer verwandeln sich die Szenen unaufhörlich und fließen endlich in eine große geheimnisvolle Vorstellung zusammen (203).

In sich verspürt Novalis den Drang:

„*Alles in Sophien zu verwandeln*" (III. 139).

Aus geschichtlichen Betrachtungen ersieht Novalis auch:

„*In unsern Zeiten haben sich wahre Wunder der Transsubstantiation ereignet. Verwandelt sich nicht ein Hof in eine Familie, ein Thron in ein Heiligtum, eine königliche Vermählung in einen ewigen Herzensbund?*" (II. 59).

Mit diesem Abschnitt schließen wir die Untersuchung in einzelnen Gruppen ab. Durch die genaue Analyse und die abei versuchten Ausdeutungen erkennen wir, wie tief die Stilmittel bei Novalis in seinem magischen Idealismus wurzeln. Der ganzen Natur bedient er sich, um eine höhere, romantische und wundervolle Welt daraus zu bauen. Zu dem Verfahren, über alles Entgegengesetzte eine Brücke zu schlagen, Natur und Geist ineinander fließen zu lassen, Lebloses zu beseelen und Erstarrtes aufzulösen, sieht sich Novalis durch die Errungenschaften der zeitgenössischen Naturwissenschaft mehr berechtigt als durch die Lehre eines Hemsterhuis, mit der er sich vor seiner Freiberger Zeit befaßt, und die als erster Anlaß ihn zum magischen Idealismus führt.

Novalis' Stil kommt aus tiefen Quellen: Er wuzelt in der Weltanschauung des Dichters und verläßt keinen Augenblick ihre Bahnen, — trotz einiger zu gewagter Analogien und spielerischer Gleichnisse. Vor Novalis ist kaum ein Dichter in dieser völligen Verankerung der Dichtung in seiner Weltschauung mit ihm zu vergleichen. Nach ihm begegnen wir aber Vielen, die mehr oder weniger auf Novalis'Weise denken und schreiben: Wir meinen dabei Namen, die schon oft erwähnt wurden: Ritter, Oken, Görres, Schubert, Fechner... usw. Henrik Steffens schreibt später über Novalis:

„Ich habe später Menschen kennen gelernt, die ganz von ihm beherrscht wurden: Männer, die sich durchaus einem praktischen Leben weihten, empirische Naturforscher aller Art, die das geistige Geheimnis des Daseins hoch hielten und den verborgenen Schatz in seinen Schriften aufgehoben glaubten. Wie wundersame vielversprechende Orakelsprüche klangen ihnen die dichterisch religiösen Gedanken von Novalis, und sie fanden in seinen Äußerungen eine Stärkung, fast wie der fromme Christ in der Bibel." [44a]

[44a] H. Steffens, Lebenserinnerungen aus dem Kreis der Romantik, herausgegeben von Gundelfinder, Jena 1908, S. 195.

Schlußbemerkung

Wir haben Novalis' dichterische Welt durchwandert und dabei ersehen, inwiefern Novalis Geist in Natur und Natur in Geist verwandelt. Wir verlassen nun diese Welt und richten unseren Blick auf eine andere, um durch den Vergleich sie noch klarer erkennen zu können!

Viktor Hehn hat in den „Gedanken über Goethe" viele Gleichnisse gesammelt, die Goethe in der Zeit anwandte, wo er sich den „ewigen Gleichnismacher" nannte, und kommt dabei zu dem Ergebnis, „daß Goethes Gleichnisse gewöhnlich dem, was ihn gerade umgab oder beschäftigte, entnommen sind. ... Mitten in der gegenständlichen Realität, in der gemeinen Ordnung der Dinge, in der Gewöhnlichkeit des Tages erheben sich Anklänge, tauchen Abbilder auf, die gefangenen Geister erwachen und geben Zeugnis für die Regungen der Seele oder das Reich dunkler, aus dem Gemüthe aufgestiegener Vorstellungen."[1] Und Hermann von Helmholtz schreibt über Goethes naturwissenschaftliche Studien[2]: „Wo es sich um

---

[1] Viktor Hehn, Gedanken über Goethe, Brl. 1902, S. 331.
[2] Hermnn von Helmholtz, Goethes Vorahnungen kommender naturwissenschaftlicher Ideen, Brl. 1892, S. 54f.

die höchsten Fragen über das Verhältnis der Vernunft zur Wirklichkeit handelt, schützt ihn sein gesundes Festhalten an der Wirklichkeit vor Irrgängen und leitet ihn sicher zu Einsichten, die bis an die Grenzen menschlicher Vernunft reichen." — Ganz anderer Herkunft und Natur aber sind die Gleichnisse und wissenschaftlichen Studien bei Novalis. Jene entstammen selten der gegenwärtigen Umgebung und gegenständlicher Realität, sondern durchaus seiner Ideenwelt. Hinter jedem vordergründlichen Dinge sieht Novalis etwas Wesentlicheres, Höheres, aber dem gemeinen Auge Verborgenes, worin sein Geist sich spiegelt. Selbst das allgemeine Alltagsleben wie Essen und Trinken, Schlafen und Wachen wird von ihm symbolisch betrachtet. So idealisiert er z. B. seine Braut und verwandelt sie nach ihrem Tod in eine mystische Gestalt. Die äußeren Erfahrungen lassen keine Spur in seinen Dichtungen, (d. h. mit inneren Organen wahrgenommen, erscheinen sie sogleich im sublimierten Sinn). Beim Lesen seiner Romane merken wir gar nicht, daß sie von einem fleißigen, pflichttreuen Beamten der Salinendirektion geschrieben sind. Aber sein inneres Erlebnis entfaltet sich in seinen Dichtungen wie die Blaue Blume in Heinrichs Traum.

In seinen wissenschaftlichen Studien bekümmert er sich

ebenfalls wenig um die Wirklichkeit. Er will überall zuhause sein und alle Wissenschaften speziell erfhren. Etwas zu lernen ist ihm ein Genuß, etwas zu können die „Quelle der Wohlbehäglichkeit" (III. 328). Mit heißem Verlangen greift und hascht er nach allen Seiten. Mit dem Zauberstab der Analogie glaubt er alle Probleme auflösen zu können. Es fehlt ihm „die Bescheidenheit des philosophischen Wissens um das Nichtwissen".[①] Des Grenzenbewußtseins ist er sich nicht bewußt.

  Novalis ist ein Dichter, der spielt. Er spielt aber mit Ernst. Er mient: wer zur Gestaltung einer höheren Welt berufen ist, der spielt. Dem Lehrer in Sais sind „bald die Sterne Menschen, bald die Menschen Sterne, die Sterne Tiere, die Wolken Pflanzen, er spielt mit den Kräften und Erscheinungen" (I. 12). Nach dem Hören des Hyazinth-Märchens speilen die inneren Kräfte der Lehrlinge gegeneinander (I. 27). Die Geschlechter der Menschen lieben und erzeugen sich in ewigen Spielen (I. 36). Der Mensch wird Meister eines unendlichen Spiels (I. 28). — Gott und Natur sollten auch spielen (III. 127). Die unendlichen Wellen bilden ihr entzückendes Spiel (I. 36). Die Luft spielt mit den goldenen Locken (I. 131). Die Zeit vergeht spielend (I. 116). — Novalis

---

[①] N. Hartmann, Die philosophie des d. Idealismus, S. 221.

baut seine romantische Welt „zu spielendem Ernst". Dieses heilige Spiel erinnert uns an Nietzsches Worte[1]:

> „*Ein Werden und Vergehen, ein Bauen und Zerstören, ohne jede moralische Zurechnung, in ewig gleicher Unschuld, hat in dieser Welt allein das Spiel des Künstlers und des Kindes. Und so, wie das Kind und der Künstler spielt, spielt das ewig lebendige Feuer, baut auf und zerstört in Unschuld, — und dieses Spiel spielt der Aeon mit sich. ... Der immer neu erwachende Spieltrieb ruft andre Welten ins Leben.*"

Novalis spielt ein solches Spiel.

Fassen wir dieses ins Auge, so verstehen wir leicht, warum Novalis in den Fragmenten zuweilen gedanklich so ausschweifend bis zum Grotesken ist, — was wir in der vorliegenden Arbeit bei einigen zu gewagten Analogien kennen lernten. Zugleich bewundern wir, wie scharf und zutreffend seine kühnen, meistens „mittelst eines Spiels" (III. 255) zustande gebrachten Gedankenkonstruktionen „ihn auf Ziele wiesen, die die Forschungen des folgenden Jahrhunderts zum Teil realisierten, daß er zum Beispiel schon die moderne

---

[1] Nietzsche, Werke, Lpz. Bd. X. S. 41.

Relativitätslehre vorahnend erkannt hat."[1] Kurzem: Novalis hat keine Geduld vor der Schwere der ewigen Probleme, deren Lösung ein unaufhörliches Suchen und Forschen verlangt, (als ob er vorahnte, daß der Tod ihn erwartete). Er hat vielmehr Freude daran, sich auf jedem Gebiet zuhause zu fühlen und vermöge der Analogie alle Probleme zu lösen, während Goethe ernstlich in der Wirklichkeit forscht und sucht.[2] Daher gibt es in seinen Fragmenten plötzlich auftauchende Einsichten, zutreffende Vorahnungen, — und zugleich viele Grotesken. Aber die Spreu vom Weizen zu sondern hieße hier entstellen: Gerade diese Mischung von Wahrem und Falschem zeigt den spielenden Novalis. Er selbst sagt über seine Fragmenten-Blätter: „Manches ist ganz falsch — manches unbedeuten — manches schielend" (II. 379).

Seine Dichtungen dagegen sind rein von zu gewagten Analogien. Er sieht alles in der Natur mit seinen inneren Augen und nüanziert mit seinen eigenen Lieblingsfarben. Er sammelt, was seinem Wesen entspricht, und ordenet es sogleich, um

---

[1] Kluckhohns Einl. zu Novalis' Schriften, I. S. 42.
[2] Goethe spricht von der Analogie: „Folgt man der Analogie zu sehr, so fällt alles identisch zusammen; meidet man sie, so zerstreut sich alles ins Unendliche. In beiden Fällen stagniert die Betrachtung, einmal als überlebendig, das andre Mal als getötet."

höhere Formen zu bilden und die ganze Menschheit zu veredeln. Daher betet er das allbelebende Licht und Feuer an, befreundet sich mit Wasser und Pflanzen und studiert die Architektonik der Natur auf den Gebirgen und in Schluchten und Höhlen. Die Landschaft ist ihm hell und die Luft ist blau, das Feuer nicht mehr ein Zerstörendes, sondern Verbindendes, der Tod nicht ein Vernichtendes, sondern Vereinigendes. — Jedes Wort trägt seine eignen Züge und birgt sein Verlangen, die anderen zu ergreifen. Die Gleichnisse sind seinem inneren, mystischen Erlebnis entnommen.

Seine Dichtungen werden von seinen Freunden und den Spätromantikern als reinste und tiefste Offenbarung romantischen Geistes betrachtet (Eichendorff) und sogar als neues Evangelium angesprochen (Adam Müller), von dem sich mit sozialen Fragen beschäftigenden Jungen Deutschland kritisiert (Heine, Laube) und von dem Realismus abgelehnt (Hebbel, Grillparzer).[1] — Ihre Deutung und Bedeutung wandelt sich mit der Zeit; — ihr wandelloser Wert aber bleibt: Sie gehören weder zu den Dichtungen vom Rang der Werke Goethes oder Schakespeares, die alle Dichtungselemente in sich schließen und einen Kosmos

---

[1] Vgl. Heilborn, Novalis, S. 1-18. (Novalis in der Literatur des 19. Jahrhunderts).

bilden, noch zu den Zeitverhafteten von nur zeitlichem Wert oder Unwert, — sondern immer zum Heimatland derjenigen, die Ehrfurcht vor Reinheit und Sehnsucht nach Schönheit hegen.

Wörterverzeichnis

Das folgende Verzeichnis gibt eine Zusammenstellung derjenigen Wörter, die Novalis' Sprache und dichterischen Stil im besondern kennzeichnen. Wir beschränken uns dabei auf seine Romane und Gedichte: Zu Novalis' Fragmenten und Studien ist ein wertvolles Register in der Ausgabe Kluckhohns vorhanden.

Wir benutzen, wie in der vorliegenden Arbeit, die Ausgabe Kluckhohns. Die römischen Zahlen bezeichnen die Bandnummern, die arabischen die Seitenzahlen.

Abbild, I. 21, 35.
Abdruck, I. 21.
Abgrund, I. 21, 22, 70, 80, 154, 255.
Ader, I. 23.
ahnden, Ahndung, I. 11, 13, 15, 18, 26, 27, 28, 31, 32, 36, 56, 61, 97, 109, 111, 114, 125, 128, 135, 145, 154, 160, 168, 170, 222, 242.
ahndungsselig, I. 61.
ahndungsvoll, I. 31, 55, 63, 168.
Alkahest, I. 11.
allbelebend, I. 68, 237.
allegorisch, I. 239, 241, 244.
allverschwisternd, I. 61.
alleverwandelnd, I. 61.

allzündend, I. 60, 237.
Alraunwurzel, I. 206.
Angst, I. 57, 60, 66, 67, 72, 78, 82, 127, 182, 224, 234.
anmutig, I. 26, 39, 104, 112, 119, 122, 136, 160, 164, 187, 189, 195, 210, 226, 229, 232, 238.
Antwort und Frage, I. 31.
anziehen, Anziehung, I. 14, 15, 17, 103, 121, 122, 141, 153, 165, 174, 175, 201, 204.
Asche, I. 213, 214, 215, 223, 361.
asthenisch und sthenisch, I. 41.
Astrologe, Astrologie, I. 165, 238 (Sterndeuter), 246.

Aether, I. 59, 61.
aufblühen, I. 19, 22, 112, 120, 121, 129, 230, 240.
auf einmal, I. 13, 14, 55, 76, 103, 108, 111, 116, 135, 139, 157, 158, 182, 193, 197, 198, 206.
auflösen, Auflösung, I. 21, 26, 31, 32, 36, 41, 57, 58, 103, 141, 181, 185, 189, 193, 215, 223, 236.
Aufmerksamkeit, I. 15, 19, 28, 39, 112, 147, 105, 173, 180, 181, 185, 202, 232.
Auge, I. 11, 13, 25, 28, 32, 35, 55, 56, 57, 58, 61, 7, 81, 109, 112, 115, 121, 125, 149, 159, 174, 175, 179, 180, 184, 187, 192, 195, 207, 209, 213, 217, 223, 229, 245, 254.
außerordentlich, I. 116, 123, 130.
baden, I. 21, 102, 154, 204, 361.
Balsam, I. 55, 59, 140 (Balsamwellen), 225 (Balsamsaft), 254 (Balsamfrucht).
balsamisch, I. 26.
Band, I. 30, 33, 34, 38, 57, 63, 66, 68, 141, 154, 177, 178, 193, 194, 217, 223, 349, 352.
Bart, I. 25, 107.
Bau, I. 12, 15, 16, 59, 81, 152, 164 (Baukunst), 165, 166 (Bauart), 202 (Bauart), 237 (Bauart).
Baum, I. 23, 26 (Palme), 63, 130 (Eiche), 141 (Eiche), 176 (klingender Baum voll goldner Früchte), 182, 202, (Wetterbäume), 225 (Eichbaum), 231 (Zypresse, Kiefer), 238 (Kastanienbaum), 243 (klingender Baum), 247 (klingender Baum), 248 (Tanne).
beflügelt, I. 124.
Behausung, I. 27 (Beh. der ewigen Jahreszeiten), 33.
bekannt, I. 27, 141, 142, 151 (wohlbekannt), 153 (wohlbekannt),160 (wie ein Bekannter), 169, 182, 216, 226, 228 (wie ein alter Bekannter), 236.
bekannt, I. 27, 141, 142, 151 (wohlbekannt), 153 (wohlbekennt), 160 (wie ein Bekannter), 169, 182, 216, 226, 228 (wie ein alter Bekannter), 236.
belauschen, I. 19.
beleben, I. 143, 168, 170, 185, 186, 202
beleuchten, I. 20
bemoost, I. 102, 139, 222.
berauschen, I. 116, 154, 176, 180, 204.
Berg, I. 26, 28 (Gebirg), 36 (Geberg), 57 (Grenzbürge), 60, 110 (Urgebirge), 116 (Gebürge), 144, 147, 149, 152, 159, 164, 165, 166 (Gebirge), 167, 194, 292, 224 (Gebürge), 232, 242 (Gebürge).
berühren, I. 103, 195, 214, 226, 254.
Berührung, I. 30 (Brührungspunkt), 34, 58, 172.
beseelen, I. 16, 119 (Beseelung),

131, 150, 195, 212, 216.
bewegen, I. 16, 18, 56, 60, 97, 103, 108, 115, 116, 133, 164, 181, 184, 194, 195, 196,197, 198, 205, 210, 216, 221, 232, 248.
Beweglichkeit, I. 29, 31, 209.
Bewegung, I. 12, 30, 31, 34, 107, 112, 117, 161, 147, 215, 233, 236, 248.
bezaubern, I. 210, 236, 352 (Bezauberung)
bilderreich, I. 139.
binden, I. 255.
blau, I. 17, 26, 55, 57, 103 (Dunkelblau, schwarzblau, lichtblau), 107, 111, 127, 175 (lichthimmelblau), 182, 194 (milchblau), 195 (himmelblau), 198, 200, 202, 203 (milchblau), 210, 224, 229, 234, 245 (Alles blau in meinem Buch), 248, 253, 361, 365.
blenden, I. 149, 108 (belendendweiß)
blinken, I. 154, 208, 224.
Blitz, I. 127, 202, 211, 221, 229 (blitzähnlich), 255.
blitzen, I. 17, 56, 195.
blühen, I. 36, 61, 67, 78, 81, 121, 117, 148, 150, 188, 214, 222, 254, 348, 351, 356.
Blume, Blüte, I. 12 (Lilie), 13, 18, 23 (Rose), 24 (Rosenblüte und Hyazinth), (Rose, Veilchen), 26, 32, 39, 41, 58, 61, 62, 70, 71, 81, 101, 103, 107, 111, 135, 139, 140, 161 (Lilie, Rose), 162, 167, 175 (Rose, Lilie), 182, 187 (Rose), 192 (Rose), 195 (Eis- und schneeblumen), (Edelsteinblüten), 202, 203, 207 (Lilie), 211, 221, 225 (Nachtblume), 228 (Rose), 231, 232, 233 (Blumenwelt, Blumenschaft), 241, 248, 249, 351 (Alpenrose), 362 (Mädchenblüte).
die Blaue Blume, I. 101, 103, 107, 111, 181, 240, 247.
blumenschwanger, I. 32.
Blut, I. 59, 74, 75, 124, 150 (Blutverwandtschaft), 154.
blütenreich, I. 61, 65.
Brautnacht, I. 56.
brennen, I. 55, 56, 65, 195, 197 (hellbrennen), 205 (schwarzbrennen).
Brust, I. 83, 208, 215, 249, 254.
Buch, I. 25 (Büchelchen), 159, 165 (Buch der Zukunft), 168, 169, 173, 181, 188, 197, 360, 361.
bunt, I. 12, 13, 19, 22, 23, 33 (buntgefärbt), 36 (buntfarbig), 37, 60, 102, 103, 106, 111, 140, 141, 142 (buntfarbig), 150, 153, 176, 183, 194, 197, 199, 201, 202, 214, 226, 234, 237, 248, 350, 359, 365.
Busen, I. 14, 98, 103.
Chiffernschrift, I. 11, 30 (dechiffrieren), 124, 233 (seltsame

Schrift), 353.

Dämmerung, I. 13, 56, 57 (Dämmerungsschauer), 66, 102, 107, 109, 110 (Zwielicht), 111, 126, 128, 359.

Denkmal, I. 58, 165 (Denkmal der Urwelt), 217.

drängen, I. 12, 23, 25, 102 (durchd.), 171, 178, 190.

dringen, I. 13, 14, 26 (durchd.), 28 (durchd.), 30, 38 (eind.), 72 (durchd.), 73 (durchd.), 81 (durchdringen), 122 (eind.), 139 (eind.), 141 (durchd.), 155 (durchd.), 158 (eind.), 164 (durchd.), 170 (durchd.), 174 (durchd.), 178 (durchd.), 185 (durchd.), 189 (durchd.), 192 (durchdringen), 195 (durchd.), 221, 222 (durchd.), 224 (durchd.), 226, 249 (eind.).

Duft, I. 27 (Wohlgeduft), 58, 61, 172, 216, 231, 233, 352, 357.

duften, I. 120, 176, 195, 221.

dünken, I. 11, 14, 20, 27, 37, 56, 66 (mir däucht), 102, 104, 105, 106, 107 (es gedäuchte mir), 111, 114, 116, 121, 128, 129, 130, 136, 141, 155, 156, 159, 160, 161, 164, 169 (däuchten), 175 (mich däucht), 176, 184, 191, 224, 226, 231, 235 (mich däucht), 238, 249.

Dunst, I. 35, 198, 200, 223.

durchsichtig, I. 142, 167, 184, 194, 248.

Durst, I. 36, 74, 127, 254.

durstig, I. 106.

Ebenbild, I. 169, 233.

Eisen, I. 197, 241.

eisern, I. 59, 61, 68, 107, 198, 204.

elastisch, I. 28, 29, 185.

Enträtselung, I. 126.

entsiegelt, I. 62.

Erdbeben, I. 166, 201, 202.

Erdenpalast, I. 158.

erleuchten, Erleuchtung, I. 103, 127, 168, 173, 184, 194, 195, 203.

erquicken, I. 18, 134, 208, 226.

essen, I. 24, 74, 104, 176, 355.

fabelhaft, I. 156, 231.

Faden, I. 17, 21, 35, 157, 167, 171, 198, 205, 206, 210, 217, 221, 223.

Farben, (vgl. bunt, blau), I. 15, 18, 19, 23, 24 (kirschrot, brandrabenschwarz), 26 (grün, schwarz), 28, 32, 37, 55, 56 (braun), 58, 69 (Farbenquelle), 102, 106, 109, 110, 111, 167 (rubinrot), 175 (braun), 194, 205 (schwarz), 225 (aschgrau), 232, 234 (kupferrot, schwarzgrau), 245 (Farbenspiel).

Felsen, I. 12 (Felsenbilder), 18, 32, 60, 102, 139, 146 (Felsensöhne), 151, 152 (Felsenschlösser), 154 (Felsenwand), 157 (Felsenwand),

165, 205, 206, 208, 210, 213, 223, 227, 248.
die Ferne, I. 13, 34, 37, 57, 101, 109, 139, 156, 171, 183, 187, 202, 222, 224, 225.
Fest, I. 119, 129, 134, 173, 176, 181, 217, 240, 244, 248.
Feuer, Flamme, I. 19, 27, 30, 34, 35, 36, 37, 38, 60, 65, 68, 69, 78, 80, 106, 122, 133, 158, 164, 178, 180, 193 (Flammenfittichen), 205, 209, 210 (Flammentod der Mutter), 212, 222, 233.
feuerig, I. 62, 105, 184, 202, 208, 217.
fliegen, I. 134, 197, 224, 253.
fließen, I. 15, 36 (zerf.), 57, 63 (entf.), 64 (zerf.), 76 (zerf.), 98 (umf.), 102 (umf.), (ineinanderf.), 131, 134 (überf.), 182, 186 (überf.), 192 (zusammenf.), 193 (zusammenf.), 195 (zusammenf.), 203 (zusammenf.), 217 (zerf.), 221, 227 (zusammenf.), 253 (zerf.), 254 (zerf.), 255, 351.
Flügel, I. 56, 108, 172, 176, 209, 210, 213, 222, 364.
das Flüssige, I. 15, 16, 28, 33, 36 (das Urflüssige), 37, 215 (Flüssigkeit).
Flut, I. 36 (Flut und Ebbe), 55, 56, 57, 59, 69 (Lebensflut), 72, 103, 111, 124, 134, 153, 154, 201 (Flut und Ebbe), 208, 214, 221, 231,

254, 255, 352.
Fossil, I. 36, 38.
Freiheit, I. 21, 27, 29, 234, 235.
fremd, I. 14, 17, 25, 36, 110, 117, 130, 141, 144, 146, 168, 173, 182, 200, 204, 222, 360.
der Fremde, I. 12 (Fremdling), 25, 55 (Fremdling), 101, 124, 130 (Fremdling), 196, 226 (Fremdling), 243 (Fremdling), 246, 348 (Fremdling), 350 (Fremdling).
Frühling, I. 159, 175, 215, 217.
funkeln, I. 35, 55, 57, 141, 176, 195, 197, 216, 359.
Funken, I. 62, 69, 102, 124, 190, 197, 216, 254, 351, 362.
Gebäude, I. 15, 146.
Geburt, I. 62, 166 (Nachhall jener grausenvollen Geburtswehen), 215, 241.
Gegenbild, I. 31, 189.
Geheimnis, I. 11, 14, 19, 28, 36, 37, 39, 41, 56, 62, 74, 109, 115, 117, 121, 126 (Naturgeheimnis), 178, 211, 218, 232, 234, 243.
geheimnisvoll, I. 17, 26, 27, 29, 31, 41, 55, 59, 60, 66, 104, 120, 141, 145, 146, 164, 171, 193, 203, 209, 215, 224, 233, 241.
Geisterfamilie, I. 26.
gesprächig, I. 112, 176.
Gestalten-Erklärung, I. 15.
Gestirn, I. 11, 18, 28, 115

(Getirnung), 118, 126, 153, 158, 165, 181, 196, 210, 217, 253.
Gewässer, I. 163, 189 (Urgewässer).
Gewühl, I. 106, 123.
glänzen, I. 12, 27, 32, 38, 40, 102, 103, 107, 108, 109, 118, 119, 120, 145, 147, 149, 167, 171, 173, 175, 180, 182, 184, 195, 197, 199, 201, 202, 203, 209, 210, 212, 214, 217, 229, 248, 351.
glückbegabt, I. 153.
glühen, I. 26, 37, 64, 124, 126, 131, 199, 204.
Gold, I. 28, 79, 102, 153, 213, 216, 353, 359 (mit grünem Gold), 360.
golden, I. 24, 32, 56, 60, 63, 64, 108, 110, 125, 131, 133, 139, 144, 149, 157, 172, 176, 178, 198, 200, 202, 214, 217, 242, 243, 246, 247, 252, 255, 359.
goldene Zeit, I. 18, 27, 31, 35 (goldes Alter), 36, 83, 130, 179, 244.
goldene Zukunft, I. 63, 233.
Grab, I. 57, 62, 66, 72, 105, 136, 137, 223, 228, 239, 255, 360.
Gruft, I. 18, 19 (Modergrüfte), 55, 69.
nach Hause, I. 65, 229 (immer nach Hause).
Heilkräfte der Zahlen, I. 117.
Heimat, I. 14, 17, 58, 59, 61 (Wunderheimat), 63, 66, 68 (Vaterland), 73 (Vaterland), 77 (Vaterland), 111 (Vaterland), 142, 155, 170, 193, 352.
hell, I. 13, 14, 16, 134, 142, 153, 159, 184, 194, 197, 213, 216, 222, 231, 234.
helldunkel, I. 123.
Himmel, I. 16, 21, 36, 56, 57, 58, 62, 65 (Himmelsufer), 70 (Himmelskeim), 77, 104, 119, 130, 132, 146, 149, 154, 158, 165, 178, 180, 184, 191, 199, 203, 222, 227, 234, 354.
himmeloffend, I. 56.
himmelsüß, I. 83.
himmlisch, I. 16, 18, 19, 27, 28, 35, 114, 126, 131, 134, 136, 146, 149, 158, 162, 168, 170, 172, 176, 180, 181, 187, 192, 193, 195, 203, 215, 217, 226, 234, 236, 237, 241, 246.
höher, I. 11, 14, 32, 35, 36, 37, 39, 56, 61, 63, 109, 110, 113, 117, 121, 127, 135, 161, 162, 184, 192, 226, 230, 233, 234, 236, 237, 241, 246
Höhle, I. 116, 127, 155, 157, 170, 205, 206, 247, 252.
holdselig, I. 112, 226.
das Innere, I. 15, 17, 22, 29 (Innenwelt), 33 (nach Innen), 38, 72, 82, 102, 104, 111, 154, 160, 168, 183 (eine innere Phantasie), 184, 198, 213, 215, 224 (im Innersten), 226 (im Allerinnersten), 234, 254.
Jungfrau, I. 13, 25, 27, 63, 73, 138,

240.
Karfunkel, I. 38, 124.
in sich gekehrt, I. 108, 156, 171.
Kirche, I. 22, 162.
knistern, I. 127.
knüpfen, I. 17, 34, 55, 132, 157, 181, 217, 359.
kostbar, I. 122, 124, 136, 161, 190, 197, 229.
köstlich, I. 18, 24, 26, 32, 55, 62, 103, 105, 117, 119, 120, 141, 144, 150, 167, 176, 184, 185, 195, 199, 202, 213, 217, 224, 238.
krank, I. 16 (krank und gewissenhaft), 109.
Kraut, I. 67, 222, 226, 360.
Kristall, I. 11, 13, 149, 179 (Kristallgewand), 184, 195 (Kristallpflanzen), 351, 360.
kristallen, I. 26, 57, 60, 140, 167.
Kühlend, I. 38, 59.
Larve, I. 22, 60, 206.
Leib des Herrn, I. 150.
leuchten, I. 33, 38, 56, 58, 61, 103, 165, 192, 216, 234.
Licht, I. 11, 12, 14 (Brechung des Lichtstrahls), 18, 28 (das innere Licht), 29, 34, 55, 57, 58, 102, 109, 110, 164, 184, 194, 203, 205, 210, 228, 234, 236, 237.
licht, I. 12, 20, 65, 67, 124, 127, 138, 179, 205.
Lippe, I. 55, 62, 74, 126, 132, 172, 179, 180, 182, 192, 217.
lodern, I. 18 (emporl.), 35, 38 (hineinl.), 80, 133, 193, 194, 252, 352.
lösen, I. 15, 23, 55, 62, 108, 127, 132, 154, 190, 233, 349.
Luft, I. 12 (Luftmeer), 18, 26, 27, 55, 61, 80, 103, 112, 129, 140, 147, 180 (Luftmeer), 194, 202 (Luftschlösser), 204, 224.
luftumwunden, I. 178.
lüstern, I. 21, 32, 254.
magisch, I.116, 123, 223, 242.
Magnet, I. 11, 34 (magnedische Nadel).
Mahl, I. 17 (Mahlzeit), 21, 199, 202, 230 (Gastmahl).
mannigfach, I. 11, 12, 17, 30, 109, 111, 156, 170, 221, 237, 248.
mannigfaltig, I. 23, 26, 27, 28, 29, 37, 38, 39, 102, 108, 114, 115, 117, 123, 130, 135, 141, 165, 168, 171, 172, 183, 1185, 189, 195, 197, 204, 215, 224, 232, 237, 238, 248.
das Märchenhafte, I. 241.
Meer, I. 12 (Luftmeer), 15 (Staubmeer), 18, 29, 34 (Ozean), 36 (Ozean), 37, 60, 62, 64, 75, 77, 81, 102, 117, 118, 138, 140, 154, 166 (Ozean), 180 (Luftmeer), 194, 196, 208 (Eismeer), 238, 255, 348, 358.
merkwürdig, I. 16, 29, 105, 142, 147, 155, 170, 171, 186, 202.

Metall, I. 36, 147 (König der
　　Metalle), 155, 167, 195
　　(Metallbäume), 215, 230.
mischen, I. 12, 15, 18, 34, 56, 58,
　　144, 175, 196, 254.
Mischung, I. 36, 202.
Mond, I. 143, 155, 156, 200, 201,
　　215, 218, 241, 249.
Moos, I. 127, 214.
moosig, I. 58.
morgenländisch, I. 121, 136, 244.
Mund, I. 117, 174, 179, 254.
Münster, I. 157.
Musik, I. 27, 32, 4, 115, 117, 151,
　　180, 181, 195, 208, 210.
Mutter, I. 25 (Mutter der Dinge), 56,
　　58, 60, 154, 210, 215, 218, 228,
　　231, 242.
mütterlich, I. 58, 60, 140.
Nacht, I. 20, 55—66, 68, 78, 137,
　　158, 212, 234.
nächtlich, I. 17, 67, 126, 133, 249.
Natur der Naturen, I. 29.
Naturkomposition, I. 30.
Natursinn, I. 37, 39.
Netz, I. 30, 102, 210.
neugeborn, I. 25, 57, 62, 222.
niegefühlt, I. 130.
niegekannt, I. 102.
niegesehen, I. 27, 61.
nieverglühend, I. 182.
nach Norden, I. 198, 201, 210, 215,
　　216.

Ohr, I. 117.
ordnen, I. 12, 18, 39, 197.
Ordnung, I. 14, 22, 27,
　　117, 162, 163, 189, 191
　　(Zusammenordnung), 222, 232.
Pflanze, I. 18, 32, 55, 60, 116,
　　117, 130, 230, 232 (Sprache des
　　Bodens), 242.
plötzlich, I. 118, 130, 167, 211, 216,
　　224.
provenzalisch, I. 169.
Quell, Quelle, I. 21, 22, 25, 37,
　　41, 58, 68, 69 (Farbenquell), 81
　　(Bronn), 102 (Springquell), 103,
　　107, 129 (Springquell), 140,
　　141, 144, 153, 160, 182, 195
　　(Springquell), 216, 221, 228, 230,
　　249.
quellen, I. 166 (aufq.), 177
　　(emporq.), 192, 209, 216.
quillen, I. 55, 178 (emporq.).
Rätsel, I. 74, 233, 243.
rätselhaft, I. 34, 124, 151, 253.
reizen, I. 27, 28, 37, 112, 115, 116,
　　117, 119, 120, 126, 146, 167, 171,
　　172, 175, 176, 179, 185, 187, 188,
　　195, 199, 204, 208, 209, 215, 363.
rinnen, I. 58.
romantisch, I. 109, 127, 141, 187,
　　188, 202, 235, 245, 246.
Rührung, I. 130.
Ruine, I. 21, 231, 255.
saugen, I. 55, 59 (ansaugen), 74, 76,

83, 210, 226.
Schachspiel, I. 217.
Schacht, I. 25.
Schatz, I. 13, 16, 18, 19, 24, 39, 79, 101, 110, 117, 119, 135, 144 (Schatzgräber), 145, 148, 151, 156, 166, 202 (Schatzkammer), 229, 252.
Schimmer, I. 194, 229, 249, 364.
schimmern, I. 138, 182, 189, 222, 241 (durchschimmern).
Schlacke, I. 210.
Schlaf, I. 13, 29, 36, 56, 103 (Schlummer), 354 (Schlummer).
Schleier, I. 14, 27, 41, 61, 62, 73, 123, 134, 167, 210, 215, 352, 362, 365.
schlummern, I. 19, 27 (ents.), 57, 58 (ents.), 59 (ents.), 61 (eins.), 98, 101 (hinübergeschlummert), 156, 175, 197, 216, 203, 204, 210 (eins.).
Schlund, I. 67.
Schlüssel, I. 11, 15, 22, 56, 202, 214, 246, 247, 353.
Schoß, I. 27, 36, 56, 57, 59, 60, 61, 65, 66, 151, 155, 158, 167, 168, 179, 196, 224.
die heilige Schrift, I. 11, 237.
schwimmen, I. 11, 55, 58, 182, 203, 214, 244.
schwingen, Schwingung, I. 18, 38, 155, 164, 179, 195, 196, 209.

Schwung, I. 97, 105, 126.
sehnen, I. 13, 41, 58, 66, 82, 101, 106, 112, 139, 156, 180, 204, 223.
sehnlich, I. 147, 159, 169, 230.
Sehnsucht, I. 12, 17, 26, 27, 33, 38, 39, 57, 58, 60, 62, 63, 64, 66, 69, 78, 83, 106, 108, 114, 120, 121, 129, 130, 139, 140, 177, 195, 201, 204, 221, 226, 239, 240, 246.
sehnsuchtsvoll, I. 32, 2oo.
seltsam, I. 12, 13, 14, 19, 22, 23, 25, 29, 101, 104, 105, 106, 107, 111, 116, 117, 122, 123, 130, 142, 146, 147, 156, 157, 164, 165, 167, 168, 171, 190, 198, 200, 201, 202, 218, 222 (wunderseltsam), 231, 232, 233, 237, 258, 360.
seltsamlich, I. 30, 153.
Silber, I. 167, 201 (Silberthron), 202, 209, 360 (Silberhaar).
silbern, I. 157.
sonderbar, I. 12, 23, 31, 103, 110, 111, 114, 117, 122, 123, 124, 127, 132, 141, 148, 168, 170, 176, 181, 196, 202, 209, 232, 246.
sonderlich, I. 104, 129.
Sonne, I. 18, 34, 56, 64, 118, 149, 182, 201, 210, 241 (Sonnenreich), 243.
Speise, I. 18, 25, 28, 150, 176.
Spiegel, I. 21 (Zauberspiegel), 31 (Spiegelhelle), 121 (Zauberspiegel), 181, 215, 224, 364 (Zauberspiegel).

spiegeln, I. 156, 163, 182, 194.
Spiel, I. 22 (Gedankenspiel), 28, 29, 30 (Gedankenspiel), 68 (Wunderspiel), 105 (Kinderspiel), 142, 176, 196, 224, 239 (poetische Spielerei), 242, 245 (Farbenspiel), 253, 358.
spielen, I. 12, 24, 27, 32, 36, 112, 116, 131, 122 (empors.), 154, 194, 211, 249 (zu spielendem Ernst), 360.
Sprung, I. 114, 190.
Strahl, I. 133, 185, 216.
Stein, I. 11 (Steinbildung), 12, 13, 18, 23, 24, 28, 33 (Steinwelt), 35 (Kleinod), 38 (Karfunkel), 55, 62, 81, 102, 109 (Kleinod), 117 (Kleinod), 124 (Karfunkel), 141, 144, 145 (Kleinod), 147, 153, 165, 167 (Kleinod), 177, 184 (Saphir), 198 (Kleinod), 206, 26, 218 (Porphyr), 227, 229, 247, 252 (Kleinodien und Juwelen), 255 (Smaragde und Rubine).
Stern, I. 12, 18, 21 (Sternrad), 55, 63, 140 (Abendstern), 147, 165, 196, 197 (Komet), 203 (Meteor), 205 (Sternbild des Phönix), 208 (Leier, Eridamus), 213 (Perseus), 214 (Phönix), 217 (Perseus, Phönix), 222, 231 (Abendstern), 237 (Sternbilder), 360.
Stille, I. 102, 121, 130, 134.

Strahl. I. 13, 23, 82 (Hoffnungsstrahl), 127, 154, 162, 179, 194, 197, 205, 226, 234, 359.
strahlen, I. 204, 215, 349.
Strom, I. 18, 21, 32, 37, 80, 102, 130, 139 (stromweis), 153, 182, 185, 187 (Auge einer Landschaft), 203, 224, 253.
strömen, I. 66 (durchs.), 102 (überströmen), 119, 195 (ausstr.), 201, 208, 216.
Sturm, I. 58, 97, 126, 127, 137, 175, 203.
sympathetisch, I. 40.
Sympathie, I. 17, 29, 32, 117, 126, 130,176, 223, 231.
sympathisieren, I. 162.
Talisman, I. 21, 125, 351.
Tanz, I. 70, 151, 175, 212 (Tanzlust).
tanzen, I. 101, 117, 118, 173, 175, 211.
Tapete, I. 156 (Tapetentür), 176, 202.
tausendfach, I. 127, 208.
tausendfältig, I. 27, 60.
tausendzweigig, I. 62.
Tempel, I. 18, 35, 37, 63, 202, 218, 351, 354.
Tier, I. 18, 21 (feuerspeiender Stier), 22, 23, 24, 26, 32, 55, 60, 101, 102, 117, 118 (Untier Meerungeheuer), 133 (Adler), 155 (Untier), 156 (Ungeheuer), 157 (Raubtier), 165, 166, 198

(Schlange), 201 (Schlange), 202 (Schäfchen), 207 (Taranteln), (Adler und Löwe), 210 (Taranteln), 211 (Taranteln, Ungeziefer), 216, 247 (goldner Widder), 359 (Schlange).
Tod, I. 20, 58, 59, 60, 62, 63, 65, 68, 110 (erste Ankündigung des Todes), 192, 223, 225, 226, 241, 242, 245, 252—255.
Trank, I. 18, 120, 204, 245, 256.
Traum, I. 19, 22 (Fieberträume), 27, 28 (Traum des Fühlens), 57, 66, 69, 76, 78, 84, 101, 104—106, 124, 130, 143, 146, 153, 156 (Traum der Sonne), 162, 169, 177, 181, 182, 186 (Morgenträume), 191, 210, 216, 223, 241.
trinken, I. 74, 98, 122, 198, 365.
Trinkgeschirr, I. 202.
Trümmer, I. 38, 222, 229, 231.
Trunk, I. 26, 69, 81, 106, 122, 150.
trunken, I. 36, 59, 62, 98, 131, 159, 227 (freudentrunken).
Turmalin, I. 213.
üben, I. 12, 19, 22, 30, 37, 39, 115, 177.
überall und nirgends, I. 205.
Überbleisel, I. 142, 157, 230.
Überfluß, I. 119, 156, 166.
überirdisch, I. 126, 150, 241.
übermenschlich, I. 121.
übernatürlich, I. 131.
überraschen, I. 111, 169, 180, 186, 197, 202.
Ufer, I. 110.
Uhr, I. 22 (Uhrwerk), 58.
umarmen, I. 27, 131, 134, 136, 170, 173, 190, 196, 199, 218.
Umarmung, I. 18, 36, 61, 103, 167, 169, 187, 193, 199, 201, 202, 204, 216, 241, 351.
unabsehlich, I. 101, 365.
unaussprechlich, I. 13, 41, 55, 56, 101, 107, 119, 145, 159, 198, 217, 228.
unbegreiflich, I. 14, 17, 30, 38, 102, 142, 153, 156, 186, 230, 237.
unbekannt, I. 29, 31, 101, 111, 142, 162, 192.
unbeschreiblich, I. 103, 122, 165, 180, 190, 202, 214.
unendlich, I. 17, 26, 28, 30, 31, 33, 36, 37, 38, 55, 56, 57, 59, 60, 61, 63, 64, 66, 102, 108, 118, 119, 134, 142, 150, 151, 159, 169, 172, 180, 187, 191, 192, 193, 199, 201, 210, 215, 222, 225, 226, 229, 230, 232, 234, 235, 237, 354, 365.
unenträtselt, I. 61.
unergründlich, I. 57, 74, 215.
unermeßlich, I. 33, 35, 36, 37, 61, 110, 154, 156, 165, 171.
Unersättlichkeit, I. 74.
unerschöpflich, I. 57, 113, 16o, 166.
ungeteilt, I. 28.

Ungewitter, I. 57, 165, 166, 227.
ungewöhnlich, I. 121, 125, 130, 142, 180.
ungezählt, I. 179.
unglaublich, I. 126, 145, 196, 206.
unglücksschwanger, I. 20.
unleserlich, I. 34.
unnennbar, I. 103, 127.
unsäglich, I. 56, 57, 62, 182, 215, 226, 249, 359.
unschätzbar, I. 143.
unübersehlich, I. 202, 224.
unüberwindlich, I. 123.
unverbrennlich, I. 59.
unvergleichlich, I. 180.
unverständlich, I. 146, 153, 169.
unverwelklich, I. 58, 192.
unwandelbar, I. 57, 183.
unwiderstehlich, I. 38, 78, 102, 124, 127, 144, 168, 209, 230.
unzählbar, I. 102.
unzählig, I. 30, 58. 62, 102, 103, 104, 107, 113, 115, 116, 151, 156, 157, 162, 173, 193, 196, 197, 202, 206, 211, 218, 227.
unzerreißlich, I. 194, 217.
unzertrennlich, I. 187, 192.
uralt, I. 121, 130, 142, 145, 146, 157, 164, 201, 238, 248.
Urbild, I. 97, 192, 364.
Urmensch, I. 236.
Urspiel, I. 222.
Ursprung, I. 16, 36, 130, 191.

ursprünglich, I. 150, 191, 215.
Urwelt, I. 236.
Verähnlichung, I. 21.
verbinden, I. 30, 196, 237, 249, 354.
Verbindung, I. 12, 15, 33 (Wechselverbindung).
verredeln, I. 22, 111, 166.
vereinen, I. 222, 357.
vereinigen, I. 15, 27, 28, 38, 120, 126, 172, 184, 202.
Vereinigung, I. 15, 30 (Vereinigungspunkt), 192, 233, 363.
verfolgen, I. 11, 16, 29, 58.
vergleichen, I. 11, 14, 30, 31, 114, 124, 172.
Vergleichung, I. 22, 30, 40, 114, 189 (Vergleichungspunkt), 232.
verjüngen, I. 150, 171.
Verjüngung, I. 78 (Weltverjüngungsfest), 130, 233.
Verkettung, I. 162.
Verkleidung, I. 175, 236, 237.
verknüpfen, I. 19, 39, 161, 164, 184, 237, 245.
vermischen, I. 37, 55, 102, 193, 223.
Vermischung, I. 115, 221.
verschleiern, I. 25, 223.
Verschmelzung, I. 36.
verschwistern, I. 61 (allverschwisternd), 114.
verunedlen, I. 151.
verwandeln, I. 17, 34, 35, 59, 115,

116, 117, 150, 203, 209, 218, 225, 237, 245, 353.
Verwandlung, I. 21, 55, 98, 103, 104, 235, 241, 247.
verwandt, I. 11, 68, 151.
Verwandtschaft, I. 14, 35, 37.
Verwunderung, I. 142, 175, 225.
verwunderungsvoll, I. 139.
verzehren, I. 27, 36, 56, 64, 103, 172, 210, 223, 233, 249, 254, 351, 358.
Vorhang, I. 104, 202, 213.
wachsen, I. 20, 28, 62 (emporw.), 103, 108, 133, 197, 216, 254, 348, 360.
Wald, I. 25, 32, 122, 224.
Wasser, I. 28, 36, 144, 197, 200.
Weben der Natur, I. 28.
Wein, I. 16 25, 32, 60, 64 (Lebenswein), 105, 106, 136, 176, 178 (Weinlied).
Welle, I. 29, 36, 74, 102, 138, 181, 204, 214, 216.
endlose Wiederholung, I. 193.
Willkür, I. 21, 29.
willkürlich, I. 30.
Wind, I. 69 (Lebenswind), 129, 201 (Orkan), 215, 224, 231 (Abendwind), 358.
Wirbel, I. 20 (Wirbelkette), 36, 78, 171, 182, 185, 216 (Staubwirbel), 255.
Woge, I. 23, 36, 60, 102, 124, 140 (Meereswogen), 180, 203, 365.
Wolke, I. 12 (Wölkchen), 20 (Wetterwolken), 36, 57 (Staubwolke), 82, 83 (Wolkenpracht), 102, 126 (Wetterwolken), 145 (Rauchwolken), 154, 201, 202, 215, 233, 234.
Wollust, I. 28, 38, 56, 58, 59, 60, 75, 102, 221, 222, 223, 253, 254.
wollustig, I. 36.
Wort, I. 168 (verkörperte Worte), 183 (geheimes Wort).
Wunder, I. 11 (Wunderschrift), 18 (Wundertäterin), 13 (Wunderbild), 41 (Wunder des Wunders), 55 (Wundererscheinung), (Wunderherrlichkeit), 56 (Wunderöl), 58 (Wunderspiel), 61 (Wunderheimat), 62 (Wunderkind), 70 (Wunderschätze), 78 (Wunderstamm), 104 (Wunderbilder), 108 (Wunder der Welt), 111 (Wunderblume), 124, 136 (Wunder des heiligen Grabes), 185, 193, 241 (Wunderwelt), 361, 362.
wunderbar, I. 11, 13, 16, 25, 27, 28, 29, 30, 32, 38, 39, 69, 98, 109, 115, 116, 119, 120, 122, 123, 126, 127, 130, 136, 139, 141, 146, 148, 154, 157, 160, 162, 167, 169, 170,

171, 183, 191, 192, 201, 216, 222, 231, 232, 233, 236, 237, 240, 244, 245, 359, 360.
das Wunderbare, I. 114, 239, 242.
Wunderbarkeit, I. 28, 105, 150.
wunderlich, I. 11, 12, 13, 23, 25, 27, 32, 34, 101, 102, 104, 106, 115, 129, 143, 149, 150, 153, 156 164, 165, 169, 182, 194, 195, 202, 205, 209, 218, 231, 242, 243, 245, 246, 247, 248, 253.
wunderlieblich, I. 183.
wundern, I. 13, 120, 157, 174, 180, 216, 230.
wundersam, I. 17, 62, 147, 195, 226.
wundertätig, I. 118, 136.
wundervoll, I. 15, 18, 33, 126.
Zahlenfigur, I. 190.

zahlos, I. 27, 34, 55, 56, 129, 162, 171, 217.
Zauber, I. 32 (Zauberstab), 118 (Zaubergesang), 120 (Zauberspruch), 129, 132 (Zaubermacht, Zauberband), 206 (Zauberei), 241, 254, (167 Zaubergarten), 349, 352.
zauberhaft, I. 122, 127.
zauberisch, I. 117, 142, 157.
zehren, I. 56.
zerrinnen, I. 57, 196 198, 233.
Zink, I. 212, 214.
Zugmensch, I. 171.
Zunge, I. 14, 23, 108, 179.
zurückkehren, I. 33, 214.
zurückkommen, I. 25, 28, 111.

Bibliographie

Alfred Baeumler: Einleitung zu „Der Mythus von Orient und Occident, aus den Werken von J. J. Bachofen", München, 1926.

ChristopH Bernoulli und Hans Kern: Romantische Naturphilosophie, Jena, 1926.

Alfred Biese: Die Philosophie des Metaphorischen, Hamburg und Leipzig, 1893.

Just Bing: Novalis, Hamburg, 1893.

Karl Theodor Bluth: Philosophische Probleme in den Aphorismen Hardenbergs, Diss., Jena, 1914.

Ewald A. Boucke: Der Prosastil (in „Grundzüge der Deutschkunde, herausgegeben von W. Hofstaetter und F. Pauzer"), Leipzig und Berlin, 1925.

— Wort und Bedeutung in Goethes Sprache (Literarhistorische Forschungen, Heft 20), Berlin, 1901.

Hennig Brinkmann: Die Idee des Lebens in der deutschen Romantik, Augsburg und Köln, 1926.

Ferdinand Bulle: Franziskus Hemsterhuis und der deutsche Irrationalismus des 18. Jahrhunderts, Diss., Jena, 1911.

Carl Busse: Novalis' Lyrik, Oppeln, 1898.

Paul Joseph Gremers: Der magische Idealismus als dichterisches Formproblem in den Werken Friedlich von Hardenbergs, Diss., Bonn, 1921.

Herbert Cysarz: Von Schliller zu Nietzsche, Halle, 1928.

Wilhelm Dilthey: Das Erlebis und die Dichtung, 8. Aufl., Leipzig und Berlin, 1922.

Edgar Ederheimer: Jacob Böhme und die Romantiker, Hheidelberg, 1904.

G. Th. Fechner: Nanna, 5. Aufl., Leipzig, 1921.

Walter Feilchenfeld: Der Einfluß Jacob Böhmes auf Novalis (Germanische Studien, Heft, 22), Berlin, 1930.

George Gloege: Novalis' „Heinrich von Ofterdingen" als Ausdruck seiner Persönlichkeit (Teutonia, Heft 20), Leipzig, 1911.

J. und W. Grimm: Deutsches Wörterbuch, Leipzig, 1854 ff.

Friedrich Gundolf: Romantiker, Berlin, 1931.

— Romantiker, Neue Folge, Berlin, 1930.

J. G. Hamann: Schriften, herausg. Von Karl Widmaier, Leipzig, 1921.

Nicolai Hartmann: Die Philosophie des deutschen Idealismus, 1. Teil, Berlin und Leipzig, 1923.

Eduard Havenstein: Friedrich von Hardenbergs ästhetische Anschaungen (Palaestra LXXXIV.), Berlin, 1909.

Rudolf Haym: Die romantische Schule, 3. Aufl., besorgt von Oskar Walzel, Berlin, 1914.

J. Hecker: Das Symbol der Blauen Blume im Zusammenhang mit der Bumensymbolik der Roantik (Jenaer Germanistische Forschungen, Bd. 17), Jene, 1931.

Viktor Hehn: Gedanken über Goethe, Berlin, 1902.

Ernst Heilborn: Novalis, der Romatiker, Berlin, 1901.

Hermann von Helmholtz: Goethes Vorahnungen kommender naturwissenschafticher Ideen, Berlin, 1892.

Herder: Sämtliche Werke, herausg. von Bernhard Suphan, Berlin, 1877.

Adolf Huber: Studien zu Novalis (Euphorion, Ergänzungsheft 4. S. 90), 1899.

Ricarda Huch: Die Romantik, 11. Aufl., Leipzig, 1920.

Antonie Hug von Hugenstein: Zur Textgeschichte von Novalis' Fragmenten (Euphorion, XIII, S. 79, 515), 1906.

F. Imle: Novalis, seine philosophische Weltanschauung, Paderborn, 1928.

Jean Paul: Vorschule der Aesthetik (Hempel-Ausgabe, Teil 49—51).

Ludwig Kleeberg: Studien zu Novalis (Euphorion, XXIII, S. 603), 1921.

J. K. Lavater: Antworten auf wichtige und würdige Fragen und Briefe weiser und guter Menschen, eine Monatsschrift, Berlin, 1790.

Hans Leisegang: Denkformen, 1928.

Maurice Maeterlinck: Les Fragments de Novalis, 1895.

Richard M. Meyer: Deutsche Stilistik, 2. Aufl., München, 1913.

Wilhelm Müller: Die Erscheinungsformen des Wassers in Anschauung und Darstellung Goethes bis zur Italienischen Reise, Diss., Kiel, 1915.

Novalis: Schriften, im Verein mit Richard Samuel herausg. von Paul Kluckhohn, Leipzig, 1928.

F. Nietzsche: Werke, Leipzig.

Karl Justus Obenauer: Hölderlin/Novalis, Jena, 1925.

W. Ohlshausen: Friedrich von Hardenbergs Beziehungen zur Naturwissenschaft seiner Zeit, Diss., Leipzig, 1905.

Lorenz Oken: Lehrbuch der Naturphilosophie, 2. Aufl. Jena, 1831.

Hermnn Paul: Deutsches Wörterbuch, 2. Aufl., Halle, 1929.

Hermann Petrich: Drei Kapitel vom romantischen Stil, Leipzig, 1878.

Hermann Pongs: Das Bild in der Dichtung, Marburg, 1927.

Joh. Wilh. Ritter: Fragmente aus dem Nachlaß eines jungen Physikers, Heidelberg, 1810.

Richard Samuel: Die poetische Staats- und Geschichtauffassung Friedrich von Hardenbergs (Deutsche Forschungen, Heft 12), Frankfurt a. M., 1925.

Fr. Schlegel: Sämtliche Werke, 2. Aufl., Wien, 1846.

— Jugendschriften, herausg. von Minor, Wien, 1882.

W. A. und Fr. Schlegel: Athenaeum, Berlin, 1798.

G. H. v. Schubert: Ansichten von der Nachtseite der Naturwissenschaft, 1818.

— Die Symbolik des Traumes, 4. Aufl., 1862.

Heiurich Simon: Der magische Idealismus, Heidelberg, 1906.

E. Spenlé: Novalis, Essai sur l'idéalisme rimantique en Allemgne, Paris, 1904.

Henrik Steffens: Lebenserinnerungen aus dem Kreis der Romantik, herausgegeben von Gundelfinger, Jena, 1908.

Walter Steinert: L. Tieck und das Farbenempfinden der romantischen Dichtung, 1910.

L. Tieck: Schriften, Berlin, 1828 ff.

Rudolf Unger: Herder, Novalis und Kleist (Deutsche Forschungen, Heft 9), Frankfurt a. M., 1922.

Giambattista Vico: Die neue Wissenschaft über die gemeinschaftliche Natur der Völker, übersetzt von Erich Auerbach, München, 1924.

Oskar Walzel: Deutsche Romantik, 5. Aufl., Leipzig und Berlin, 1923.

—— Die Formkunst von Hardenbergs „Heinrich von Ofterdingen" (Germanisch-romanische Monatsschrift, Bd. 7), 1919.

—— Görres' Stil und seine Ideenwelt (Euphorion, X. S. 792).

Lebenslauf

Ich wurde am 17. September 1905 in der Stadt Tzo der Provinz Hopeh, China, als Sohn des Salinendirektors Wen-Schu Feng und seiner Ehefrau Hue Chen geboren. 1923 erwarb ich das Reifezeugnis des vierten städtischen Gymnasiums in Peking, das ich seit 1917 besucht hatte. An der Pekinger Reichsuniversität studierte ich sodann acht Semester Literaturwissenschaft (1923 bis 1927). Nach bestandener Schlußprüfung war ich als Assistent an derselben Universität tätig. Am 12. September 1930 wurde ich von der Regierung der Provinz Hopeh nach Deutschland geschickt, um deutsche Literatur- und Kulturgeschichte zu studieren. Im Herbst 1930 bezog ich die Universität Heidelberg (2 Semester), im Herbst 1931 die Universität Berlin (3 Semester), im Frühling 1933 wieder die Universität Heidelberg (3 Semester). Hauptfach: Deutsche Literaturgeschichte. Nebenfach: Kunstgeschichte und Philosophie.

Herrn Prof. Ewald A. Boucke, auf dessen Anregung die vorliegende Arbeit ausgeführt wurde, spreche ich an dieser Stelle meinen bensten Dank aus.

自然与精神的类比
——诺瓦利斯创作中的文体原则

李永平　黄明嘉　译

《自然与精神的类比——诺瓦利斯创作中的文体原则》是作者冯至在德国攻读德语文学博士学位时撰写的博士论文,于1935年由海德堡奥古斯特·利普尔印刷厂印刷出版。这篇博士论文的前半部分,曾于1993年由李永平译成中文,并在同年《外国文学评论》第一期发表;后半部分由黄明嘉译成中文,此次全部译文收入全集前,由李永平作了修订,译文未经作者审阅。

一　神秘主义的思维

把两个极端连在一起，你们就会有真正的中心。

——弗·施莱格尔

诺瓦利斯是早期浪漫主义诗人，同时在哲学史上亦占有一席之地。与其他早期浪漫主义者一样，他也把诗和哲学融合为一体。

作为一个诗人，诺瓦利斯并不满足于单纯地写作，而是更多地企求把科学和世界加以诗化。1798年2月24日，他从弗莱堡写信给奥·威·施莱格尔说："一切科学都必须诗化。我希望与您多谈谈这种实在的科学的诗"（第4卷，229页）[①]。我们从《亨利希·封·奥夫特丁根》的补遗中读到："一切科学都被诗化，就连赌赛中的数学也不例外……诗化世界即是建立童话世界。"（第1卷，242、246页）由于早逝，诺瓦利斯在其最后岁月里倾其全力所计划的一切都归于永久的失败。他既没能在《亨利希·封·奥夫特丁根》的第二部分建立一个童话世界，也没在他的百科全书中构造一部实在的科学的诗。他的作品让我们想到一座未完成的庙宇，

[①] 本文所有括弧里的卷数和页数均为德文版《诺瓦利斯全集》（1928年，莱比锡）及有关人的文集的卷数和页数。

它的基础已经神秘地垒上了各种各样的砖石。从那些有幸建造完的部分，我们深信，要不是建筑师早离人世，一座雄伟的建筑本来是可以高高耸立起来的。这里我们所说的就是《塞伊斯的学徒》的片段、未完成的《亨利希·封·奥夫特丁根》《夜颂》《圣歌》、百科全书的片段和残章——诺瓦利斯本来是想在百科全书中"创造一种寓于生命的科学的工具"（第4卷，240页）的。

在哲学史上，诺瓦利斯与神秘主义一脉相承。因为在他那里，思维、情感和意志是混合在一起的。这种思维、情感和意志的统一不仅表现在诺瓦利斯身上，而且也表现在他同时代的许多人身上。

诺瓦利斯感到，他的使命是构建一个原初的世界，对一切的科学都追溯到最终统一性的源头，召唤黄金时代的到来，并建立一个新的宗教。所有这一切皆依凭于他诗意的"心灵"的力量。诺瓦利斯的全部作品都交织和渗透着诗意，是诗意的想象和创造。因此，无论在形式的选择上，还是在内容的处理上，我们首先要把他的作品视之为诗。

本文试图探讨主体与客体、内在世界与外在世界、精神与自然在诺瓦利斯作品中是如何渗透和交流的，他的诗歌风格是如何由此产生的。我们首先要阐明建立他的风格的自然哲学基础，然后再在第二部分中研究其"风格原则"。

打开诺瓦利斯的作品，我们处处可以看到，他把万事万物都解释或设定为相互关联的。他的诗歌如同一个世界，在这里一切界线都消失了，所有的距离都相互接近，所有的对立都得到融合。"同在性"是浪漫主义特有的和最常用的表述，它也为诺瓦利斯所信奉。在他看来，自然中没有什么东西"比伟大的同在性更值得注意"（第1卷，34页）的了。陌生的同时也是熟悉的，遥远的同时也是亲近的。

对于诺瓦利斯，在空间中，远与近、高与低、有限与无限之间的一切界限皆消失殆尽。当亨利希·封·奥夫特丁根第一次从心中涌出对玛蒂尔德的爱恋之情时，他高声喊道："遥远对我是多么地亲近，壮美的景色是我们内心的想象。"（第1卷，183页）在谈论塞伊斯的自然风光时，那个美貌的学徒把映在水中的天空看做"一种温柔的亲密，一种亲近的象征"（第1卷，37页）。尤其是在作为"诗歌圣典"的童话中，天和地自然就汇流于"甜美的音乐"（第1卷，203页）中了。"无限与有限处在相互交替的关系之中。"（第3卷，101页）

相互交替不仅适用于空间，而且也适用于时间，过去与未来、开始与终结，永恒与瞬间。

关于历史的法则，霍恩措伦伯爵这样说道："只要人们能去观察一个漫长的序列……便会发现过去和未来的神秘连结，并学会从希望和回忆中构筑历史。"（第1卷，162页）——孤独而忧伤的朝圣者奥夫特丁根听见死去的玛蒂尔德从墓穴中传出的声音,这时未来和过去便"在他的内心相互接近了,并且紧密地结合为一体"(第1卷,226页)。——在《季节的婚礼》一诗中,女王表达了她的(也是诺瓦利斯的)最真挚、"早已漂浮在这个深情人的唇边"的愿望。

> 如果时间友好而和善,
> 未来便会与现在和过去连在一起,
> 春天会连接秋天,夏天会连接冬天,
> 青年与老年在真诚的游戏中结双成对:
> 那么,我可爱的伴侣呦,痛苦的泉水就不再流淌,
> 所以感情的愿望都会在内心得到满足。
> ——第1卷,219页[①]

当霍恩措伦伯爵在山洞中回忆过去时,他便要吟唱:

> 那漫漫的岁月
> 仿佛只是倏然而去;
> ——第1卷,159页

[①] 为全集体例统一,本文凡说明变字体引文出处的卷数和页数外面的括弧均改为破折号。

而且自从他隐居山洞以来，那时光的消逝又"恍如在一瞬之间"（第1卷，161页）。——我们再来引证一个例子：当人们观察山上"灰色的岩石和状如闪电的裂缝"时，也就会发现"最广阔的历史就凝聚在短暂而闪耀的瞬间"（第1卷，229页）。

诺瓦利斯任其思想广阔地漫游，以致空间和时间也都具有了相互对应的关系。"时间和空间同时产生，而且是同一的，正如主体和客体一样。空间是恒久的时间，时间是流动的空间"（第3卷，156页）。

诺瓦利斯认为，人的一切关系在根本上都是相对的。

自然感觉一方面可能变成"一种快乐的奇思妙想"，但同时也变成"虔敬的宗教"，并给"全部生活指明方向、态度和意义"（第1卷，17页）。季节的婚礼（我们在前面已曾提及）要让"青年和老年结双成对"，而且是"在真诚的游戏中"。——"苦恼是欢乐的中介，正如死亡是生命的中介"（第2卷，349页）。——悲与喜、死与生在一个新的世界里有"最亲密的感应"（第1卷，223页）。——"真理完全是谬误，健康完全是疾病"（第3卷，37页）。——"唯心主义只不过是一种真正的经验主义"（第3卷，123页）。——"真正的国王将会是共和国，真正的共和国将会是国王"（第2卷，52页）。——"公众是一个无限巨大的、多样化的、意趣盎然的人"（第2卷，372页）。——"男人在某种程度上也是女人，正如女人在某种程度上是男人"（第3卷，81页）。

诸如此类的句子在诺瓦利斯的作品中随处可见，这里所引的只是不胜枚举的例子中的几例而已。

诺瓦利斯或者是在周围世界中看见了巨大的关联状态，或者是在他认为似乎更真实的童话世界里预感到了这种关联状态。这种观看、这种情感和思维我们同样也可以在其他许多思想家，例如在赫拉克利特、圣·保罗、老子和中世纪的神秘主义者的作品中看到。在哲学史上，他们与其对立面理性主义者并驾齐驱，具有同样重要的地位。诺瓦利斯通常使用的那些表达，诸如"相互交替""神秘的连结""紧密地融为一体"等，我们也经常在其他人的著作中碰到。这些人用循环方式思维，尤其喜欢用连锁式的句子结构来表达思想。H. 莱泽冈在其《思维形式》一书中清楚地描述了这种思维方式的特征，且赋予它"循环思维形式"的名称，对于理性主义的思维形式他则称为"金字塔式"。神秘主义者因其与逻辑思维的对立而遭到理性主义者摈弃，但莱泽冈对他们作了正确的评价。神秘主义者以不同于理性主义者的形式进行思维，他们有自己的"逻辑"。

这种逻辑产生的形而上学的根据就是精神世界和有机的生命世界的同一性。精神与生命相互渗透，其本质是同一的。通过对自然中生命过程——例如植物界的种子循环——

的观察，神秘主义者获得了这一基本思想，并将其用于人类和整个宇宙。

神秘主义逻辑的概念不是派生的，而是来源于事物循环的生命的基本形式。在这里，以往那些总是彼此对立的概念和阶段，如白昼和黑夜、光明和黑暗、精神与肉体等都被结合在一起，构成一个圆环。白昼与黑夜、黑夜与白昼相互包容。一切极端的东西在永恒的循环中都彼此应和，息息相关。

从种子生长出一个有机体，这个有机体以后又结出新的种子，新的生命再次从种子中萌芽。从这个过程中神秘主义者得出结论：生命是死亡的开始，死亡是生命的开始，因此二者是同一的，没有光明也就无法想象黑暗；这样，对于神秘主义者来说光明与黑暗是同一的。总而言之，类比性使神秘主义思想家得出了最大胆的形而上学的定理。同时，类比性又有助于他们证明他们所获得的定理。类比性是神秘主义者的主要工具。

诺瓦利斯就是以这种方式进行思维的。他不仅思维，而且也观看和感受。"思维、感受、推论、判断、想象、观看等等都是一个活动过程，只是依据对象和范围而区分的。"（第3卷，34页）诺瓦利斯不仅把观看和感受与思维同一起来，而且也把意志与行动同一起来："思维即意志，或者意志即思维"（第3卷，261页）。把上述思维、感受和意志同一起来，对于纯粹的哲学家，自然是很大的冒险，但对于诗人和神秘主义者诺瓦利斯,这种同一却是一种统一的原初状态,据此他进行冥思和创作。

处在这样一种统一性中,诺瓦利斯既没有像年轻的弗里德利希·施莱格尔那样在内心深处感受到理智与情感、理想与现实的分裂,也没有像蒂克那样经历过巨大的幻灭。诺瓦利斯并未囿于浪漫主义的一个基本特征即浪漫主义的反讽。在当时的志同道合者中,他是一个使一切都统一和谐的纯粹诗人和独一无二的神秘主义者。

对于诺瓦利斯来说,世界是一个永远在流动和运行的巨大有机体。一切既结合又裂解、既混合又离解、既联系又分割。同一性、相似性、亲和性,这些就是这个巨大有机体中一切事物的主要特色。例如《阿斯特拉利斯》这首诗便把这个巨大的有机体展现在我们眼前。这里我们摘引其中的几句:

> 一在一切之中而一切在一之中,
> 草木和石头上闪烁着上帝的形象,
> 人类和动物中隐藏着上帝的精神,
> 这一切人们必须牢牢记在心上。
> 不再有空间和时间排列的秩序,
> 在这里未来就存在于过去。

——第 1 卷,222 页

二 走向内心和魔幻唯心主义

1797年底,诺瓦利斯移居弗莱堡,为的是在弗莱堡矿业学院潜心攻读自然科学,特别是地质学。在弗莱堡,诺瓦利斯的精神实现了向自然的重大转折。在专业课程的带动下,1798年的整整一年诺瓦利斯以全部精力投入了对自然的研究,这种情形就像在这以前索菲的死激发他对宗教和死亡的神秘进行冥思一样,或者就像在这以后,于1799年夏天与蒂克的结识而献身于诗歌一样。诺瓦利斯的气质和禀赋在下面这一点上与里尔克等许多人是相同的:深奥的、"潜在的"内涵似乎在期待着体验去揭示和显示。但他们的丰富的世界之门却需要一只陌生的手去叩击。可以说,没有弗莱堡这一时期,诺瓦利斯关于自然的思想则是无法想象的。

1797年圣诞节,诺瓦利斯到达弗莱堡后,写信给奥·威·施莱格尔说:"的确,我又离开了诗歌,并完全潜心于自然之中。神秘主义的断片也许就是我要提供的东西"(第4卷,218页)。两个月后,他告诉施莱格尔:"我还写了几页逻辑学的断片和诗体学,而且还写了一个标题叫《塞伊斯的学徒》——同样也是断片——的开头部分。只是所有这一切都和自然有关"(第4卷,229页)。

自然是一部分断片和《塞伊斯的学徒》的基本主题。而且通往自然的道路也就是走向内心之路。

在诺瓦利斯看来,自然并非科学家研究的或者是诗人(如歌德)用眼睛看见和描绘的客观自然,而是超验的自然。

在浪漫主义者中,蒂克和E.T.A.霍夫曼主要把自然恶魔化,并赋予它一种可怕的力量。弗里德利希·施莱格尔和诺瓦利斯仍然生活在那个隐藏于自然之后或者超越自然之上的理念世界中。海德堡派则重新发现和认识到那个独一无二的自然。[①]

歌德从现实中推导出理念,诺瓦利斯则与之相反,他把理念抬高到现实之上。他认为:

> 世界必须浪漫化。这样,人们才能重新找到原初的意义。浪漫化不是别的,就是质的提高。低级的自我通过浪漫化与更高、更完美的自我同一起来。这就像我们自己经过了一系列质的飞跃一样。然而,浪漫化过程还是很不明晰的。在我看来,把普通的东西赋予崇高的意义,给平凡的东西披上神秘的外衣,使熟知的东西恢复未知的尊严,对有限的东西给予无限的外观,这就是浪漫化。——反过来说,这就是变得崇高、未知、神秘和无限的过程,通过这种联系,这一浪漫化过程就会被对数化。——它得到一个常用的表

[①] 参阅 A. 博伊姆勒,J.J. 巴霍芬:《东西方神论》的引论。

达：浪漫哲学（Lingua romana①），相互提高或降低。

——第 2 卷，335 页

感性世界因而只是一个平庸的、表面的世界。在这个世界背后诺瓦利斯发现了一个更高的世界。这第二个未知的、神秘的、无限的世界就是自然的本质，诺瓦利斯对它怀有巨大的渴望。对更高的世界来说，感性世界只有象征的意义。因此，诺瓦利斯把自然理解为符码。解释这个神秘的符码就是他的日常工作。真实的、更高的世界仿佛是蒙着面纱的塞伊斯女神。为了揭去她的面纱，就需要作一次漫长的朝圣。——人是"自然的救世主"。他必须拯救自然。

然而，何处是真正的自然？人们如何才能拯救自然？诺瓦利斯曾在一句常被人引用的对偶句中暗示：

> 他成功了，他揭开了塞伊斯女神的面纱。但是他看到了什么？他看到了他自己。这真是奇迹的奇迹。

这就是揭示诺瓦利斯的神秘的钥匙。

正如一切对立都是相互关联的，一个事物的意义只包含在另一个事物中，现在外在世界与内心世界的界限也被消除

---

① 拉丁文：拉丁语，又译罗曼语族、罗马语族。

了：外在世界的意义只有在内心世界才能找到。在《花粉》的一则片段中，诺瓦利斯谈到外在世界和内心世界的关系：

> 对我们而言，返回自身意味着超脱外在世界。对圣者而言，尘世生活从类比的意义上看意味着内心观察、进入自身和内在的活动。所以，尘世生活是来自一种原初的反思，一种原始的进入，一种与反思同样自由的自身的积聚。另一方面，这个世界中的精神生活产生于对原初反思的突破。精神展现自己，超越自己，部分地扬弃原初的反思，而就在这一瞬间，它第一次说出了自我。从这里人们看到，走出和进入是如何相关联的。我们所说的"进入"其实也是"走出"，是对原初状态的重新接受。
>
> ——第 2 卷，22 页

这则断片表明：1. 对于圣者——他们不是幽灵，而是那些超越了死亡的人，"是我们中间那些活着的时候就已经进入冥界的无与伦比的人"（第 3 卷，33 页）——，尘世生活即是一种内省。2. 世界中存在的就是尘世生活和内心生活的分裂。3. 我们如果进入自身，就能重新找到原初的形态。

借助这样一些认识，诺瓦利斯开辟了一条走向内心的道路。

"走向内心"这个思想诺瓦利斯开始哲学活动时便已萌芽。在弗莱堡时期之前,他就已经在思考和追求外在世界和内心世界的统一了。从他的哲学研究笔记中我们得知,他试图"创造一个内心世界作为外在世界的真正导师"(第2卷,271页)。"内心世界和外在世界必须完全、彻底地一致起来"(第2卷,277页)。因为"感性世界和精神世界实在只有在交替中才是相对的"(第2卷,271页)。在这一冷静的哲学思考之后,随之而来的是诺瓦利斯在他的作品中无处不流露出对内心的真切需求。如在《塞伊斯的学徒》中:"一切都引我返回自身"(第1卷,13页)。又如在《花粉》中:

> 神秘的道路走向内心。永恒连同它的两个领域即过去和未来只存在于我们的内心。外在世界是影子世界,它把黑暗投入光明的王国。这时我们一定感到内心非常晦暗、孤独和混乱。然而,一旦黑暗消逝,那个影子世界被驱走,我们就会有焕然一新的感觉。我们将享受比以前更多的东西,因为我们曾经缺少精神。
> ——第2卷,17页

诺瓦利斯真挚而迷醉般地体验着神秘的内心,他在这里找到了外在世界和内心世界的伟大同一。外在世界只是影子和假象,它的意义只有在内心世界中才能找到。诺瓦利斯的独特体验在于：他感到自己在这个世界上是陌生的，于是去追求彼岸和内心。一旦达到这个他称之为"故乡"的彼岸或内心之域，他就转过身来，俯视那个他觉得陌生的世界。[1]诺瓦利斯就是如此探索着生与死的问题，探索着自然。世界被染上神秘的色彩，自然被浪漫化，并且成为一个巨大的有机体，一项教化自然的伟大计划制定出来了。诺瓦利斯把这个任务看作一项崇高使命："我们肩负着一项使命，这就是去教化大地的使命"（第2卷，20页）。这项使命要由魔幻唯心主义来完成。

魔幻唯心主义者诺瓦利斯一方面要求训练一种内在官能（即道德官能），另一方面又要求使自然道德化。诺瓦利斯意识到，如今人的官能过于迟钝，以致不能"真正地"认识真实的自然。相反，在黄金时代：

……官能清晰而明亮
在熊熊大火中燃烧，
人类依然还看得见
上帝的手和容貌。

——第1卷，65页

---

[1] 参阅P. J. 克雷默：《魔幻唯心主义是哈顿贝格作品中的创作形式问题》（波恩：学位论文，68页），1921。

《塞伊斯的学徒》经常谈到官能的训练。这种训练的主要目标就是道德官能。道德官能这一术语是诺瓦利斯从赫姆斯特霍伊斯那里借用来的，它指的是一种能认识关系、组合……的官能。诺瓦利斯把道德官能作为最高的官能置于不完善的理智之上。在其他地方，他也把道德官能称之为良知。诺瓦利斯认为，道德官能不像其他官能那样受感性世界影响和被动，它是一种积极的创造性的能力。[①] 尽管诺瓦利斯把赫姆斯特霍伊斯的"道德官能的期待"说成是"真正预言性的"，但他的道德官能仍然有其独特性。这种道德心既没有确定的东西，也没有法则（如道德本身），它是一种伟大的决断。自然由它培养和教化。

对此诺瓦利斯说道：

> 为了能够真正有道德，我们必须试图成为魔术师。越有道德，就越与上帝和谐，亦即越具有神性，越与上帝融为一体。只有通过道德官能，我们才能敏悟上帝。道德官能是对生存的不受外在影响的感受（Sinn），是对结合的感受，是对最高者的感受，是对和谐的感受，是对自由选择和发现的、然而是共同的生活和存

[①] 参阅 N. 哈特曼：《德国唯心主义的哲学》，第1卷，230页。

在的感受，是对自在之物的感受，它是一种真正的预言能力（即预知，某种没有动机和激发的东西、敏悟）。"感受"这个词指的是间接的认识、关系和混合，用在这里当然是不很适当的。然而，正如数值是无限的，表达也永无穷尽。真正的东西在这里只能是近似地、不充分地表达出来，即是非感受或者与非感受相对的感受。难道要我把上帝或世界灵魂悬放在天上？也许我把天空解释为道德的宇宙，把世界灵魂置于宇宙，这会更好些。

——第3卷，70页

这即是对道德官能和道德感受的定义。如果我们读一下西尔威斯特和奥夫特丁根的谈话（小说在此陡然结束），我们对这一官能的含义就了解得更具体，更清晰了（只是在这里，道德官能被称为良知，道德心被称为美德）：

只有一种美德，即那种纯粹和严肃的意志，那种在抉择瞬间直接决断和选择的意志。良知寓于生动的独特的不可分之中，它使人体的柔弱标志具有生命，并能使所有充满灵性的肢体真正活动起来。

——第1卷，236页

现在大概可以理解，整个自然只有通过美德的精神才存在，而且会越来越持久。美德的精神是尘世万象中光芒四射的、使万物都具有生命的光。

——第 1 卷，237 页

具有这种美德的人，就是自然的救世主，而且能解开一切奥秘。他借助于魔术，使美德作用于自然，从而教化和培养自然。

魔术是通过意志支配外在世界——我们的身体也属外部世界——的艺术，它任意地，甚至是神秘地使外在世界具有生命。诺瓦利斯的魔术不同于蜕变为秘术的魔术，因为它灌注生命于自然，创造出奇迹和不可思议的东西。秘术的魔术则是要在自然中发现隐秘的、可怕的力量去解决人类之谜。魔术师规定和安排自然；秘术师听命于冥冥之"力"的摆布。魔术师通过"自我毁灭的真正的哲学行为"超越了事物和自我，从而获得对身体、灵魂、世界、生命、死亡和精神世界的启悟。每一个魔术师都以其自身的方式通过他们的意志创造世界。这种魔幻的创造世界的意志行为让人想到《圣经》里的一句话：上帝说有光，于是便有了光。

在"你"外在于"我"之前，"你"已经存在于"我"之中，这是神秘主义的本质特征之一。早期浪漫主义的世界观认为，魔幻的或者磁性的生命高于有机的生命，"就像艺术家头脑中的艺术作品的理念先于艺术作品本身一样"[1]。（后来的许多浪漫主义自然哲学家也确信这一点）在诺瓦利斯看来：

> ……都不依赖于自然真理。它与魔幻的或奇迹的真理相关。人们能够确信自然真理，只是因为它会变为奇迹真理。一切证明皆立足于确信。证明只是在缺乏普遍的奇迹真理的情况下的一种应急手段。所有的自然真理都无一例外地以奇迹真理为基础。
>
> ——第2卷，345页

简而言之，从内心观察自然并在内心占有自然，通过道德官能把被占有的东西浪漫化，寻求一个伟大的计划即世界图式，并最终借助魔幻的意志把它投射到自然中，使自然道德化，这就是自然和精神的循环，其中，精神是积极的部分和行动的力量。

精神是既设计又实施的艺术家；自然是艺术家转变为艺术作品的质料。精神在追求，在行动；自然则在承受和供奉。精神创造，自然滋养。"自然与精神的联姻"是诺瓦利斯和浪漫主义哲学的一个基本思想。

---

[1] 里卡达·胡赫：《浪漫主义》，第2卷，49页。

自然是一只风神琴，它是一件乐器，其声音是弹奏我们内心的高弦而发生的。

——第3卷，251页

自然是什么？自然是我们精神的百科全书式的、系统的目录和计划。为什么我们要仅仅满足于我们的财富的目录呢？让我们去观察自然，并广泛地加工和利用自然。

——第2卷，369页

如上所述，诺瓦利斯的精神与自然深深地交织在一起，我们因而也处处可以发现这种交织：就我们现在要探讨的他的诗歌风格而言，自然乃是比喻、象征和寓意。

三 诺瓦利斯风格的起源和本质

为了对诺瓦利斯的风格有一个总体认识，我们以三个方面为出发点：童话准则、语言理论和神秘主义的思维形式（这最后一方面第一节已探讨过）。由此我们将得出这样的结论：赋予自然以生命、语言的形象性、类比，这些奠定了诺瓦利斯风格的基础。

创造一个奇迹的世界即浪漫化的世界是诺瓦利斯的最大使命。然而，只有真正的诗人才能胜任这一使命。所谓诗人，诺瓦利斯的理解不同于流行的看法，他是在更为本源和更为深邃的意义上把握诗人这个概念的：诗人的职责与预言家、牧师、医生和立法者的职责相同。诺瓦利斯借克林索尔之口抱怨说："诗有一个特殊的名称，诗人构成一个特殊的行业，是非常不幸的"（第1卷，191页）。其实，诗人无所不知，他比任何一个科学家都更深刻地理解自然。诗人是一个微观宇宙，一个袖珍的现实世界。他可以从熟知的东西中发现未知的东西，使不可能的东西变得可能，他能够统治动物、植物和石头的世界，使自然进入永恒的运动和具有类似于人的行为。诗人的语言仿佛是一种咒语，世界是他以各种不同的方式弹奏的乐器。诗人是一个真正伟大的魔术师。

在《塞伊斯的学徒》和《奥夫特丁根》中，我们从许多地方可以看到，诺瓦利斯赞美诗歌高于一切，看到他对诗人的崇敬。因为只有诗才能给世界带来奇迹，治愈"理智造成"的创伤。有一则断片是这样写的：

> 对诗的感受近乎对预言、宗教、对一般先知的感受。诗人在排列、组合、选择、发现——他本人也不理解为什么恰巧是这样而不是另一个样。

——第3卷，349页

诺瓦利斯宣称的"诗"既没有受到理智的浸染，也没有屈服于"经济学"。他的这一态度引发出一场针对《维廉·麦斯特》的论战。尽管诺瓦利斯从这部小说中学到很多东西，但他最终还是把它视为"诗"的最大敌人。因为"它里面的理智就像一个愚蠢的魔鬼"。诺瓦利斯清楚地看到了"一个伟大的艺术，它使诗在《麦斯特》中自我毁灭——而当诗变得黯然失色时，它便使经济学带着它的爱好者的深情厚意确立于坚实的大地上，并使它惊讶地面向海洋"（第4卷，331页，致蒂克的书信）。

同《维廉·麦斯特》这部"理智作品"针锋相对，诺瓦利斯赞扬童话为诗的本质。如果说在理智统治一切的启蒙时代，寓言成为受人喜爱的文学体裁，目的是通过动物和植物的行为启蒙和教育人，那么在浪漫主义者那里，童话是诗的全部领域的体现，它赋予自然以生命并创造出一个奇妙世界。

我们可以把诺瓦利斯的主要作品《亨利希·封·奥夫特丁根》看作一部伟大的童话。它开始于一个梦，这个梦预言着未来，并且启示出一个神秘的世界。这部作品没有涉及现实生活：小说中出现的人物形象来自不同的阶层，但他们仿佛同属一个精神家族，用同一种声音说话。他们预感到他们后来经历的一切。诗人的灵魂渗透于整部小说，正如民族的灵魂渗透于民间童话。这部作品虽然被冠上小说的名称，但究其本质，却是一部浪漫主义意义上的童话。诺瓦利斯自己曾说："小说应当逐渐过渡到童话"（第4卷，333页）。他认为，在童话里可以最完美地表达他的心灵情绪（第3卷，220页）。

诺瓦利斯把童话与梦相比较（梦丧失其"伟大的尊严"久矣，它又由浪漫主义者赋予一个深刻的意义。无论是在蒂克的童话里，还是在诺瓦利斯的诗歌里，无论是在霍夫曼的中短篇小说里，还是在阿尼姆的长篇小说和勃伦塔诺的叙事谣曲里，都有一个丰富的梦的世界。此外，还有许多浪漫主义和哲学家为我们建造了一座通往梦的世界的桥梁，如B. G. H. 封·舒伯特的《梦的象征学》）。诺瓦利斯哀叹，我们再也看不到仙女世界了。童话和梦被忽视，而且使我们感到陌生，其原因就在于我们的官能和自我关联的软弱。在诺瓦利斯看来，"所有童话都是对那个无处不在的故乡世界的梦想"（第2卷，352页）。梦和童话是联想和诗人所崇拜的偶然的产物。它们构成一个完整的存在，在这里想象可以任意驰骋，使一切都生动活跃起来。童话既是真实世界的镜子又是它的原始状态。简言之，对于诺瓦利斯，童话中含有比历史教科书更多的真理。一切都必须过渡到童话。

按照诺瓦利斯的看法，浪漫主义的散文必须变化多端、诡谲怪异、曲折奇妙、跌宕多姿。在这方面，童话是最适宜

的形式。诺瓦利斯说:

> 在一个真正的童话中,一切都必须是奇异的、神秘的、不连贯的——一切都充满生命。每一事物千差万别、各有不同。整个自然必须以神奇的方式与整体的精神世界融合在一起。
>
> ——第3卷,97页

浪漫主义的一个丰功伟绩,是重新挖掘深植于民族传统的童话和民间故事书(它在18世纪中叶曾为诗体学家所摒弃)。然而,浪漫主义的艺术童话与民间童话有着本质的区别。如果说民间童话是从源头流溢出来的,带有普遍的人性特征,那么艺术童话则依赖诗人各自的内心状态,具有强烈的个人色彩。

不过,民间童话和艺术童话也有它们共同的地方,这就是赋予自然以生命。童话诗人随心所欲地让植物、动物和石头开口说话。他的生活和创作的目的是使一切都具有生命。他也力求把民间童话的质朴风格和简洁的语言注入艺术童话。这样,自然诗和艺术诗的界线在好些方面就被打破了。关于浪漫主义童话的独特风格,E.博克在其论述散文风格的著作中写道:

浪漫主义者常常难以说出那有意唤起的幻觉在何处终止，他们自己的风格在何处开始，或者这种被艺术加工的说话方式是否变成了第二自然。即使诺瓦利斯也以纯正、美妙的音色吟唱着古老的童话，同时又在这种柔美的音调中宣告他的魔幻唯心主义的消息……①

也许正是在这种质朴的童话方式中内涵着感染读者的魔幻力量。每句话与其说是让我们领会，不如说是让我们预感。

比喻（Bildlichkeit）在童话风格中具有非常重要的作用。然而，比喻在浪漫主义的诗歌中并非语言的装饰和美化。它不同于巴洛克诗人的比喻。大部分巴洛克诗人失去了与比喻的内在关系，仅仅把它作为作品创作的工具来使用。浪漫主义诗人更多地像中世纪的神秘主义者（他们由内心体验创造出一切，并且具有用比喻描写的能力），对语言进行革新：自然是人的比喻，人是上帝的比喻，而语言则既是人的精神的比喻又是自然的比喻。它是自然与精神结婚而生育的女儿。

---

① 霍夫施泰特尔—潘策尔：《德意志语言文化的基本特征》，第1卷，114页。

诺瓦利斯对语言理论有过深入的研究。在1795年至1796年的哲学研究笔记中就有许多地方论及语言使用的问题。他似乎对动词、形容词和同义词作过很多思考。对于18世纪主要由哈曼和赫尔德从事的语言起源研究，诺瓦利斯有很浓厚的兴趣。

诺瓦利斯认为，不仅人言说，而且整个宇宙也言说。因为一切"都是一种传达"（第2卷，378页）。人的语言不过是"一次诗意的发现"，语言符号"先验地产生于人的天性"。

诺瓦利斯经常像观察姿态和形象那样观察字母和文字，他把眼珠的转动与元音作比较，把其他的脸部姿态与辅音作比较。辅音形式产生于"构成它们的器官的姿态"（第3卷，211页）。文字是"思想的声音造型"，是心灵的真正形象。抽象的文字"是文字的气态形态"。

阿尔弗雷德·比泽在其著作《隐喻的哲学》中为我们指出了杨巴蒂斯塔·维柯的观点：原始语文是象形文字，它产生于比喻精神。歌德在读了维科的著作《关于各民族的共同性的新科学的一些原则》后，曾把他与哈曼比较。维科认为：

> 凡是最初的语言喻譬都是这种诗性逻辑的补充物，其中最鲜明的、因而也是最必要的和最常用的喻

譬就是隐喻（Metaphor）。它也是最受到赞赏的，因为它使无生命的事物显得具有生命和情欲。最初的诗人让一些物体成为渗透着他们灵性的具有生命实质的存在，也就是使它们也有感觉和情欲，并从中创造出神话来。①

哈曼把语言看做上帝精神的启示，他说：

> 感觉和情欲所说的和所领会的除喻譬外，别无他物。喻譬中蕴藏着人类认识和幸福的全部财富。
> ——见《美学概论》②

赫尔德也从隐喻精神中发现了语言的起源。③ 让·保尔更是富于意味地把隐喻称之为"自然在语言中的人化"④。哈曼、赫尔德、让·保尔都是不满足于启蒙主义者的枯燥乏味的思想家，他们要探求的是一切现象的起源。启蒙主义者把隐喻看做理智的仆人，他们教学生使用隐喻不过是为了更完美地写文章。哈曼、赫尔德、让·保尔等人则看到隐喻含有

---

① 引文采用的是 E. 奥尔巴赫的译文，170 页及以下几页，慕尼黑：1924。
② K. 维德迈尔编选：《哈曼文选》，190 页，1921。
③ 见《赫尔德文集》，第 5 卷。
④ 让·保尔：《美学入门》，第 49 节。

更深邃、更本源的意义。浪漫主义者追随的就是他们这些人。蒂克的内弟,浪漫主义语言学家 A. F. 伯恩哈迪写道:[1]

如果把语言看作我们自身的镜子和形象,也就不难想象,当我们把世界分割为感性的和超验的时候,这不过是一个表面的分离,而且这一个和那一个是相互反射的。在两个世界之间有一种神秘的关系,语言通过隐喻把这种关系表达出来,而且语言哲学追求这种关系的发现并非是最近的事。[2]

奥·威·施莱格尔在《雅典娜神殿》中说:

在真正的诗人的风格中,没有什么是装饰的,一切都是必要的象形文字。[3]

他的兄弟也说:

……对于真正的诗人,无论他的心灵环抱得如何

---

[1] 参阅 H. 佩特利希:《浪漫主义风格三章》,33 页,莱比锡:1878。
[2] 引文采用 W. 施莱格尔在评论 A. F. 伯恩哈迪的《语言学》时所用的引文。见《A.W. 施莱格尔全集》,第 12 卷,141 页,1847。
[3] 《雅典娜神殿》,第 1 卷,第 2 期,45 页。

紧密,这一切都只是对崇高和无限的预示,是永恒的爱和正在形成的自然的神圣而丰富的生命的象形文字。①

比喻、象形文字与浪漫主义的语言有着血肉般的关系,它们绝不像那种对物种的装饰。对魔幻唯心主义者诺瓦利斯来说,每一字句都是"一种咒语;有什么样的精神在召唤,也就有什么样的精神显现"(第2卷,318页)。他深刻地意识到,语言蕴藏着人类在"黄金时代""操纵"和统治宇宙的力量。亨利希·封·奥夫特丁根说:

> 语言实际上是一个由符号和声音构成的小世界。正像人统治着这个小世界一样,人也想统治大世界,并能在其中自由自在地表达。在世界中揭示超越世界的东西,满足我们生存的原始冲动,正是这一欣悦是诗的起源。
>
> ——第1卷,191页

语言的力量深深地潜伏于比喻中。

进一步说,诺瓦利斯始终想揭示某种神秘的、玄奥的东

---

① 米诺尔版,第2卷,371页。

西，但仅仅是对通灵者。为此最合适的就是比喻的语言：

> 在一个大型、混杂的社会聚会上，如果我们要与少数人谈论某种神秘的东西，而我们并不坐在一起，那么我们就必须用一种特殊的语言交谈。这种特殊的语言无论在声音还是在形象上都是一种陌生的语言。它将是一种比喻的、谜语式的语言。
>
> ——第2卷，47页

隐喻的实现依赖于类比性。

亚里士多德早已在类比性（即相称性）中看到了隐喻的最内在本质。他说，如果第二和第一的关系正如第四和第三的关系，这就叫做类比性（或相称性）。这样，人们就可以用第四代替第二，或者用第二代替第四。

这种思维形式（A和B的关系正如C和D的关系）在诺瓦利斯的作品中的表现都是根本性的，多种多样的，这里我们用不着再举例了。

在第一节里，我们已经论及，类比性一般总是神秘主义思想家的主要工具。内心与外在的综合、外在东西的内心化和对精神东西的体现、万物和谐一体的神秘主义世界观，如果没有类比性，几乎是不可想象的。使一切现象具有类比性本来就是神秘主义者的气质和禀赋。而且值得注意的是，诺瓦利斯正好生于人们喜爱使用类比性的时代。赫尔德在他《关于上帝的谈话》中列举出有机体的一些简单法则，其中一条法则是："与自身类比以及他者之中包含有自身存在的类比物。"[1] 曾对诺瓦利斯产生影响的拉瓦特尔认为，一切在根本上都是一个独一无二的理念的象征："凡是不能同我们自身类比的东西，对于我们来说，都是不存在的。"[2]

不仅在哲学思辨中，而且在自然哲学领域中人们也喜欢使用类比性。当时的所有科学基本上是以自然的统一性和最高法则无处不在的观念为基础的。自然被看做一个巨大的有机体，在这里一切都是同一的、亲近的和相似的。自然物的类比性，特别是人与世界的类比性就是那一时代的自然哲学家构造世界的坚实基础。例如，只要我们读一下J.W.里特尔的《一个年轻物理学家的遗稿断片》，我们就会得出这样的印象：全书完全建立在对比的基础上。想要精通每一领域的诺瓦利斯当然也是以这样的方式研究科学的，而且更为大胆和更为激进。W.奥尔斯豪森描述道：

> 在全部科学问题的研究方式中，有一个普遍引人注意的独特的特征，这就是不断地把一种科学的术语

---

[1] 《赫尔德文集》，第16卷，552页。
[2] 拉瓦特尔：《答复》，第2卷，71页。

转换到另一种科学上，并且使全部自然现象和它们的科学研究方式具有绝对的类比性。[1]

关于历史研究方式，诺瓦利斯在《基督教和欧洲》中告诉我们：

> 我要使你们面向历史，你们要在具有意义的历史关联中探索类比的环节，而且要学会使用类比的魔杖。
> ——第2卷，78页

世界上几乎没有什么东西不被诺瓦利斯用这根魔杖去触碰过。科学具有类比性。一种科学只能通过另一种科学来体现。一切观念都是同一的。通过对观念、元素、概念和冲动的观察，诺瓦利斯也发出了它们之间互相交叉的类比性。他称"Air de famille"（法语：家庭气氛）为类比性。"把许多儿童相互比较，人们就可能预知父母的特性"（第2卷，331页）。睡眠是死亡的类比，盲目是无知的类比……

诺瓦利斯说：

> 我们身体是世界的一部分，确切地说，是一个肢

---

[1] W. 奥尔斯豪森：《哈顿贝格与其时的自然科学之关系》，51页，1905。

体。它表现出独立性、与整体的类比性，简言之，即微观宇宙的概念。这个部分必须与整体相一致。有多少感觉，就有多少宇宙模式。宇宙完全是一个具有肉体、灵魂和精神的人的存在的相似物。人是宇宙的缩写，宇宙是人的延伸。

——第3卷，15—16页

下面这段引文则更深刻和更富于启发性：

人们无处不发现他们爱的东西，无处不看见相似性。爱越伟大，相似性的世界就越广袤、越丰富。我的爱人是宇宙的缩写，宇宙是我爱人的延伸。科学向其爱好者提供他赠献给爱人的全部花束和纪念品。

——第2卷，47页

这段引文给予我们的不仅是启开诺瓦利斯关于类比性的观点，而且也是理解他的爱的体验的钥匙。

但有时类比性也显得过于冒险，而且几乎是嬉戏。当我们看到诺瓦利斯经常拿嘴巴与眼睛、睫毛与嘴唇、额头与鼻子、大脑与睾丸类比时，就觉得他好像骑着一匹骏马，任凭组合"一切的联想和变化、融合一切"的想象向着类比性纵横驰骋。——当时的自然科学现象，诸如氧和电流的发现、磁性和化学中的亲和力也有助于诺瓦利斯把一切都加以对比和同化、排列和混合、联系和分解，从而生成类比性。所以诺瓦利斯说：

> 人是宇宙的类比性之源。
>
> ——第2卷，393页

综上所述：自然的生命化、语言的比喻以及类比性形成和滋养了诺瓦利斯的独特风格，而以上三个方面又深植于魔幻唯心主义，魔幻唯心主义则产生于神秘主义的思维形式。在诺瓦利斯的风格中处处可以觉察到他不遗余力强调的观点：

> 世界是精神的一种包罗万象的比喻，是精神的一种象征的形象。
>
> ——第2卷，384页

象征和隐喻的区别在于，后者是指一种相似性，前者则是表示一种功能。诺瓦利斯是这样区别的：凡是体现出另一事物的东西就是象征，他说："人们最喜欢理解的是这样一种事物，如果它是被体现出来的。非我是自我的象征，而且仅仅是作为自我的自我理解"（第3卷，66页）。凡是与另一事物相似的东西就是隐喻,诺瓦利斯也称它为Tropus(转喻)。二者同出一源,这就是类比性。

世界究竟怎样是精神的包罗万象的比喻和精神的象征的形象,我们将在下面的章节分成不同的组合加以探讨。在此,用诺瓦利斯向蒂克叙述他对雅科布·伯墨的印象的一段话作为这部分的结语,它同时也表明了诺瓦利斯自己的风格:

> 仅仅在他身上,我们就看到了生机勃勃的春天,它带着涌流的、冲动的、创造的和混合的力量,这一力量从内心深处孕育出世界——一个真正充满朦胧欲望和奇妙生命的混沌,一个真正的向四面八方辐射的微观宇宙。
>
> ——第4卷,330—331页

四 诺瓦利斯风格详述

在下列各段中,我们将分门别类对诺瓦利斯风格做详尽探讨。但我们觉得这样做似乎又冤屈了这位纯洁无比的诗人:凡是由他精心混合的,我们却把它分离;凡是由他巧妙连接在一起的,我们却把它肢解,变成了无生气的碎片;他织就的地毯,我们又将其拆散。我们只有时刻不忘诺瓦利斯的人格和世界，才能对这种做法有所原谅。

诺瓦利斯的世界是一个有机体，他的诗歌风格绝无矫饰之处。与其说他对自己的风格是有意识的，不如说是无意识的。我们希望在不忘记他的世界乃是一个整体的前提下，通过分析使他的某些风格明晰易辨；而通常，我们对这些风格极易漠然而失之交臂。

（一）光——颜色

> 崇拜生命犹如崇拜光
> ——第2卷，411页

1797年冬，诺瓦利斯致信弗·施莱格尔，说自己正忙于撰写一篇有关光的论文，文中提到："光，现已变成中心，我从这中心向四面八方辐射"（第4卷，220页）。此文未能保留下来，可是他的许多谈论光的残稿向我们表明，光，对于诺瓦利斯确实具有非同寻常的意义。这种说法并非被人认同，其原因是诺瓦利斯歌颂夜，以牺牲光的形象为代价，突出对夜的崇拜。[①] 我们现在则要以光为出发点，逐步认识诺瓦利斯的诗歌王国。

---

① 参阅 F. 施特利希：《德国文学中的神话学》，第1卷，461页。

让·保尔在他的《美学入门》中说:"各国人民使用的隐喻都是相似的,没有哪个民族会把谬误叫做光明,把真理称为黑暗"(49页)。在以象征的方式处理物理,也就是说在将世界诗化和将大自然融于心灵中的时候,诺瓦利斯总认为光具有最佳特性:光是慎审的象征,是纯洁的载体。上帝、自由和不朽在精神之物理(形而上学)中的关系犹如太阳、光和热在地球物理中的关系(第3卷,120页)。"美和美德简直就像仙界中的光和热"(第3卷,149页)。光是包罗万象的机制,是宇宙统一体的工具。一切自然力均在光焰中活动(第1卷,34页),因为光束是抚摩一切的琴弓(第3卷,114页)。

诗人必须"与洞悉、分辨万事万物的光之精灵相友善"(第1卷,164页),这样,诗人的思想才能与光吻合。光能赋予自然以生命,诗人的思想自当必须如此。——对夜的歌颂始于对光的礼赞,光以其色彩、辐射和光波使宇宙活动、充满生机,光也分离或连接宇宙。整个世界都表现出光的力量。诺瓦利斯要求诗人乃至每个人都必须具备创造光的能力。凡是发光的、流动的、使万物生机盎然的东西均与诺瓦利斯的如下思想吻合:将万物置于永恒的运动中。故而,诺瓦利斯认为,光与人的心灵在各个细节上无不相似。

与光一样,真正的心灵也同样宁静和敏感,柔韧和具有渗透力，同样强劲有力，同样在暗中起作用。光，这珍贵的自然要素，将其经过精确测定的量分布于万物之上，使万物呈现魅力无穷的千姿百态。

——第1卷，185页

自然是为我们的情感而存在，就如同物体为光而存在一样。物体把光截住，把光捣碎成特有的颜色；物体在自己的表面或内部把光点燃，这光如若与物体的黑暗势均力敌，那么它会把物体照亮；它如若胜过黑暗，就会从物体散发出去，进而照亮别的物体。

——第1卷，184页

于是，魔幻唯心主义者具有的那种美德精神，即精神性，被西维斯特称之为"点燃一切、活化一切的光"。惟有这种意识才使天地间万事万物得以保存，"把没有终极的自然史运行轨道——不为人知的运行轨道——导向仙境"（第1卷，237页）。

把光套用于认知和理解上——认知和理解被认为是灵魂的功能——，这一点我们常常可以在路德的言论中和18世纪的许多诗人那里读到。眼睛能感知周围世界，被视为理解和观察的器官。所以，"双眼炯炯有神的"塞伊斯小伙子喊道："大自然的内在生命进入了他的情感"（第1卷，35页）；那位解读日耳曼民族最古老文字的教师，其眼睛里燃起一种特殊的光（第1卷，11页）；美丽的玛蒂尔德，目光粲然，足可在亨利希的内心唤醒那沉睡的青春（第1卷，175页）。（关于眼睛，后面另辟一段详加论述。）

不仅眼睛，而且那些宣告新生命的话语也像神圣思想的火花（第1卷，62页）。亨利希在听完智者西维斯特谈论关于具有良知之人的一番话后，对智者说："您的话语透出一种光，它是那么的欢悦、充溢在我的心间啊"（第1卷，236页）。

关于光，还有许多常见的隐喻，比如："未来闪着微光""希望之光""被爱的圣者沐浴着神奇之光"……我们无需过分强调这些，因为它们未脱俗套，司空见惯，故不能给我们指出诺瓦利斯的风格特点。我们几乎看不到诺瓦利斯有这样的习惯：把"恋人"称为"光"；可这在巴洛克时期的诗歌中屡见不鲜，所以后来受到莱辛的非难。① 诺瓦利斯只是在《夜颂》中才把情人称做"光"，然而这已是另一种意味了。

我们觉得他使用的修饰语更具启发性。他有一句名言："修饰词是诗的主要语汇"（第2卷，334页），从这里便可知道，诺瓦利斯对修饰语是何等重视。对"光"做修饰的形容词被经常使用，这更强化了我们如下的见解：在诺瓦利斯心目中，"光"相对于"黑暗""黑夜"确实处于优势地位。除

---

① 莱辛1755年在《柏林优惠报》上关于舍奈希的悲剧这样写道："但是，尽管如此。他怎么可以让他的悲剧人物那样卑屈地、那样粗俗地讲得叫人恶心呢？……国王们叫王后们：我的光，我的生命！"（第7卷，11页，拉克曼版）。

了原本的形容词如"明亮的""光明的"之外，他的作品中还涌现大量修饰"光"的分词形容词，诸如 glänzend（辉煌的）、leuchtend（闪亮的）、blitzend（似闪电的）、funkelnd（闪烁的）等等，简直要把我们弄得目夺神摇。诺瓦利斯作品的编辑者克卢克洪对诺瓦利斯喜用分词形容词作如下评论："在他的文风里，形容词的任务不局限于修饰和标明特性；他偏爱分词形容词，旨在营造某种氛围和表现动感，这种形式，往往一个字可以代替一个句子"（第1卷，73页）。

除真的闪光物比如星星、金属、火焰之外，我们还能看到许多与真实之光无关、然而在诺瓦利斯的世界里闪耀、生辉、发光、璀璨夺目之物。

人们可以把石头看做大自然的密码，它具有一种魔幻的力量。塞伊斯教师的厅内，就收藏着许多石头，它们一接触就发光（第1卷，13页）。人们站在红宝石前就感到有一种浅红的、强有力的光散发出来（第1卷，38页）。公主遗留下来的红宝石，一个表面放射奇异之光，另一面是看不懂的各种符号（第1卷，124页）。在魔幻的东方之国，清冽的泉水潺潺流过发光的石面（第1卷，141页）。在波希米亚的山岭，人们找到闪闪发光的石头（第1卷，145页）。

我们在诺瓦利斯的童话世界看到会闪闪发光的花卉和果实（第1卷，216页）。睡梦中，浅蓝色的花儿用闪光的叶子抚摩着亨利希（第1卷，103页）。在父亲的梦乡，树木扩张其阴,也是借助于发光的叶子(第1卷,107页)。

塞伊斯城的风景沐浴着美丽的光照(第1卷,28页)。在克林索尔讲的童话里,该城与平畴无不亮丽,鲜亮山峦的四周是一个繁荣的世界(第1卷,222页)。诺瓦利斯惯于给河流冠上"发亮的""闪光的"之类修饰字眼,他认为河流之于风景,确有"点睛"之妙。

国王拥有亮堂堂的宫殿(第1卷,119页),女儿身着亮丽的裙裾(第1卷,120页)。超尘拔俗的处子披带闪亮的纱巾(第1卷,27页)。不仅具体物,而且抽象物也发光。促使小爱神厄洛斯从儿童成长为青年的那股力量直达那对"闪亮的翅膀"(第1卷,209页)。"欢呼""事件""华美"都可以是"明亮的""辉煌的""闪耀的"。最长的故事可以浓缩在"闪亮的数分钟内"(第1卷,229页)。

还有一点需要说明:起连接作用之物有时也发光或闪耀。神圣的语言便是辉煌的纽带,它把那些具有王者风范的高贵者同超凡的圣地、超凡的人士联系起来(第1卷,38页)。试图领悟大自然之宏富及大自然之联系的人们,"超越各个孤立环节,永不忘那条串连各环节的亮线,它是神圣的枝形灯架"(第1卷,17页)。

诺瓦利斯在《夜颂》里,觉得只能肢解、不能连接的光,以及只能束缚、不能激励想象的光是"可怜的、幼稚的",它不是浪漫作品中赋予万物以灵魂并使之生机盎然的高级光。冷峻之光成了启蒙运动者的宠儿，"因为这光十分听话，又很放肆"。启蒙运动者乐于做的，便是"宁可让光破碎，也不让它带着色彩游戏，他们据此给自己的宏图伟业取名为'启蒙'"（第2卷，76页）。而亨利希·封·奥夫特丁根的时代，"巧妙地把光、色影进行分配，这分配披露了可视世界中那隐藏的华美，似乎在此又睁开了一只眼睛"（第1卷，109页）。

颜色与光有着亲缘关系。

牛顿有一大发现：白色的光可以分解为各种颜色成分，这引起早期浪漫派、特别是诺瓦利斯的兴趣。物理学的这件趣事对他们十分重要，因为它有助于他们构建其浪漫世界，并为这世界寻找根据。这现象可谓"严肃中充满游戏色彩"，诺瓦利斯对此作过深思熟虑（请参阅《残稿》中某些文句），成了他诗中最喜欢用的比喻：光为色之源，色是破碎之光（第3卷，288页），或充氧之光（第3卷，307页）。他问道："颜色难道不应是光的常量吗？"（第2卷，349页）

当我们内心世界碎裂成各种力量（第1卷，15页），或者当人们分散了对事物的注意力（第1卷，29页），诺瓦利斯把这比喻为光线的破碎。情感的基本要素是一种"内在之光，它碎裂成更美更强的颜色"（第1卷，28页）。生命与光相似，诺瓦利斯问道："生命是否与光一样也碎裂成斑斓的颜色呢？"

他把光的碎裂与那些碎裂成五彩缤纷的颜色、进而形成更高级世界的东西相比较；抑或与那些自身分裂、对一切事物只能分析却不能整体把握的东西相比较——在比较时，诺瓦利斯的确有几分遗憾，他抱怨道：

> 倘若后人失去这种能力：把分散的精神颜色重新混合、并随心所欲地恢复其古老而简朴的自然状态，或者在这些精神颜色中促使形成种种新的联系——这就意味着，人的天资出现了病态。
>
> ——第1卷，15页

所以，他对启蒙运动者颇有微词，说他们只理解光的破碎，而不懂颜色的融合。这，我们在上文中已经说过了。

诺瓦利斯自感负有一种使命：按己意把所有的颜色融合在诗中。他说："没有什么东西比一切过渡、比异质的融合更富于诗意了"（第3卷，311页）。颜色即过渡：从绝对的动到绝对的静（第3卷，89页），从质到量（第3卷，335页）。再者，颜色适宜于融合，如同声音一样，颇富诗意。

在诺瓦利斯作品里，各种颜色均按他的意愿融合，比如，一旦我们进入亨利希的梦乡，置身于克林索尔讲的童话世界，便立即感受到一种光与色的交响。在亨利希的梦中：

> 不远处,矗立着深蓝色的岩壁,岩石纹理,色泽斑斓。阳光较往常明亮而柔和,天空湛蓝,纯净无比。一朵大蓝花深深吸引着他……以其闪光的阔叶抚摩着他。此花的四周,百花争奇斗艳。空气中,弥漫着一种珍奇的香味儿。
>
> ——第 1 卷,103 页

童话这样开始:

> 开始进入漫漫长夜……宫殿那些高大的彩色窗户开始慢慢照亮起来,从里向外逐渐明亮。各种人物也动起来了,照耀里巷的红光愈强,他们动得愈欢。那巨大的廊柱和城墙也变亮了;于是,那些人物沐浴在纯洁、浅蓝的微光里,同柔和的颜色嬉戏……
>
> 宫殿前面的大广场上,有一处花园,其外观华美绝伦。举目望去,满园尽是金属树木和晶体植物,其间,盛开着宝石花朵,垂挂着宝石果实,色泽绚丽,美不胜收。各种人物造型丰富、秀美,更兼光与色的活泼灵动,给这场最佳的表演提供了保证,而表演的辉煌处则在花园中央那高高的喷泉。
>
> ——第 1 卷,194 页

在大花园的宝库中,我们欣赏到的演出是:

> ……羊群四处奔突,羊色呈白色、金黄色、玫瑰色……,四畔上,鲜花满布,万紫千红……从高地可眺望一片充满浪漫情调的土地……种种美不胜收的颜色处于欣然融合状态。山巅在冰雪皑皑中闪光,犹如空中的火焰。原野,在鲜绿中欢笑。远方,以变幻莫测的蓝色装扮自己。在海的晦暗中,飘扬着众多船队的信号彩旗。
>
> ——第1卷,202页

诺瓦利斯成功地使各种颜色获得绝妙的和谐,以此再现了他的内心,他要按己意把分散的颜色融合起来的愿望实现了。① 我们这才懂得,"五彩缤纷的"这个词为何在他的诗歌里频频出现。

诺瓦利斯是内心丰富之人,他总是努力训练感官,也要激发别人的感知。这种做法,人们不禁想起晚期浪漫派诗人波特莱尔和魏尔伦。诚然,诺瓦利斯对颜色和声音是非常敏

---

① 弗·施莱格尔在《回归光明》这首诗中也这样唱过:
  各色重又融于一致,
  光本身显得分外明亮,
  毅然而生归去之志,
  宛若目睹了故乡。(第9卷,86页)

感的。众多浪漫派作家的共同特点是：颜色不仅给客观事物添加了一个特征，而且也表达了作者内心的情绪和状态。蒂克和布伦塔诺偏爱红色，E. T. A.霍夫曼青睐灰色和金绿，而诺瓦利斯对蓝色情有独钟。① 诺瓦利斯认为蓝色是象征色，那朵体现他的世界的蓝花已广为人知。②

蓝色是空气、雾霭、河流和山岭的颜色，也是远方的颜色。它使一切透明，引发人们对远方的向往。正是由于这一被诺瓦利斯垂青的颜色，我们才轻而易举地把蒂克和诺瓦利斯的心灵状态区别开来，正如施泰因纳特给我们阐明的那样，可谓妙语连珠："奥夫特丁根的眼睛注视着远方的门槛，欲浸润于远方的蓝色大潮；正像蒂克的罗维尔迎着晚霞踉跄前行，以便沉沦于夕阳的微光。紫色的天幕对于蒂克、浪漫远方的蓝色对于诺瓦利斯各有其寓意"。③

蓝色又呈现细微的差别：天空在我们眼前是"身着深蓝服装的无垠空间"（第1卷，229页），岩石深蓝，早晨浅蓝，廊柱和墙壁笼罩着"纯净无比的、乳蓝色的微光"（第1卷，194页）。河流乳蓝色，火焰浅蓝，天花板天蓝。我们全然沉浸于诺瓦利斯的蓝色中，想象着他的世界，并把其中的每个物件涂抹上有细微差别的蓝色。

---

① 参阅瓦尔特·施泰纳特：《L.蒂克与浪漫主义诗歌的颜色感觉》，149页以下，1910。
② 参阅《植物世界》有关"蓝花"部分。
③ 参阅《植物世界》有关"蓝花"部分157页以下。

除蓝色外，间或也出现红色和绿色，但与蓝色相比，它们鲜有象征意义。在诺瓦利斯诗作里，我们根本找不到褐色和黄色。他觉得白色过于苍白无力，故不能描摹他的世界；代表恐怖的黑色又远离诺瓦利斯的本性。灰色代表晦涩、暧昧、衰败以及废墟之类，所以人们说"灰色的时代""灰色的远古"。"玛蒂尔德辞别人间后，呈现在亨利希眼前的世界，全然变成一片空洞的烟灰色"（第1卷，225页）。①

蒂克给我们说出《奥夫特丁根》的延续部分将是："人、动物、植物、石头、日月星辰、元素、声音、颜色将如一家人团聚，如一家人行动和说话"（第1卷，259页）。蒂克在《泽尔比诺》中，讴歌了为晚期象征派开辟道路的感觉的联觉②："色彩铿锵，形式鸣响……"③我们在诺瓦利斯那里尚未发现这一类诗句；但他也写下了"挂满金色果实的、铿然有声的树木"，让我们察觉到异体感觉一致性的倾向；这倾向，只是因为他早逝，没有来得及详加表现罢了。

（二）火

在诺瓦利斯的诗歌里，除光之外，火与水也是常见的隐

---

① 参阅格卢哥：《诺瓦利斯的亨利希·封·奥夫特丁根是其人格的表现》，48页以下，莱比锡：1911。
② 感觉器官的联觉，如听到某种声音而产生看见某种颜色的感觉。——译者注
③ 《蒂克文集》，第10卷，251页。

喻。他称这两种自然要素为力量的源泉，对他的思想具有非凡的意义，究其原因，是它们在大自然中具有塑造的力量。

在诺瓦利斯世界里，燃烧着的并非那种具有破坏力的火，而是使万类活跃、于我们有益的烈焰。弗·施莱格尔把这类烈焰比喻为创造世界灵魂的宗教，诺瓦利斯则称之为"世间至上之物"。他歌唱道：在古代，"世世代代如童稚般地崇拜形形色色温柔的火焰"（第1卷，60页），"没有什么比火与水更能吸引孩子了"（第3卷，34页）——这种对火的崇拜使人想起弗朗兹·巴德尔的自然哲学，该哲学被视为革新了波默有关火的理论。

火具有魔幻的力量。"火焰使分离的东西结合，使结合的东西分离"（第3卷，40页），此乃一种跳荡、跃升的自然力，它把一切化解为更高级的东西，故而与浪漫的生活、尤与爱情相类似。

诺瓦利斯说：

> 生活是火的过程，精神（身体之氧）愈纯洁，生命愈亮丽、热烈。
>
> ——第3卷，126页

无论在何处，超越自我的行为都是至上的行为——生命发展的起点。火焰就是这种行为——所有的哲学均起源于自我哲理化，即：自身既受折磨又锐意更新。

——第 2 卷，345 页

精力耗尽又重新复苏的这一过程使我们想起埃及的凤凰：它投身于烈火，然后返老还童，摆脱灰烬，奋翮高翔；我们也忆及歌德那句"死去吧！再生吧！"的名言。从这个意义上，我们就领悟了诺瓦利斯为何要写那位母亲投火自尽，这描写出现在克林索尔讲的童话里，感人至深。小女孩法贝尔在养母死后，收集母亲的骨灰，连同电气石和黄金，然后把骨灰盒递给圣者索菲——管理祭坛者，"她手执骨灰盒，并把骨灰撒到祭坛上的盘子里，于是响起一种柔和的啸声，宣示着化解，同时刮起一阵轻风，吹拂着环立于四周的人们的衣襟和鬓发……众人品尝绝美的饮料，在内心听到母亲那亲切的问候，其欢愉的心境无可言状。在场的人无不感到母亲的存在，这神秘的存在令大家无比幸福……索菲道：

> 最大的秘密已向大家公开，骨灰已化解为永恒生命的饮料。天母住在每个人的内心，永远娩出婴儿，你们在胸膛的叩声中没有感到美妙的诞生吗？

——第 1 卷，215 页

投身火焰而死是必要的，母亲作为智慧之人再生了，再现于每个人的内心。

爱情与火类似,它是导入更高世界的惟一途径。这倒不是因为火与爱情这一奔放的激情毫无区别,即总是贪求、攫取和掠夺,而是因为火净化、升华和提高我们。所以,"在人间,爱情的纯洁之火只在如下的地方炽热燃烧:在庙宇的尖顶上,或在作为泛滥的天火之象征物的漂泊船只上"(第1卷,35页)。亨利希·封·奥夫特丁根称玛蒂尔德为他的圣火守护人。在爱情初始阶段,他就为初生的太阳(即爱情)点燃自己,成为永不冷却的牺牲品(第1卷,181页)。他对玛蒂尔德说:

> 谁知我们的爱情将来能否变成火焰的翅膀,在风烛残年和死神降临前把我们高扬,背负我们进入天堂故乡。

玛蒂尔德也以这样的口气道:

> 我觉得,现在一切都是可信的。我分明感到一股烈焰在内心悄然而炽热地燃烧;谁知它能否给我们幸福,并把人间的所有羁绊逐步化解。

——第1卷,193页

爱情及烈火的最高意义就在于"进入天堂故乡""化解

人间羁绊",所以,爱情总是象征地比喻为火。爱抚,总是热烈的;吻,总是炎炽的。

人们也常用火来隐喻欣喜、高昂之类的情绪。那位歌手为宣传救世主而演唱巴雷斯蒂那[①]激情似火的歌曲(第1卷,62页)。十字军东征时,洋溢着火一般激情,以解放耶稣之墓(第1卷,137页)。亨利希的父亲,这位年迈的智者在梦中怀着火一般激情朗诵壮美的诗篇(第1卷,106页)。在亨利希与克林索尔热情地倾谈中,亨利希隐蔽地抓住玛蒂尔德的玉手(第1卷,180页)。那个夜晚,诺瓦利斯在极度兴奋中冲着死去的情人呼喊:"你用幽灵的炽热耗尽我的肉体吧,让我像空气一样与你更亲密无间吧,让新婚之夜永远持续吧!"(第1卷,65页)。

根据火的特性,人们把火想象为一种动物,我们在许多古德语文学作品中已读到。诺瓦利斯对火焰的动物特征也做过思考,所以他认为动物是着火的(第1卷,55页),甚至植物也是着火的。在克林索尔讲的童话里,法贝尔向国王要求:"我需要一些在火中生长的花儿"(第1卷,212页)。

诺瓦利斯在一篇残稿中写道:

> 树,可以变成繁茂的烈火;人,可以变成说话的

[①] 巴雷斯蒂那(1525—1594),意大利圣诗作曲家。——译者注

烈火；动物，可以变成漫游的烈火。

——第3卷，16页

难道烈焰不是情欲力量吗？不是那种具有无限创造力的情欲力量吗？

时间是一种奇特的生命烈焰，因为"时间创造一切，也摧毁、连接和分离一切"（第3卷，78页），故历史过程也是燃烧过程（第3卷，90页）。

在自然界，每个物体都是一个疑难问题。火是大自然的思维力量。大凡疑难问题都有一个固定的组合群量，要化解它，必须依靠类似火的深邃思维力量。

人们给火加上了许多修饰词：有人看到大自然中的可怖之火（第1卷，30页）；爱情为吞没性的非凡之火（第1卷，35页、181页）；玛蒂尔德的心府燃烧着寂静之火（第1卷，193页）；恋人们在噼噼啪啪燃烧着的火旁，安享着欢愉的抚慰的娱乐（127页）；他们燃起甜美的烈焰（133页）；人们诵读优美的诗篇，心里燃着一团跳动之火（106页）；在隐士屋内，一股蓝色烈焰在炉灶上升腾（122页）；大伙儿围坐在火光熊熊的壁炉边，听克林索尔讲童话（194页）；水晶盘内燃烧着冷峻之火（38页）；面部那悄然的炽热变成调笑的鬼火（209页）；晦暗的母腹中燃着内在之火（158页）；地火在四处追赶着矿工（164页）；救世主吹旺了我们心中之火——使一切苏醒之火（68页）。

在一系列诸如"热烈似火""闪耀着微光的""燃烧着的""熊熊燃烧的""噼啪燃烧着的""炽热的"等修饰词中，尤以"炽热的"这个词出现频率最高，引人瞩目。我们读到"炽热的尘埃""炽热的青春""炽热的血""炽热的吻""炽热的脸颊""炽热的憧憬"等等，不一而足。

G. 格卢哥对诺瓦利斯的温度感觉做过探讨。"温暖的"和"热的"这两个词是他最钟爱的修饰词，而"清凉的""冷的"等字眼则十分罕见。[①]

总之，火是诺瓦利斯最偏爱的隐喻之一，然而，那种只具摧毁、消灭功能而不能创新的火，对他是生疏的。惟独那种火，即一切在火中返老还童或得到提升的火，才是照亮诺瓦利斯的火，才是他心仪的象征物。他说：

> 我们孜孜以求的，仅是保存神圣而神秘的烈焰而已，一种双重的烈焰；如何保存，这完全取决于我们。保存它的方式难道不就是我们对至高无上之物所怀有的忠、爱和慎的尺度吗？不就是我们的本性特征吗？
>
> ——第2卷，391页

[①]《格卢哥》，63页。

是啊，诺瓦利斯维护和保存了烈焰，怀着对至高无上之物的忠、爱和慎而倍加维护。

（三）流体：水、海、河、泉

水对诺瓦利斯十分重要，他像古希腊人一样，赋予水以高尚的含义。在17世纪，我们看见溪水蜿蜒流经景色旖旎的牧羊人区，或者看见大川奔流，河畔有仙女与森林之神嬉戏。后来，我们又听见阿那克里翁①诗派吟咏沐浴之歌，其内容没有超出肉体舒适和性感范围。这类诗，诺瓦利斯年轻时也曾试写过（参阅第1卷，301页）。在那个时代，诗人常用水做象征和隐喻，但大都是很通俗的，比如："人生犹如海上航行；逝水比喻过去；眼泪似露；情人的酥胸宛如温暖的白雪"。那些诗人缺乏对水的深入观察和真切体验，故相关的隐喻一概给我们留下矫揉造作的印象。②18中叶以降，我们才在克罗卜施托克和席勒那里真正听见水的潺湲，歌德与荷尔德林赋予水以生命灵魂，然而，真正在内心最深切感受与水的亲缘关系者，非诺瓦利斯莫属。他感到与水接触的极度快感，憧憬被水溶化。

诺瓦利斯决不屈从于僵化和固定，这种思维在液体中，

---

① 阿那克里翁，纪元前6世纪希腊诗人，专赋酒食等抒情诗。——译者注
② 威廉·米勒：《水在歌德旅行意大利之前的观察与描写中的表现形式》（基尔：博士论文），1—15页，1915。

一如在光和火里，找到了最佳的形式和贴切的比喻，是十分自然之事。可是，诺瓦利斯在平凡之水的后面发现了高级水，正如他在一般的光后面发现了高级光，在普通的火后面发现了高级火，在大自然表象后面发现了它的高级存在一样。古代的智者曾在水中探索过事物的起源，人们大抵一直是把这一原始流体当成神明而加以崇拜的。可是，时下却很少有人"深入这流体的奥秘，某些人的迷醉之心从未预感到这是最高的享受、最高的生活"。塞伊斯城那个小伙子对此感到万分遗憾（第1卷，36页）。

如果说烈焰是赤诚的拥抱，那么水就是"欢乐的融合所产的头生子"。所以，水是"爱情的要素，亦是万能的上帝在人间进行混合的要素"（第1卷，36页）。

诺瓦利斯常觉自己像一条流水河，常以流水自况。塞伊斯城那个翩翩少年说道：

当我忧伤地俯视河水之波，将我的思绪遗落在它的逝水里，此时的我，不是流水还能是什么呢？

——第1卷，32页

阿斯特拉里的歌唱更为陶醉：

……我是

> 内在的涌泉，一场温柔的搏斗，
> 一切皆穿流于我，流经我，轻轻地托举我
>
> ——第1卷，221页

诺瓦利斯在《残稿》里写下这样的文句：

> 我们的肉体便是一条造就了的河流，这毋庸置疑。
>
> ——第3卷，45页

然而，我们通常是很僵化的，尤其是在理性方面。倘若我们要把自己从僵化中解放出来，要把熟睡在僵化中的内在意识重新唤醒，那么必先把外在的知觉变为流动的。在克林索尔讲的童话里，父亲在摆脱讲述者的残酷控制后站立起来，"他的眼神犹如闪电，他的造型如此伟岸、漂亮，然而他的整个身躯却似涌流不息的纯洁液体，给人留下千姿百态、魅力无穷的动感印象"（第1卷，215页）。外部知觉的液流状态是诺瓦利斯通向高级世界的第一阶梯。当肉体变成液体时，内在意识也就苏醒了。[①]

诺瓦利斯意识到与水的亲缘关系，这意识到底有多深刻

[①] 关于外部知觉的液化，K. J. 奥贝瑙尔曾指示我们参考 F. 巴德尔，诺瓦利斯在许多方面与他思想相近；参阅 K.J. 奥贝瑙尔：《荷尔德林/诺瓦利斯》，耶拿：1925。

呢？塞伊斯城的那个小伙子道：

> 陶醉者只感受着液体的狂喜。而我们内心的舒适感最终却是溶化，是这原始液体在我们内心的激荡。睡眠也是那潜藏的世界之海的涨潮，觉醒便是退潮的开始。

——第 1 卷，36 页

日常生活是平庸的，它仅为表象。内心世界只在梦中浮现。奥夫特丁根之梦使我们更加懂得水的伟大魅力：

> 他一进来就看见一股从喷泉中喷射到拱顶的巨大液流，上方喷洒成无数的光点，然后下落聚集在水池里……他走近池子……把手浸入池中，用水浸润嘴唇。似有一种智慧的气息穿透他的全身，于是，他从心底自觉强大了，神清气爽了。一种无可抗拒的沐浴要求将他俘获，于是宽衣入池……

——第 1 卷，102 页

对沐浴的兴趣在诺瓦利斯早期诗作《浴歌》中就有所披露。他对液体一往情深的禀性，在其作品中是显而易见的，他不仅渴求沐浴，而且渴求畅饮。令人瞩目的是，口渴和畅饮犹如一根导线通向高级世界。比如，父亲步入乡间小酒馆，讨酒或牛奶喝，于是他遇见一位老者，并在深夜做了一个奇特的梦（第1卷，106页）。公主进了隐士的屋，也是讨牛奶喝，遂得以结识隐士之子，并且结为伉俪（第1卷，122页）。塞伊斯城那个小伙子说过："一旦口渴，世俗之心就敞开，对融合的极度向往就表露"（第1卷，106页），以上两例不就是在对这句话做象征性的说明吗？

融合意味着将自身化解到一个液态的高级世界，在此，思想是自由的，内在意识是清醒的。诺瓦利斯在奥夫特丁根身上展示了这一高级世界。他在梦中进入水池：

> 他觉得，有一缕晚霞在他的周围飘荡；一种身处天堂的感觉淹没了他的心府；内心有无数的思想在努力相互融合，这种努力是诚挚而欢快的；从未见过的新图景也一一出现了，它们也相互融合，并且变成可视的、包围他的液体，亲切可人的每个波浪犹如温柔的酥胸紧紧偎依着他。潮水，像是一群魅力无比的少女溶化的，她们眼下全都附体在这个青年身上。
>
> 他为狂喜所迷醉，却能清楚意识到每个印象，于是舒缓地追随那闪光的流水游去，从水池流入石林中。
>
> ——第1卷，102页

一切全涌流到一个中心点：那朵蓝花寂寞的所在地。诺瓦利斯一直渴求那个世界——它在奥夫特丁根的梦里已形象化——这渴求便是他的诗歌的特质了。

这世界在远方。引导我们进入色彩斑斓的远方、进入这绝美之境的，不是山岭，而是河流。远方、给人以无限希望的远方，看起来像蓝色的潮水（第1卷，111页）。一方面，远方是流动的，另一方面，我们的预感也是流动的。"预感不愿屈从于固定的形式……只是眼下，似有将思想浓缩的愿望，于是产生了预感。然而，一切旋即又漂流走了……"（第1卷，11页）

诺瓦利斯认为，爱情是两人为了走向高级生活的结合。首次接吻就把两个恋人结合在一起了（第1卷，126页）。亨利希对玛蒂尔德说，爱情是我们至为神秘和特殊生活的融合（第1卷，193页）。——当海洋和陆地化为爱情，女王便从长梦中苏醒了（第1卷，196页）。

倘遇战争——人的思想在战争中出现最剧烈的动荡——原始的液体便使一切重组，因为"新的世界应该出现，一代代新人应从大的解放中诞生"（第1卷，189页）。

年轻与流动相宜，老朽与僵化适合（第2卷，77页）。雕刻是塑造的固化，音乐是创作的流动（第2卷，78页）。大地是固化的，以太是流动的（第3卷，81页）。诺瓦利斯问道："所谓流动，是否就意味着其中的离心力占优；而固化，就是其中的向心力占优呢"（第3卷，29页）。呼吸是流动和固化之间的转换过程（第3卷，84页）。我们的历史是由年轻转为年老，由易变转为不变，由流动转为固定。

诺瓦利斯认为，海洋——横无际涯之水——是无形的（第1卷，15页），寒冷的（第1卷，18页），陌生的（第2卷，67页），无路可通的（第1卷，34页）。正因为它无法探究才产生极度的神秘和神奇，它那幽暗、蓝色的深渊才成了女神的怀抱（第1卷，66页）。一些闻所未闻的奇特事件往往发生在海上，正如诗人所写的、后来又被商人转述给亨利希的传奇故事（第1卷，117页）。

诺瓦利斯为弗·施莱格尔的"观念"打了一个比方，这是很有典型意义的："宗教乃包围一切的海洋，其中的每一个波涛都会引起一个幻象"（第3卷，358页）。

海洋永恒运动，永不停息。可是海洋在诺瓦利斯那里却有时变得固定起来。这固定之海象征着冰冷的智慧，而"经过装饰的印度"则代表着诗。"为了让印度在地球的中部保持暖和、优美，冰冷的固定之海必须……使两个地球极端变得寒冷"（第2卷，80页）。故而，克林索尔童话中的那座魔幻之宫被置于冰海的彼岸；一切皆出现在固定的海上，它包围着山岭（第1卷，194页）。

请看诺瓦利斯有关波涛——动态之海——的隐喻：粗

鲁的人群就像海上的巨浪（第1卷，60页）。可怜的人在冲天巨浪中耗尽了自己（第1卷，36页）。人们感到纷扰的情绪就像幽暗的、相互击碎的狂涛，当内心的纷扰与激动平息后，宁静之神便浮现在水波的上空（第1卷，23页）。

在欣喜中，在爱情和梦里，人们感受自己的身体犹如漂浮在"波浪"上。玛蒂尔德在恋爱伊始便"心甘情愿地让那谄媚的波浪承载自己"（第1卷，181页）。"钦克在吉妮斯坦的胸脯上套上一条链，躯体在颤抖的波浪上漂浮（第1卷，214页）。在梦中，每个浪花宛如温柔的酥胸偎依着奥夫特丁根（第1卷，102页）。在万物重新被赋予灵魂后，船只如飞，割断那爱抚的波涛（第1卷，216页）。国王听音乐时，感到自己被天上的河水冲走了（第1卷，130页）。"

潮水象征生，也象征死。

死，人人皆不可免；死是一个世界——一切均生活在大一统的世界。死被当作潮水出现在诺瓦利斯的想象世界里。我们听见死者在教堂里歌唱，歌声有些像里尔克那充满死的神秘的声调：

> 我们已达崇高的目的：
> 即将把自己注入流水，
> 点点滴滴融合，同时啜饮，
> 如此，我们才有了爱和生命，

我们像原始成分一样紧密
融合着生活的壮潮,
咆哮着,心连心。
然后潮水又渴望彼此分离,
因为各种原始成分之间的斗争
是爱的至上生活
是心之本心。
…………
伤痕永在作痛,
上帝的深切哀悼
驻在我们心间,
将我们化为潮水。

潮水里,
我们以神秘方式
将自己注入生活的汪洋,
注入上帝的心府;
由这心府
流回到我们的集体。
至高追求的精神
潜入我们的漩流。

——第1卷,253页

蒂克在谈论《奥夫特丁根》的续篇时，曾对此诗做过评论："至高的生活当产生于寂静之死"（第1卷，256页）。诺瓦利斯在《夜颂》里唱吟：

> 我感受着那使人
> 返老还童的死之潮水，
> 我的鲜血
> 变成了香液、以太……

——第1卷，59页

与死一样，生也是潮水。与平凡的生活一样，高级的生活也是从死亡中产生的。请读第五首颂歌的最后一节：

> 爱情解放了，
> 不再有别离。
> 充实的生活汹涌澎湃，
> 犹如茫茫沧海。

——第1卷，61页

充实的生活是无边的波涌浪激，而平凡的生活则有诸多局限。前者开始之日就是后者终结之时。凡是"平庸的感官听不见晶体般巨浪震吼"的地方,便立即冒出平庸的潮水(第1卷,57页)。平庸之潮只能使"神奇世界的特质"难以识辨(第1卷,231页)。

海洋尽管在诺瓦利斯文风里是最厚爱的隐喻之一,但海洋对他来说是陌生的,几乎是抽象的,因为他不熟悉海洋。他对河流则熟悉得多,故能具体领悟。海洋大多是在他的童话和梦乡里汹涌,而河流则在他眼前的"现实"景色中流淌。无论在何处,河流是景色不可或缺的组成部分:没有河流的地域是盲目的,"野蛮的",因河流为景色的眼睛(第1卷,187页)。

诺瓦利斯的景点是被赋予灵魂的,是他内心的想象。景色中的河流被拟人化了。小溪潺潺,唱着叙事歌谣(第1卷,29页)。莽莽林海、巍巍群峰对河流说:

> 河流啊,你急急流淌吧,可你带不走我们——我们派飞船跟随你。我要摧折你、控制你、把你吞进我的腹中。
>
> ——第1卷,224页

诺瓦利斯对河流紧紧相依,以致面对岩石也要想起河流。"是河流使石头变成各种形状,并夹带它们一道流淌。亨利希登上长满苔藓的岩石,它们是当年被那条河冲下来的"(第1卷,102页)。诺瓦利斯相信《圣经》里所载的大洪水的确发生过,将来还会发生。我们的自由犹如河川。塞伊斯的勇敢者说:"这儿流淌着一条河,河曾淹没过它(凶恶的大自然)、制服过它。让我们在河里洗澡吧,让我们以成就英雄业迹的新勇气,使自己更精神焕发吧"(第1卷,21页)。

河流的源头象征人类自由的起源,塞伊斯城的人们说:

> 我们坐在自由的泉边观察,这泉是一块巨大的魔镜,上帝创造的万物均在镜中暴露无遗。温柔的精灵、所有个性不同的人的形象都在镜中沐浴。我们看见所有的房间都敞开了。
>
> ——第1卷,21页

我们还读到:心灵是生命的富泉(第1卷,68页)。孩子的思想来自这永不枯竭的泉水,生动活泼(第1卷,230页)。为了保护这泉水——心灵,霍恩措伦伯爵在落寞中苦苦收集它的营养物。他说:"我觉得,我内心生活之泉是取之不尽、用之不绝的"(第1卷,160页)。真正生活之泉是属于上帝的(第3卷,162页)。

在童话,在梦乡,泉水常常叮咚作响,因为泉水是爱情的避难所，是阅历和思想丰富之士的栖息地（第1卷，37页）。当怀着种种追求的朝圣者在完成一次令其身心交疲的长途朝圣之后，泉水和鲜花就会在他眼前出现，意在向他指明：神圣目标已近在咫尺了。这事出现在雅桑特、洛森布鲁特的童话里，也发生在亨利希·封·奥夫特丁根及其父亲的梦境里（第1卷，26页、102页、107页）。在《塞伊斯学徒》的补遗中，诺瓦利斯写道：泉水和鲜花"为天下之家铺平了道路"（第1卷，41页）。在克林索尔的童话里，那高高的喷泉在魔幻宫中被固定住了（第1卷，195页）；当这宫殿被解放后，"复活之泉"又重新喷射了（第1卷，216页）！

诺瓦利斯在晚年撰写的《残稿》中写道：

> 比喻——来自大自然的画面。我最新的喷泉比喻——泉边的彩虹。升腾的云是泉的祈祷。

——第3卷，291页

（由于诺瓦利斯早逝，这些比喻在其诗歌里没有完全被使用，殊为可惜！）

与水、海、河、泉有关的动词使用频繁。许多表现水的流动的动词被引申到人的生活或自然现象上。

比如：忧伤，流淌到一个新的世界（第1卷，57页）。

渴望，激烈地涌流（第1卷，221页）。珍宝流失了（第2卷，68页）。时间流逝（第1卷，63页，152页）。星球世界彼此汇流，变为黄金生命之酒（第1卷，102页）。思绪种种，汇流在神奇的梦乡（第1卷，182页）。宝物室里的各种景象终于汇流于伟大而神秘的想象中。阿尔克图之女的肢体，看似牛奶与紫色汇流而成（第1卷，195页）。

分明感到心府下面有某种东西涌流出来（第1卷，55页）。这种力量似泉水陡涨，促使男孩成长为青年（第1卷，209页）。植物和动物如泉陡涨，变成了令人惊诧的伟力（第1卷，166页）。温柔的怀抱悄然如泉上涌（第1卷，57页）。海洋与陆地汇流成炽热之爱（第1卷，196页）。

人如潮，涌向更高处（第1卷，119页；第2卷，68页）。少男少女似潮水涌向城堡（第1卷，216页）。一种甜美的惊惶流遍我们全身（第1卷，66页）。一种心临九霄般的感觉淹没了小伙子的内心（第1卷，102页）。

在那一夜的极度兴奋中，无穷的生活在诗人心中似波涛汹涌（第1卷，59页）。音乐似气流之海，波涛起伏，将迷醉的青年举高（第1卷，180页）。

永不停歇的巨大星球世界，在光的蓝色壮潮中漂浮（第1卷，55页）。平庸之物在水上漂游，为风暴所阻，退回来了（第1卷，58页）。

首次踏上旅途，亨利希便有一种感觉：似乎被冲刷到一片陌生的海滨。

我们从以上的研究中可以看出,诺瓦利斯与液体的亲缘关系,在其文风中打上了深深的烙印。对沐浴、对畅饮的渴求,河与泉的不可或缺,在水中的舒适感,凡此种种在各种场合均有所表现。被海洋或大川冲刷的都市也自感欣幸(第1卷,37页),何况人呢!

他的文风完全源于他的气质:他追求没有终极的东西,但同时又总是处在归家途中。所以,河流是他内心世界最贴切的比喻:他流向神奇、陌生的海洋,然而一直依赖于源泉——处于永恒的循环中。

关于自己诗歌的特质,诺瓦利斯曾说过一些重要的话(致奥·威·施莱格尔的书简),这又再一次证实了他同液体的亲密联系:

> 她(诗)在本质上就是流动的——她可以塑造一切,却又不受任何局限。她的魅力向四方辐射——她是精神的要素——她是永远寂静的海,只在海表面激荡无数恣肆的波涛。

——第4卷,224页

（四）天空、星星、太阳、月亮

曾经出现过黄金时代，这种信念对我们当代人而言，已经十分陌生了。然而，与诺瓦利斯同代的许多人则相信，人类在那个早已消逝的远古时代曾一度经历过最为幸福的生活状态，因而，这些人憧憬和祈求这样的时代。荷尔德林以希腊人的观点，英勇地为它唱过颂歌，直至自己变疯。诺瓦利斯愈是临近死期，愈是恳挚地为这时代的重返而献身。

受赫姆斯特霍伊斯的影响，诺瓦利斯的这一信念不断增强，他也许另外还从基督教临近末日的观念中吸取了营养。他不仅相信过去的黄金时代，而且也相信它的未来，相信凭借我们的精神追求，这时代便会重返大地。在这样的时代，天上和人间不存在遥远的距离，上苍就在地上，正如大地与苍天靠近。人们可到天上漫步。诺瓦利斯虽远离人类那个与上苍直接交往的时代，但他衷心切盼它的到来（参阅第1卷，104页）。他在《圣歌》中唱道，当人子[①]在他的眼前飘浮，预告一个新的世界，那么天国也就来到了人间：

于是，我们这才完全看清上苍

[①] 耶稣基督。——译者注

——我们古老的祖国。
我们可以信仰，可以希望，
感到自己与上帝的亲缘。

——第 1 卷，68 页

我一旦拥有上帝，
也就拥有这个世界；
我像天国少年一样，极度快乐，
手执处子的面纱。

——第 1 卷，73 页

他在我们心中飘浮，
同我们永在。

....

不久，将在所有的地方升起
新的天国的曙光。

——第 1 卷，77 页

在《基督教或者欧洲》一文中，诺瓦利斯写下如下的文句，表达了热切渴望天国的到来：

> 欧洲以外的世界都在期待欧洲的和解与再生，以便与欧洲为伍，成为天国的公民……宗教界所有真诚的戚友难道不应满心向往：在人间看到天国吗？

——第 2 卷，84 页

诺瓦利斯一直致力于在人间建立天国，天国代表着更高的世界、一种完美的生活，即我们时代所缺少的生活。他说：

> 苍天，完美的生活；人世，不完美生活的总汇……纯洁高尚的苍天使人世生机盎然，纯洁高尚的精神令人世欢欣鼓舞。上帝教化人世，使之有了道德水准，融生活、苍天与精神为一体。第一，人人应为苍天；第二，人人应有精神；第三，人人应有道德。第三是第一与第二的组合。
>
> ——第3卷，32页

苍天一方面与我们的精神类似，另一方面又与上帝类似。但是，苍天决非教徒们惯常想象的那样，是上帝的住所、圣者的滞留地、地狱的反义词，而是心造的高级产物，因为心就如同一个宗教组织（参阅第3卷，322页）。在诺瓦利斯看来，每一次对内心的审视无异于一次升天（第3卷，162页）。

诺瓦利斯对苍天的向往，切盼苍天重返人间，这常常披露在许多地方。比如，在黄金时代，将会有苍天之子拜访我们（第1卷，36页）。高尚的无辜与无知，是寓居于苍天的亲姐妹，她们只造访那些高贵、并经历过考验的人，即有责任为未来黄金时代做准备的人（第3卷，284页）。

亨利希·封·奥夫特丁根对恋人说：

> 没有你，我就一文不值了。没有苍天，还谈得上什么精神呢？你，就是怀抱和保存我的苍天呀！
>
> ——第1卷，191页

诺瓦利斯在把苍天与精神、苍天与上帝做比较的同时，星星就成了上帝和精神的象征了。他把苍天称为一部篇帙浩繁的未来之书，书中的象形文字和标记全是星宿图。苍天为星球系统的灵魂，而星球系统则是苍天的躯体。该系统具体，苍天抽象。在传统上，人们把苍天想象为具有不同的等级和组成部分，对此，诺瓦利斯却浑然不知。

他在内心感到与星星有亲密的关系，并且确信，星星足可对人类产生影响。在远古，星星那种活生生的、会说话的力量曾是苍天的宾客，它们呈现于我们的头顶（第1卷，158页）。他说，魔法也是一种类似于星星的力量。"人们经由魔法就能变得如星星一样强大，与星星的关系就更加亲密了"（第3卷，54页）。尽管他做了如此的告白，但我们切不可把他当作一般的占星家。曾经有过一种占星理论，认为星宿的种种现象是引发人间种种事件的根源，对此，诺瓦利斯不能苟同。他把星星当作高级世界的类比物——岂止是类比，简直是高级世界不可或缺的组成部分了。"普遍的、紧密的、和谐的关联不存在，但应该存在"（第3卷，164页）。星座和星星的名称是随意的，但这些随意的名称却有逻辑的关联。诺瓦利斯把这种关联理解为"偶然向本质的提升，任意向命定的提升"（第3卷，239页）。

与其说诺瓦利斯是占星家，还不如说他是魔幻天文学家。比如，他发现某一彗星对"精神行星——人类"产生影响（第2卷，51页）。有一次，他把天文学称为大自然的形而上学（第3卷，119页）；另一次又称之为所有物理学的基础（第3卷，267页）。活生生的天文学产生于对古老苍天的憧憬（参阅第2卷，82页）。

苍天——黄金时代——的再现，是以"星星的造访"为其象征的。当这时代重返时，诺瓦利斯写道：

> 星星将重新拜访地球，它们在黑暗年代曾为地球悲伤；太阳将放下其威严的权杖，重新变为星中之星；而世上所有的人将久别重逢。
>
> ——第1卷，18页

诺瓦利斯大概认为，太阳在黄金时代应该重新回到星星的队列中，这样，它就不至于造成昼与夜的区别了。

在属于高级家族的人们看来，人与星星之间的遥远距离消失了。塞伊斯教师认为，星星马上会变成人，人马上会变成星星（第1卷，12页）。星轮有朝一日会变成我们的纺车（第1卷，21页）。当星星世界融化为黄金生活的美酒，我们将举杯痛饮，并且，我们也将成为熠熠生辉的星星（第1卷，64页）。法贝尔将母亲的骨灰收集起来，她也就以此建树了一个功迹：在恒星中占有一席之地（第1卷，214页）。亨利希·封·奥夫特丁根有朝一日会变成星星（第1卷，241页）。

不独高层次的人，就是连绵的高山峻岭也渴望成为星星。山岭"为了变成星星，勇气倍增，高昂身躯"（第1卷，165页）。

星星常被拟人化了：它们处身于茫茫宇宙的各个大厅，组成一支庞大的合唱队（第1卷，55页、153页、18页）。

它们是默然的漫游者（第1卷，181页），联合起来跳着轮舞（第1卷，126页）。在歌唱家那魔幻的歌声里，太阳和星星同时出现在天幕上（第1卷，118页），以便欣赏这魅力无穷的音乐。星星用人舌和人声呼唤我们（第1卷，63页）。星星为我们指路，指出怎样才能到达星星国王那"简朴的摇篮"（第1卷，61页）。

星星是思想成熟的隐喻，这种成熟是从眼睛里喷射出来的。教师从学生的眼神里察觉出，"使形象轮廓清晰易辨的星星"是否已经升起（第1卷，11页、28页）。在此，星星与光的含义是一致的,我们已经把光隐喻为人的悟性了。

还有一个游戏式的、但十分典型的比喻:

> 何谓勋章?勋章是鬼火,抑或流星。一条勋章绶带是天河,一般情况下它只是彩虹,是对暴风骤雨的幽禁。

——第2卷,53页

克林索尔的童话始于星星之国的国王阿尔克图的星国。诺瓦利斯以奇特的笔触,描述发生于皇宫里的事:

> 星星的精英们环列于王座四周……无数的星儿组成一个个华美的小组,充塞着大厅。女侍者们抬上一张桌子,一只箱子,箱子里摆放着大量的纸页,上面画满由星座组成的符号,神圣而深奥。
>
> 国王玩弄着纸页,有时碰巧拿到某一张,于是就觅到妙不可言的和谐,即纸页与符号的和谐;星星同时也就活动起来,互相缠绕一处,由此发出柔和、动人的音乐。
>
> 星星全都以不断变更的路线摇摆着,时快时慢,并且按照音乐段落,极富艺术性地仿造纸页上的图案……一颗颗星星轻盈地飞翔着,它们时而做大的盘

绕，时而调整为一小群一小群，时而，长列的星队犹如光束喷洒出无数的火花，时而不断增大圆圈和图案，又重新现出那令人惊异的大图案。

——第1卷，196页

在这个童话里，诺瓦利斯找到适宜的时机，形象地表现了那个活动于他精神世界的神奇的星星世界。他以诗人的奔放不羁，以天真嬉戏的情怀，将星座织进绚丽夺目的地毯。

诺瓦利斯希望太阳在黄金时代变为星中之星，以便取消白昼与黑夜的差别。然而，他也爱用太阳做隐喻，这与他的上述希望是并行不悖的：太阳就像上帝，是永远自己活动的、有灵魂的中心，各行星均围绕太阳运动，行星的生活就是崇敬太阳，就像人的生活崇敬太阳一样（第2卷，400页）。诺瓦利斯说："太阳在天文学中的地位，就像上帝在形而上学中一样"（第3卷，120页）。他在《圣歌》中，把太阳称为他的救世主（第1卷，81页）。

有时，他也把国王比喻为太阳。"国王是国家可靠的生活准则；太阳在行星体系中也是这样"（第2卷，50页）。告别人世的恋人是大自然中妩媚的太阳（第1卷，56页）。伴随初恋而开始的新生活好比初升的太阳（第1卷，182页）。

弥漫着月亮清辉的魔幻之夜,是蒂克发现的,并为许多浪漫派作家所讴歌。在充满浪漫情调的景区,月亮是最重要的组成部分。由于月亮具有将现实变为梦境并足以影响我们心灵的神秘力量,故而,它获得了浪漫派作家的厚爱。当然,月亮也朗照在诺瓦利斯的景区,它把世界变得优美而神奇了。比如:

> 月亮高挂在山岭的上空,月色如水,万物沉入神奇的梦境。

——第1卷,156页

> 月亮给古老的廊柱和墙壁,穿上令人心寒的苍白衣裳。

——第1卷,106页

> 月轮从潮湿的林中升起,柔柔的光辉令人气定神闲……月亮,给他显示出一个抚慰人心的观察者形象,将他高举在崎岖的地表的上空。

——第1卷,143页

月亮总与充满渴望的人相伴随,引导他进入梦幻般的神奇之乡。诺瓦利斯觉得月亮远比太阳亲密。他只用太阳做隐喻,而月亮,则是他心灵风景线之必需,也是他浪漫诗风之必需。

（五）空气、风、云

《亨利希·封·奥夫特丁根》的第二部分，是以阿斯特拉里斯的独白开场的。他是亨利希与玛蒂尔德所生的星之精灵，即恒星人。他为"以太"体，使世界充满生机，并把世界从物质导向精神。这一开场白充满大自然的原始状态，所有的时空界线取消了。阿斯特拉里斯把大自然那混乱的原始运作重新呼唤到生活中来。这个奇特的孩子，难道不是象征亨利希与玛蒂尔德精心培育的爱之升华吗？他歌颂的那个世界，难道不是只有通过爱才能企及的、至高无上的理想世界吗？

在这个理想世界，实现了一次伟大的提升，即平凡、僵化和固定的东西上升为非凡、流质和运动的东西。我们必须留意，由低级向高级的提升是诺瓦利斯世界一个至要的程序。

在诺瓦利斯那里，空气和以太的出现并不像光、火和水那样频繁，然而对他仍具有类似的重要性。他认为，我们靠以太为生，正如植物恃土地而存；我们给植物的土壤施肥，植物也给我们的"空气土壤"施肥（第3卷，81页）。

我们与空气紧密相连，就像我们与其他自然要素诸如光、火和水一样，空气也是不可或缺的。空气如同肌体组织中的血液（第3卷，214页）。血液在我们体内所起的作用，"就像我们体外的以太所起的作用一样。以太啊，这可视又不可视的物质,这智者的纪念碑啊,它无处不在,又八方难觅;它是一切,又什么都不是……它凌驾于一切之上"(第3卷,259页)。

诺瓦利斯不像荷尔德林,把以太称为父亲,并且大加礼赞。诺瓦利斯却一直致力于把自身和世界变成空气和以太,正如他渴盼原始故乡一般。我们读到这样的句子:

> 变成麻木状态的神奇故乡,飞逝在以太中了。
> ——第1卷,61页
> 无可估量的生命之花在黑色话语中凋敝,宛如零落在尘埃里,在微风中。
> ——第1卷,61页
> 一股清泉涌出,似乎在空气里备受煎熬。
> ——第1卷,103页

雅桑特最后一次飞向人间,远去的身影逐渐消逝在天庭少女的前方,"宛如化解在空气里了"(第1卷,27页)。在《夜颂》里,诺瓦利斯唱道:

> 我的血,
> 化为香液、以太——
> ——第1卷,59页

这类诗句后来在新浪漫派那里也有了反响，比如，封·霍夫曼施塔尔在抒情剧《阿里特纳》中，就有这样的唱和：

……香液和以太
代替死的血液，在我的血管中涌流。

空气是流动的，它被想象为名贵的饮料。也不乏天真幼稚之人，真以为空气是令人神清气爽的饮料（第1卷，18页）。夜间，"柔和的空气抑制了'忧伤'（第1卷，55页）"。在空气范围内，一如在海中，一切都是深奥神秘。塞伊斯教师一直盯着空气之海，观察其澄澈、运动，审视云与光（第1卷，12页）。

在诺瓦利斯世界里，空气是纯净的，呈蓝色，它影响人的情绪。在南德那澄澈、温暖的空气里，亨利希将抛却不苟言笑的腼腆（第1卷，112页）。

风为空气的流动。风，富于诗意和音韵，故而对于"孤寂的、充满渴望的人"十分重要。当风儿从他身边吹过，他便觉得自己是被风从可爱的地方吹来的，"将静静的痛苦，连同低沉、忧伤的声音化解在大自然那富于韵律的浩叹中"（第1卷，32页）。

很少看见诺瓦利斯用风做比喻。风，在他的诗歌领地亲切地吹拂，散发出幽香；风，总在他需要时出现。如果说月亮的朗照是为了把世界带入梦乡，那么风儿的低吟旨在使万物变得更轻柔、更活跃、更富音乐性，并且让人预感那些不可企及的事物。奥夫特丁根进入梦乡前，风儿在噼啪作响的床前啸吟（第1卷，101页）。歌唱家尚未到达，微风在古树梢飒飒作响，宛如来自远方的欢愉的队伍，似乎在宣告什么（第1卷，129页）。阿尔克图之女的卧室里，有一股幽香的风儿轻拂（第1卷，195页）。当索菲把母亲的骨灰倒入祭坛的盘中，一阵微风在环立者的衣衫和发际鼓荡（第1卷，215页）。在西维斯特的花园里，人们惊奇地听到，晚风在抚摩着松树梢（第1卷，231页）。诺瓦利斯世界里鲜有刮寒风、大风的时候。

暴风雨大多是用来做隐喻的，这隐喻几乎不是诺瓦利斯的本意。例外的情形是：两个恋人在散步途中遭暴风雨袭击，暴风雨终宵为他俩唱着婚礼曲（第1卷，127页）。此外，肆虐的暴风雨只是在诗歌和《夜颂》里以复数形式出现，象征着种种障碍和困难。比如：

> 世俗、平庸之物在水面漂游，为暴风雨所阻，退回来了。

——第1卷，58页

一种信任经你的手将我俘获，

这信任定能载着我度过一切暴风雨。

——第1卷，97页

亨利希说，云再现了第二个高级童年，再现了重新找到的天堂。西维斯特答道：

云中必定存在某种神秘的东西。某种云翳常对我们产生奇异的影响。云朵飘飞，想用凉爽的阴影将我们带入高空。如果说，云的形态可人，色彩斑斓——正如我们内心的愿望，那么云的清朗及其笼罩大地的丽光就是一种吉兆，预示着不可言喻的陌生的美事。然而，也存在阴暗、威严和可怖的云遮雾障，古老之夜的一切恐怖似乎都在这云蔽中逼近。天空，似乎永无云开雾散之时，清朗的蓝色已被灭绝、深灰的天幕上呈现惨淡的紫铜色，引起人人心中的灰暗和惶恐。当危险的电光向下抖闪、毁灭性的雷霆带着嘲笑向下轰击，我们便惶惶不可终日；假定我们内心不再有崇高的、道德伟力的情感，那么我们就以为把自己交给了地狱的恐怖、恶魔的暴力，而任其摆布了。

在我们内心，既有古老人性的回响，又有高级的人性和超尘拔俗的良知的呼唤。已死的东西在内心深处喧闹，而不朽的东西正开始发出更强的亮光，且能正确认识自己。

——第 1 卷，233 页

此处的文字让我们彻悟：诺瓦利斯是怎样观察云并赋予云以何种含义的。云一旦可爱、美丽、它就像"我们内心吐出的某个愿望"，或者"预示着不可言喻的陌生的美事"；倘若它的外观阴沉、威严，就像蕴含"古老之夜的一切恐怖"。所以，对于无辜者来说，由人的悟性所引起的可怕危机就好比恐怖的雨云，它"就躲藏在无辜者那安宁居处的四周，随时准备袭击他们"（第 1 卷，20 页）。不露希望之光的云会限制我们的视线（第 1 卷，82 页）。雅桑特在向处女的朝圣途中，云雾挡住了他的去路（第 1 卷，26 页）。为了获得月宫里那位沉睡的女儿，爱情必须征服沙漠，穿云破雾（第 1 卷，201 页）。

美丽、辉煌的云具有强大的吸引力，其变幻尤具诗意（第 3 卷，333 页、251 页）。升腾的云可以被视为对本源的祈祷（第 3 卷，291 页）。它"以千般的妩媚"吸引着火热的年轻人（第 1 卷，202 页）。在黄金时代，一代代人在绚丽多彩的云中嬉戏、相恋和繁衍，这云浑如漂浮的海洋，是人间生物的起源地（第 1 卷，36 页）！作者在《圣歌》中如是讴歌母亲：

你用崇高的目光仰望，

旋即返回云乡，回到云乡那深邃的辉煌。

——第1卷，83页

以云比喻苍天，即诺瓦利斯热烈憧憬的苍天。我们在上一章节里已经论述过了。

（六）夜、朦胧

诺瓦利斯用夜做一般性的比喻，与出现在《夜颂》里的夜截然不同。我们不妨简略看看《夜颂》中的夜：

《夜颂》没有写作年月，人们曾试图对此加以确定，可惜都是枉然。但可以肯定的是，它们是诺瓦利斯最深切、最神秘的生活体验和索菲之死的产物。没有索菲之死，这些诗是不可想象的。在索菲墓旁的离奇体验是《夜颂》的萌芽，对此，诺瓦利斯在1797年5月13日的日记中有所记载。我们在他那一时期的日记中经常读到他赴死的决心、对彼岸世界的憧憬、与死者索菲永结同心的渴望以及新近"对夜的思索"，这一切导致《夜颂》的问世。诺瓦利斯沉溺于夜，宛如沉溺于一种被深切感悟到的有生命之物。内在之力、迷醉的情绪、享受的预感都一齐苏醒过来了，时间和空间在这一欢乐而神圣的时刻彼此融合了，人忘却自己了。夜，委实是我们一切体验中最深刻的体验。

夜，使他实现了愿望；夜，让他看见了生育万物的母亲；夜，慈母般地承载着光。光之所以辉煌，全仗黑夜。爱情是夜的女儿。在夜间——母亲的原乡，他可以与恋人——夜间妩媚的太阳——紧密结合，并"永续新婚之夜"。特别是在第三首颂歌里，诺瓦利斯表达了他在那一神圣时刻是如何充分享受着与黄泉之下的恋人永远相聚、厮守；是时，时空消失，生死两忘。

这种愈来愈深刻的体验随着诗人超越自我的思想而得到扩张和美化：他视恋人为圣母，恋人以夜为故乡，他于是也在夜里觅到世界的原乡；他对永恒结合的渴望变成了人类在宗教领域内的追求，于是圣母生下基督。

以上我们简述了诺瓦利斯在《夜颂》中讴歌的夜，并知道夜代表着死神之国——生之原乡——，诺瓦利斯对它的向往，在索菲死后可谓无以复加；然而，在别的诗歌里，夜的特性则迥然不同。夜是光的对立物：如果说光象征审慎（第2卷，400页），那么夜就象征轻率（第2卷，401页）。诺瓦利斯将夜与轻率做如是比较：

> 夜具有两重性：间接的虚弱和直接的虚弱，前者产生于强光的炫耀，后者是因光线不足。因此，世上

存在两种轻率：一种是因为缺乏自我刺激，一种是因为自我刺激过度——前者是因为感官过于迟钝，后者是感官过于敏感。前一种轻率会因为光的减弱或自我刺激的减弱而升高，后一种轻率也会由于光的增强或自我刺激的增强而升高；或者，前一种轻率会由于感官的弱化，后一种轻率会由于感官的强化而升高。黑夜由于缺乏而造成的轻率是最常见的……

——第1卷，401页

塞伊斯教师从学生的眼神里能够察觉他们是否理解了古日耳曼文字，如果没有理解，他就伤心地盯着学生看，认为"夜还没有退缩"（第1卷，11页）。

夜，充满着恐惧。我们读到"令人毛骨悚然的"夜，"充满恐惧的"夜（第1卷，20页），"深沉的"夜（第1卷，78页），"寒冷的"夜（第1卷，196页）。在夜里，一切皆陷于误区。夜，使我们深深陷于精神压抑。比如：

在夜间，我们似盲人迷路，
被懊悔与欲望燃尽。

——第1卷，68页

凶残的恐怖啊，
悄然逼近，令人心寒。

深沉的夜啊，似千钧重负，压在心头。

——第 1 卷，78 页

"古老之夜的恐怖"在可怕的阴霾四合中逞威，但诺瓦利斯坚信：

一旦法贝尔赢得古老的权利，
在寒冷之夜就将廓清这一场所。

——第 1 卷，196 页

"夜的"这个形容词也修饰那些面目荒凉、令人伤感和恐惧的地域。深重的悒郁使诺瓦利斯觉得"天天似夜"（第 1 卷，67 页）。初闻噩耗、首次离别，犹如夜的脸，使人惶恐不已（第 1 卷，110 页）。"大肆逞威的乌云飘飞着，带着夜的漆黑"（第 1 卷，126 页）。

黑暗与夜的同义：在黑暗的时代，星星愤懑不已（第 1 卷，18 页）。一种光明的生活倏尔吞噬了无边的黑暗（第 1 卷，67 页）。

与夜相反，朦胧显得亲切、可爱。诺瓦利斯喜爱朦胧，不仅因为它那梦幻般的氛围有助于产生童话世界，而且还因为它是一种诗意浓郁的过渡——从黑夜过渡到白昼，或者从白昼过渡到黑夜。诺瓦利斯,这个"似幽灵的过渡观察家"[1],每逢朦胧便诗情勃发。他把光、空气、温暖视为肉体向灵魂的过渡(第3卷,197页)。一切力量显现在过渡中(第2卷,343页)。一切作用力均是过渡(第2卷,408页)。意义深远的浪漫时代也只是过渡时代罢了,它置身于二者、即野蛮时代与高明、博识而富裕的世界大一统时代之前。"在一切过渡中,正如在中间王国里,似有一种高级的精神力量要爆发。"诺瓦利斯又写道:

阴影和色泽之时,谁不愿在曙光或夕照里漫步呢?
——第1卷,110页

诺瓦利斯把破晓的朦胧和黄昏的朦胧区分开来。前者为充满希望的欢愉时刻,后者则是忧伤的时分(第4卷,379页),但无论忧伤抑或欢愉,朦胧总是给诗的想象增添了羽翼。

亨利希尚未熟悉那片陌生的地域,朦胧总是抚慰他那躁动不安的心绪(第1卷,111页)。远山披彩,暮色笼罩,这地狱充满甜蜜的亲切感(第1卷,33页)。诺瓦利斯将其浪漫的渴望献给了远方和山、人和情。朦胧将强烈的追求和

---

[1] 宫多尔夫:《浪漫主义》新版,229页。

不可企及的远方联系起来。他的《残稿》录下了"夜诗，朦胧诗"。《夜颂》实为夜诗的结晶。朦胧，在诺瓦利斯诗作里俯拾皆是。

奥夫特丁根经历了多姿多彩的生活，在蓝花出现之前，他梦见外界已是晨光熹微了：此刻，他的心灵渐趋平静，种种景象减去明晰、固定（第1卷，102页）；同样，他在看见奇异的蓝花之前，也在父亲的梦境里看见了远方的朦胧。那时，他已从漫漫迷途回归（第1卷，107页）。在第三首颂歌里，也就是在他感到无比落寞之际与死去的恋人邂逅，此时从蓝色远方来了一位观看朦胧的人，于是，光带突然挣脱了束缚（第1卷，57页）。简言之：在诺瓦利斯诗中，朦胧是他所梦想的新世界的先兆，是黑夜向白天的过渡，同时也是从可悲的、平庸的白天向高级的夜——爱的原乡——的过渡。

（七）植　物

诺瓦利斯逝世近半个世纪之后，费希纳尔撰写的一本名叫《南娜》的小书问世了。此书论述了植物的灵魂生活，开章明义便说：

> 倘若人们承认一个无处不在、无所不知、无所不能的上帝——上帝声称自己不仅与自然界同在，而且

> 也超越自然，……那么就等于承认上帝赋予整个自然以灵魂，世界上也就没有什么东西能摆脱这个灵魂，无论石头，还是波涛、植物都不能。[1]

类似的话也经常可以从诺瓦利斯那里听到：他认为万物都有灵魂，这灵魂不仅是上帝赋予的，而且也是魔幻的精神力量赋予的。万物，包括石头、波涛和植物，均有灵魂，概莫能外。

费希纳尔同意诺瓦利斯和其他许多浪漫主义哲学家比如G.H.舒伯特、奥肯关于无灵之物具有灵魂的观点，但这些人的观点和费希纳尔又小有出入。他们认为，人、动物和植物的存在，其目的是相互补充，以服务于一个更高的整体。他们把动植物拔高，当人看待，称之为兄弟。

费希纳尔此书名叫《南娜》，南娜是花的女神，传说这花神也是光神巴尔杜的妻子。百花竞放受光的控制。随着光的慢慢减弱，花的世界也渐趋衰败。当巴尔杜被烧死，其妻也随之而亡，于是，花的世界便一去不返。这传说使我们不禁想起诺瓦利斯，花的时代不就是他毕生憧憬的黄金时代吗？花的世界不就是老西维斯特精心培育的那个花园吗？

诺瓦利斯追求的世界，是人、动物和植物在此互相过

---

[1] 费希纳尔：《南娜》，第5版，1页，莱比锡：1921.

从、互通心曲的世界。花卉和动物也应发表对人、科学和宗教的看法（第3卷，334页）。他说：

> 对于这个时代而言，从人的嘴里说出来的理性、神圣还不够清晰，还不足以令时代惊异。石头、树木和动物必须说话，目的是让人自我感知、自我思索。
>
> ——第2卷，358页

这样的世界在克林索尔的童话中得以实现。宫殿被解放后，万物似乎都有了灵性，动物、植物开口说话了，唱歌了，小法贝尔到处向老熟人致意了。

诺瓦利斯认为，人与植物的紧密关系被中断、各自形成王国，这是极为不幸的。现在人们冷漠异常，与植物王国失之交臂，几乎无人想到，植物本是我们的兄弟姐妹，与我们本有着牢不可破的联系；惟有"平和的"、充满享乐的性情才能理解它们（第1卷，32页）。大自然现身在岩石上可能有点粗俗，但如果现身在悄然生长的植物上，它就俨然是"缄默不语的人类艺术家"（第1卷，166页）了。我们人类本来就具有动植物和岩石的感官，它们也作用于我们的感官（第3卷，47页）（我们对这些感官未加训练，那是我们懒惰之故）。以下是西维斯特的话，他教我们应如何热心与植物交往：

我从不知厌倦，仔细观察植物的不同特性，于是发现，植物是大地最直接的语言。每一片新叶、每一朵奇花均是某个秘密……倘若人们在孤寂中找到一朵这样的花儿，这并不意味着周围的一切全都变美了……整个枯燥的世界铺满这爱的神秘绿毯，它于每年春季更新，它的古怪文字，一如东方的花束，只有相恋者方能解读。

——第 1 卷，232 页

我们从诺瓦利斯那些关于植物的残稿中看出，人、动物和植物是相互补充的，同属一个大家庭。比如，植物的生活是单一的，动物的生活是双重的，人的生活是三重的（第 2 卷，246 页）。正如我们给植物施肥，植物也给我们的"空气土壤"施肥。我们是以太之子，植物是大地之子（第 3 卷，81 页）。花已经与动物接近，而最高动物也许是一种与植物接近的产物（第 3 卷，48 页）。下列《残稿》阐明人、动物和植物彼此结为兄弟姐妹，是颇有教育意义的：

动物生活在动物中，生活在空气里；植物是半动物，所以一半在地下，一半在空气里。
动物有感官；植物的感官是叶子和花。
我们的感官是更高级的动物。

神经是感官更高的源头。

——第3卷，369页

倘若植物是阴性大自然与阳性圣灵的产物，那么动物是否就是阳性大自然和阴性圣灵的产物呢？植物是否就是大自然之女、动物是否就是大自然之子呢？

——第3卷，74页

诺瓦利斯对植物的阴性特点做过深入的考虑（参阅第3卷，319页）。植物宛如妇人，总置身于狭窄的生活圈内；而动物则像伟男，豪放不羁，四海为家。[1]（费希纳尔曾论述过诗歌中那个常见的比喻，即把植物比喻为妇人。）[2]

浪漫派作家对花卉情有独钟，他们不仅赞美花的美丽，而且因其纯洁和完美赋予花以深刻的象征意义。在他们看来，花一方面是大自然的显现，另一方面又是人的精神的象征。浪漫派作家想要宣告的东西，他们早已在花中看到了：花代表着爱情和宁静。那些在每个古代民族中起过重要作用的有关花的神话，被浪漫派作家注入了新的生命。花，在他们的领地争奇斗艳，象征着他们的种种理念。没有花，浪漫

---

[1] 谢林在他的《动物与植物》一诗中也把女人比做植物，把男人比做动物。
[2] 费希纳尔：《南娜》，261页以下。

派的世界是无法想象的。

然而，诺瓦利斯乃梦中的观察者，故不能对花卉的实情给予明察，也不能像稍晚的J. P. 雅克布森、R. M. 里尔克那样，对玫瑰做细致入微、乃至忘情的观察和描写。在诺瓦利斯那里，花卉大多用于象征和比喻，或作为风景不可缺少的组成部分。

"蓝花"是诺瓦利斯的创造，它成了整个浪漫主义流派的象征。原本深深植根于民众神奇信念中、充满种种希望的魔幻之花，以及让·保尔在《隐蔽的包厢》中以诗人的情怀精心培育的梦之花，融合成了诺瓦利斯那奇异的诗之花、爱之花——融合成了"知识之花"，它是对原本和谐的世界的解救。[1]

蓝色犹如一根线，贯穿在《亨利希·封·奥夫特丁根》这部小说里。小说是这样开头的：亨利希心神不安地卧于睡榻，心里叨念着陌生人给他讲述过的蓝花。他做了一个古怪的梦，这梦又是他父亲年轻时做过的，但父亲后来遗忘了花的颜色，那朵花于是便立即移植进入他的内心。当年父亲的随从对父亲说，蓝花乃神物，人们只管谦卑地把自己托付给蓝花好了，让它引领"进入天堂"。然而，由于父亲与神奇

---

[1] 参阅J. 黑克尔：《与浪漫派之花卉象征相关的蓝花之象征》，20—35页，耶那：1931.

世界愈益疏离，故在记忆中失落了这朵花。它现在之所以牢固地深植于亨利希的内心，就是因为他一直关注着眼前的神奇世界。每逢要事，比如首次踏上旅途、与东方女士相遇等等，此花旋即显现。在与玛蒂尔德初恋的激动中，亨利希自言自语道：

> 我难道没有那次梦里的心绪观看蓝花吗？玛蒂尔德与这花有什么关联呢？从花萼中探出来看我的那张脸，就是玛蒂尔德天仙似的脸呀……
>
> ——第1卷，181页

在此，蓝花象征爱、象征原始女性，也象征对一切人世间凡俗之物的解救。蓝花在小说的第二部分也经常出现，小说似乎不愿戛然而止。在这部小说的"补遗"中，我们读到："女郎的叙述，蓝花的叙述……首先，花卉必须让亨利希接受蓝花，神秘的转换，向更高的大自然过渡……他应摘下蓝花，并拿到这儿来……"（第1卷，240页、241页、247页）。此花兼任东方妇人、玛蒂尔德和埃达：爱的体现。

在亨利希的梦中，有无数其他花卉围绕在蓝花的四周，恰似众星拱月。如果说蓝花只出现在梦乡和意义重大的场合，那么其他花卉则随处可见了。在诺瓦利斯的世界里，我们常常遇见各种各样的花，尤其是玫瑰。玫瑰历来被视为爱情之花，对诺瓦利斯也是爱情的象征。玛蒂尔德以玫瑰自况，她对亨利希说：

> 亨利希，关于玫瑰的命运，你可是心知肚明；你是否会把玫瑰那凋谢的唇、柔情万种的灰脸贴在你的唇上呢？
>
> ——第 1 卷，192 页

在童话里，女孩名叫"玫瑰花"，她的神奇恋人叫雅桑特。在她的四周，一切东西都说着亲切的话语，行为极富人情味，尤以花卉为最。玫瑰在雅桑特背后，亲切地四处潜行，匍匐、穿行于他的发鬈（第 1 卷，24 页）。一泓清泉旁边，百花"说着他能会意的话语"，"友善地"向他致意（第 1 卷，26 页）。鲜花和树木在梦中与他攀谈（第 1 卷，182 页）。在《亨利希·封·奥夫特丁根》的第二部分，动物和鲜花都能说话，不独在童话和梦境中，在神奇的现实世界亦然。

与花卉情缘难断的人，在睡梦中与花交谈，白天则采撷花卉，用它们装扮自己。塞伊斯学徒寻觅着水晶和鲜花那位活泼的游戏伙伴，讲述雅桑特和"玫瑰花"的童话，他的两鬓饰以玫瑰以及旋花属鲜花（第 1 卷，23 页）。封·霍恩措伦伯爵的洞穴里，有两根雕像柱，分别饰以百合花和玫瑰

花环(第1卷,161页)。玛蒂尔德胸部佩戴一枝玫瑰(第1卷,187页)。不仅人,而且耶稣基督也用花卉装饰自己:

> 一双双眼睛愉快地注视着救世主,
> 他们内心充满救世主的隆恩;
> 救世主的头部饰以鲜花,
> 他透过鲜花向外凝视,眼神仁慈、温雅。

——第1卷,81页

按一般习惯,身体之美常被比喻为鲜花,比如,学徒的皮肤似百合花一般光亮(第1卷,12页)。但具有典型性的是以下几处:朝圣者的面孔苍白,恰似夜间的花(第1卷,225页)。玛蒂尔德的脸庞是一朵向着朝阳开放的百合花(第1卷,175页)。某些鲜花有向阳的习性,此为诺瓦利斯喜爱的比喻:

> 请大胆抓住他的手,
> 牢记他的模样,
> 你必须面向他,
> 像花儿向着阳光……

——第1卷,70页

花还用来比喻意识和头脑（第3卷，369页）。花也象征着心灵和生命：

> 我的世界破碎了，
> 好像受到虫豸的咬啮，
> 我的心，似花儿凋残……

——第1卷，71页

> 那一颗非凡的心，寂寥异常，化为威力无比的爱之花萼。

——第1卷，62页

亨利希在旅途上给女人们留下的印象，书中是这样描绘的：

> 女人们目不转睛，盯着他那诱人的身材，这身材就像一个陌生人的简洁话语，几乎被人听漏。但是在他告别很久以后，这话语才愈益展开很不起眼的蓓蕾，最终变成一朵美丽的鲜花，色泽娇艳，枝叶繁茂……

——第1卷，135页

正如壮年是人生的鼎盛时期，诺瓦利斯认为午餐是白昼的花季，早餐是花蕾（第2卷，403页）。

有一个美丽的类比:"精灵王国的午睡是花的世界。在印度,人们至今仍在睡眠,他们神圣之梦是一个花园,四周激荡着糖和牛奶之波"(第2卷,352页)。教堂那寂静的庭院是历史的象征花园(第1卷,162页)。

"哲学也有自己的花朵,这就是思想。但人们从不知道,应该把这思想叫做美呢,或叫做机智呢?"(第2卷,17页)士兵是国家的花朵,故身着五颜六色的军装(第3卷,294页)。

动物追求个体的独裁统治;与之相反,花卉的谦让使诺瓦利斯联想到宽容和世界性(第3卷,328页)。

最后,我们还要提及一个比喻,即把孩子比喻为花朵。在这一点上,诺瓦利斯与许多别的作家不谋而合。因花卉纯洁无邪,与大地之母关系密切,所以诗人将花比喻为童稚。蒂克有一首题为《花》的诗,第1诗节:

> 请看一看柔嫩的花儿萌发,
> 看它们如何自我觉醒,
> 好似儿童从梦中醒来,
> 对你可爱地微笑。

海涅对一个孩子唱道:

> 你像一朵鲜花,
> 如此可爱、美丽、纯洁。

在诺瓦利斯处,纯洁无邪的花儿与童稚无异。亨利希如是说:

> 我们在此看见无穷生命的全部财富、近代的巨大力量、世界末日的壮美以及万物的黄金未来彼此紧密结合在一起,但这在稚嫩的孩子身上看得最为分明,强大无比的爱情已在孩子身上发芽,但尚未着燃,尚不是吞噬性的烈火,而是淡淡的幽香。
>
> ——第1卷,233页

"Blühen"和"Aufblühen"[①]这两个词的使用频率甚高,它们做动词用,或构成分词形容词。比如,为耶稣基督之故,印度即使位于北方也必然繁华竞放(第1卷,67页)。在这个国度及其各大城市,鲜花处处盛开(第1卷,112页)。繁荣的世界衰落了(第1卷,36页)。老人从远方迁入这个宁静而兴旺的国度(第1卷,121页)。此外,我们还读到:如花盛开的孩子(第1卷,61页),似含苞欲放的

---

① 意为"开花",转义为"繁荣""兴旺"。——译者注

公主（第1卷，120页）、女儿（第1卷，121页）。艳若花开的脸颊（第1卷，188页）、妩媚（第1卷，214页）。世界是战场，是天真、蓓蕾初开的理智之战场（第1卷，22页）。

在远古时代，先民似百花争妍，引人瞩目（第1卷，65页）。东方国家具有百花齐放的先知智慧（第1卷，61页）。还有一个优美的修饰词，不过，它仅出现过一次：在春天草地的绿茵中，年轻的恋人感到他那"孕育着鲜花的"、具有真诚魅力的心灵已经表露无遗（第1卷，32页）。

在植物王国里，花是最美、最神秘、最富象征意义的，但树木似乎是最高贵的一类，"因为它们中的许多个体不直接依赖于泥土，而是攀附于别的植物上"（第3卷，369页）。花，是西维斯特的可爱孩子，他置身于花中，就觉得自己像一株古树（第1卷，231页）。

在德国，最神圣的树种是橡树，它高踞于其他树木之上。可橡树在诺瓦利斯的风景区里并无神秘的意义。亨利希在一株古橡树下与那位东方妇人相遇。在小说的第二部分，他瞅见一个僧侣在古橡树下跪着（第1卷，141页、225页）。在国外的节日庆典上，一种陌生、优美的柔声突然打破寂静，这声音似来自一株古橡树（第1卷，130页）。与橡树一样，诺瓦利斯也用"古老的"这个形容词修饰他的世界里的其他树种，比如枞树、栗树等。

树木不是常用的隐喻。诺瓦利斯用"一种挂满黄澄澄果实、铿然有声的树"来比喻豪奢地享受生活。人的兴趣不应"被这种树引导,转而去采摘知识领域那危险的果子,或转向战争之树"(第1卷,176页)。诺瓦利斯感到一种类似树木的、令人愉快的使命:向上生长,枝繁叶茂(第1卷,62页)。《残稿》里有这么一句:"超越大自然这个整体——树,我们是树上的花蕾"(第2卷,377页)。

蒂克寻觅林中的寂静,并在童话《金发的埃克贝特》中用那首不朽的歌儿倍加礼赞。在诺瓦利斯处,森林是神奇和神秘兼而有之的王国,故而对心存高远之士颇具魅力。精灵、神仙藏匿于其中,在外部世界早已消弭的声音仍在此间鸣响(第1卷,117页、18页)。林中的清新吸引着公主,诱她愈益深入林阴(第1卷,122页)。洞穴和林莽是雅桑特——他后来向那位处子朝圣——最喜爱的滞留地(第1卷,23页)。在朝圣途中,碧绿的灌木以其妩媚可人的树阴吸引着他,森林的绿色及其清凉、静谧的气质充溢在他的心间(第1卷,26页)。

诺瓦利斯认为,草是药用植物。草,造型纤巧,美不胜收——朝圣者曾久久驻足观赏——草犹如"从快乐的贪婪中勃发,汁液欲滴",耶稣基督每次露面,身边总会长出医治百病的药草(第1卷,67页),耶稣的容颜不仅在石头上、在海洋和光中出现，也在草间若隐若显（第1卷，81页）。蒂克有一篇童话叫《摩崖石刻山》，文中那个青年猎手由于曼德拉草[1]的作用力而被一种无可抗拒的对远方山林的渴望所俘；阿·封·阿尔尼姆也把该草写进小说，埃及的伊莎贝拉；同样，曼德拉草也出现在克林索尔讲的童话里，讲述者身边携带此草，用于自卫（第1卷，206页）。

在海、河、湖滨，生长着簌簌作响的芦苇，它们营造出一片宁静的氛围（第1卷，118页、216页）。有时，诺瓦利斯觉得回忆像长满藓苔的纪念碑（第1卷，58页）。

萌芽、蓓蕾被比喻为尚未发育之物和开端；果实被比喻为成果或胜利，但这些都过于一般化，不能标明诺瓦利斯文风之特点。

总而言之，诺瓦利斯热爱被创造的万物，尤喜植物。树木名贵，花卉富于诗意（第3卷，309页）。艺术家的发展被喻为名贵植物的生长——必须精心维护，使其不受北方天际那阴冷酷寒的侵袭（第1卷，230页）。诗人必须怀着赤诚，深入植物界：唤醒森林那隐秘的生命，以及藏匿于树干的精灵，激活处于荒凉地域的已死植物，促使花园百花盛开（第1卷，116页），目的是使世界浪漫化，完成诗人的职业使命。

---

[1] 一种麻醉草药。——译者注

（八）动　物

我们从以上的陈述看出，诺瓦利斯认为人、动物和植物有着不解的亲缘，三个王国是不可分割的。浪漫派作家、浪漫主义自然哲学家无不致力于取消这三个王国的严格界线。奥肯称动物是"没有世系之花"[①]；诺瓦利斯认为我们的感官是更高级的动物（第3卷，369页）。里特尔、费希纳尔把人、动物和植物分别类比为太阳、地球和月亮，三者皆围绕一个共同的中心旋转。

在浪漫主义以前的艺术时期，除寓言作家外，人们很少关心动物世界，对动物的态度几近冷漠。架设在人与动物之间的桥梁早就被摧毁了。该桥后来得以重建，得归功于浪漫派。他们对动物的爱心不断增强，大有方济各会化缘修道士的意味。他们把动物拔高变成人，可后来的唯物主义者则试图把人降格为动物。[②]

对动物之爱，一方面基于浪漫派作家的世界观，即把宇宙视为大一统的有机体；另一方面也基于童话的发现。每个被创造之物，无论人或动物、植物或石头，都配置在这个有机体中而成为它的一个环节。它们都有义务为最高的统一体

[①] 奥肯：《自然哲学教科书》，第2版，251页。
[②] 里卡达·胡赫：《浪漫主义》，第2卷，123页。

服务，所以，它们的细微差别当然就消失殆尽了，彼此的界线就抹煞掉了。诺瓦利斯有言："如果上帝可以变成人，那么他也可以变成石头、植物、动物和元素，这样，也许就存在一种解救了，即对自然界的不断解救"（第3卷，337页）。

诺瓦利斯基于自己的世界观，构建了这样的童话世界：一切的被创造之物在此实现了联合。尤其是动物，在童话里、在梦境、在黄金时代显得格外亲切，它们极易被人的道德感染。它们理解人，怀着极大信任同人说话。在雅桑特童话里，小松鼠、海豹、鹦鹉和红腹灰雀竭力分散雅桑特的注意力。在童话里，鹅会说话，家猫发现了雅桑特与"玫瑰花"的爱情，小壁虎唱着关于他俩爱情的曲子。雅桑特在朝圣途中，到处向人、动物、岩石和树木打听神圣女神的所在（第1卷，102页）。商人给亨利希讲述一个传说，故事中，当歌者唱着优美动听的歌曲时，就出现一群舞蹈着的鱼和海中怪兽。一个知恩图报的动物挽救了歌者的生命（第1卷，118页）。在克林索尔讲述的童话里，那些长着银白、金黄和玫瑰色羊毛的小羊羔，在四处悠闲游荡。一些稀奇古怪的动物使得小树林生气勃勃（第1卷，202页）。动物带来亲切的问候，走近觉醒者（第1卷，216页）。在古代，动物总是絮絮叨叨，与人交谈（第1卷，101页），它们具有人的思想。

然而，除童话世界外，并非所有的动物都亲切可爱，这情形和植物一样。在远古时代，有人决意肃清林中有害的怪兽，以及"变态幻想中的畸形兽类"，以便接纳"可怜、孤寂、容易接受人的道德感染的动物"（第1卷，18页）。我们还读到一种可怖的动物（第1卷，22页），一种着火的、形象多变的凶兽（第1卷，55页），一种凶残的动物（第1卷，117页）。我们一面惶恐不安，一面相信龙和其他怪兽的传闻，在洞穴中觅到那些怪异、阴森但已死绝的动物之足迹（第1卷，155页、157页、165页）。许多动物被"狂怒的吞噬欲"弄得走火入魔（第1卷，233页），而温顺动物则与人接近，它们是"孤立无助者"（第3卷，164页）。

与植物相比，动物的生活很少用于隐喻，我们仅在《塞伊斯学徒》中找到几处：有害的怪兽是变态幻想中的畸形兽类（第1卷，18页）；大自然是一种可怜的野兽，毫无规律的想象力生下一窝幼崽（第1卷，22页）。一块巨石在做僵硬可笑的跳跃（第1卷，24页）。

在诺瓦利斯《残稿》里，时常把动物比做人，但也有把动物比做植物的。比如：食草动物像好色者，食肉动物像鸡奸者（第3卷，42页）。动物是大自然之子（第3卷，48页）。人的感官是更高级的动物（第3卷，369页）。花是向动物的过渡（第3卷，48页）。寄生物是动物的植物（第3卷，83页）。正如柏拉图把世界称为心灵聪慧的动物，稍晚的克卜勒说：世界具有动物习性，诺瓦利斯也把整个大自然视为一个动物：

我们本来就生活在一个动物体内，这是一个寄生动物，它的体质构造就决定了我们的体质构造，或者反过来，后者决定前者。

——第 3 卷，264 页

从动物界也派生出一个概念，即翅膀的概念，翅膀表示向往。黑夜将心绪的沉重翅膀高举（第 1 卷，56 页）。诗人乃放达的宾客，无论在何处，他们都会不由自主地张开双翼（第 1 卷，172 页）。葡萄树抖动着金色的羽翼（第 1 卷，176 页）。快步如飞，宛如生了翅膀。响亮的欢呼在飞翔（第 1 卷，124 页、134 页）。预言家的话变成了翅膀。回忆的产生和强化无异于一次翱翔（第 1 卷，222 页）。我们在诺瓦利斯有关赫姆斯特霍伊斯的学习笔记中读到：

愿望和追求就是翅膀。现实中存在某些很难与我们平庸的生活状况相适应的愿望和追求，这样，我们势必寻求另一种生活状况，在此，愿望和追求变成强劲有力的双翼。质言之，我们势必寻求一种将愿望和追求高扬的要素，寻求那样的岛屿：好让愿望和追求在其间安歇的岛屿。

——第 2 卷，298 页

克林索尔讲的童话里，充满了形象性的比喻。动物里以蜘蛛最为重要（第1卷，207页、210页以下），蜘蛛被比做激情。不安稳的厄洛斯[1]一出场就表现出激情，而且这激情需要帕尔岑[2]，以缩短人的生命线[3]。小法贝尔善于捕捉激情，她用魔幻音乐驾驭激情，从而保护激情不受帕尔岑的伤害！在去月宫的旅途上，吉尼斯坦和厄洛斯让一条小蛇带路：

> 小蛇忠诚可靠，
> 它指向北方，
> 于是，两人的忧愁皆抛，
> 紧随漂亮的向导。

——第1卷，201页

蛇，北方天上的一个星宿，同时又是磁力的比喻，这磁力吸引两人向月宫进发。

（九）人

人类，仿佛是我们这个行星的最高级感官，仿佛

---

[1] 希腊神话中状似儿童的爱神。——译者注
[2] 希腊神话中司命运的女神。——译者注
[3] 见奥贝瑙尔：《荷尔德林／诺瓦利斯》，282页。

是它的眼睛,总是仰视上苍;仿佛是它的神经,把我们这个环节同天上世界连接起来的神经。

——第 2 卷,350 页

"把世界比喻成我们的精神,这是一个广博的比喻","自然是我们的精神百科全书式的、系统的目录和计划",这两段著名的格言,我们在开头的数章里或引用或论述过了。它们在《残稿》(1798 年)里也出现过,此书还载有另外两段格言:

人是什么?人是精神的完美比喻。所以,一切真诚的倾诉都是比喻性的——爱抚难道不是真诚的倾诉吗?

——第 2 卷,352 页

人是宇宙的类比之源。

——第 2 卷,393 页

倘若我们把四篇《残稿》集中相互对照,就知道诺瓦利斯把自然、世界和人依次排列,并全部听命于精神,全都作为精神的比喻服务于精神。

人为自然的一个环节。他不仅与动物、植物结为兄弟姐妹,而且还可以变成石头。他的内心本来就具有石头、植物和动物的感觉,并且努力成为超感觉的实体(参阅第2卷,18页;第3卷,360页)。

用诺瓦利斯自己的话来说,人的本身是由"肉体和精神组成的"。肉体属于自然,肉体又把自然和精神联系起来。有一个古老的宗教信仰,说精神是居住在肉体内的陌生人,犹如居住在旅店和监狱里,只有死神才能把他从这里押走。不过,诺瓦利斯没有这种信仰,他认为肉体是精神的表现,是自然的一部分,与精神最为靠近,总是受精神的激励而显得生机盎然。诺瓦利斯感觉整个大自然就像自己的肉体,他说:"古代波斯僧侣善于激活大自然,随心所欲对待大自然,像对待自己的身体"(第3卷,107页)。诺瓦利斯如何理解人体,又如何炸毁自己身体与外部世界的界线,下列一些残稿给我们做了生动的再现:

空气类似人肌体组织中的血液。身体与世界的隔离犹如精神与身体的隔离。

人,仿佛具有某些不同的身体围圈,肉体是最近的范围圈,首先包围着他;第二范围圈是他所在的城市和省份;第三范围圈扩至太阳系……

——第3卷,214页

诺瓦利斯将人的身体神化,使其具有精神美。他赋予人体以重要意义,像赋予大自然中万物以重要意义一样。因为他从未感到肉体与精神分裂,所以坚信,是精神支配我们整个身体,使身体做随意的活动(第2卷,369页)。他预感到,人们将会形成更高的肌体概念,而且,这样的时代已为期不远了(第2卷,402页)。他在另一处又说:

> 世间只有一座庙宇,这便是人的身体。没有什么东西比这个高大形象更神圣。向人鞠躬就是表达对肉体的崇拜。触摸人的肉体,也就触摸着天了。
>
> ——第3卷,292页

为了获得更高的肌体概念,并保存这一神圣的庙宇,我们必须不断训练自己的感官。"我们把四肢也叫做感官"(第1卷,29页),我们的身体无非就是感官共同集中的运作。如果我们控驭了感官、能够使感官随意活动、并能将它们一并置于中心地位,那么,我们就可以把自己托付给我们所需要的身体了(第2卷,370页)。然而,我们的感官目前过于迟钝,故不能形成更高级的身体;我们的肌体组织过于柔弱,故不能在童话世界里窥见自己(第2卷,350页)。所以,诺瓦利斯视训练感官为必不可少的、刻不容缓的要务。他说:

> 强化、训练感官是提高一代代人的首要任务,也

是使人类升格的首要任务。

——第3卷,126页

训练感官的必要性,无论在他的诗作里还是在残稿里均有所表达。如何训练呢?我们还是最好在塞伊斯教师那儿见识见识吧,他孩提时代就在训练感官了:

> 你凝视星星,在沙里画星星队列及位置。他不停地观察天空,毫无厌倦,观察它的清朗、运动、云与光。他收集石头、花卉、各种甲壳虫,并调换方法将它们排列有序。他关注人和动物,坐在海滨沙滩,收集贝壳。对自己的情绪和思想,他也细心窃听。
>
> 年岁稍长,他便四处浪游,观察其他国家、海洋……他攀入洞穴,研究地球的构造如何形成,把颜料涂到奇特的岩壁画上……他立即注意到万物的联系、相遇和相聚。于是,他不再孤立看待事物——感官知觉闯入各种多彩博大的场景中:他同时在听、视、触、想……

——第1卷,12页

从这里我们看到,这个教师在训练感官时,使用视觉器官多于听觉、触觉器官,而嗅觉、味觉器官则根本弃置不用。与"看"相关的一些动词在这里特别重要，引人瞩目；与"听"相关的动词此处仅用"窃听"而已。

诺瓦利斯对视觉能力的偏爱，我们不仅在此处、而且在他全部诗歌里都能觉察出来。他也许认为眼睛优于其他器官，所以，在现实情况下，让我们预先尝到更高级感官的滋味是适宜的。他认为，光是宇宙的行为，眼睛是感知宇宙最优越的器官（第3卷，255页）。他竭力使一切物质与光接近，一切行为与"看"接近，一切肌体组织与眼睛接近（第3卷，325页）。面对外部世界，我们整个感觉能力就好比眼睛。客观事物必须经过主观介质，方能正确反映在瞳孔里（第2卷，334页），所以，眼睛一方面被视为理解和洞察的器官，另一方面又被视为内心情感的表达。

诺瓦利斯对眼睛情有独钟，目的是为了描写那些决意迈入更高级世界的人、恋人和智者的美及其智慧。在雅桑特童话里，异乡人有一双深邃的眼睛（第1卷，25页）。年迈隐士之子"在人们不具备更高级感官因而无法感知他那高贵面容的秘密以及眼睛的异光"之时，便"其貌不扬"（第1卷，25页）。封·霍恩措伦伯爵的眼睛，透出一种"难以言状的清朗"，"他从亮丽的山顶似乎看见了永恒之春"（第1卷，159页）。克林索尔的眼睛大而黑、深邃而坚定；玛蒂尔德的眼睛大而安详、天真无邪，从他们二位的眼睛里透露出永葆青春的气息。"在浅蓝色的天幕上，闪耀着柔和的星光"，星儿的明眸将唤醒沉睡在亨利希内心的青春（第1卷，174页、175页）。

教师从学生的眼中便可窥探，看他们对大自然是否有所理悟（第1卷，11页）。为了领略那令人陶醉的神秘，人们需要特殊的眼睛；有深邃洞察力的眼睛能洞见大自然对人的同情（第1卷，28页、32页）。从前，父亲的双眼充满喜悦，兴奋不已，要变成名副其实的眼睛、创造性的工具（229页）；年迈的施万宁对孙子说："你应该学会追随美丽的眼睛观察事物"（第1卷，174页）。

恋人们用眼睛说话。亨利希对玛蒂尔德说："你可以从我的眼睛看透我的内心"（第1卷，192页）。他的眼睛散发出非同寻常之光（180页）。永恒，停留在谢世的恋人眼内（57页）。老师维尔纳的女儿，曾被年轻的矿工爱过。她的双眸碧蓝，坦诚，水晶般透亮（149页）。南国少女都有一双勾魂摄魄的媚眼（112页）。公主双目低垂，立于恋人面前。在《圣歌》里：

难道我永远不再从他的眼里，
吮吸爱和生命？

——第1卷，76页

大自然有眼。诺瓦利斯问光："你的太阳有亲切的眼睛吗？有认得出我的亲切眼睛吗？"（第1卷，58页）河川是风景的眼睛（第1卷，187页）。光、色、影的巧妙分布披露了可视世界那隐蔽的壮丽，开阔了新的更高级眼睛的眼界（109页）。新的黄金时代有一双视野无比开阔的黑眼睛（第2卷，79页）。

在诺瓦利斯作品里，唇、舌不及眼睛，没有频频出现。嘴唇主要用于交际，但也赢得许多热吻（第2卷，399页）。我们读到红樱桃似的、柔软的、温柔地抿闭的、鲜丽的唇（第1卷，24页、75页、55页）。公主从恋人那欣喜若狂的双唇得知"大自然的奥秘已经揭开"（126页）。歌手唱道：

> 我怀着谢意，
> 感到魔力挂在唇边。
>
> ——第1卷，132页

在《圣歌》中：

> 谁人曾从
> 被爱的灼热的唇边
> 吮吸过生命的呼吸……
>
> ——第1卷，74页

我们有一种感觉，似乎诗人常感舌被钳制。但通过一种灵感，舌可以倏尔从长期被钳制状态解放出来。于是我们读到：舌头松弛了，终于自由了（第1卷，23页、108页、14页）。

诺瓦利斯发现各肌体组织具有许多相似性，从而论证了他那"充满诗意的生理学"，其中，相似性至关重要。各肌体组织为一共同体，正如语言与耳朵、气味与味道彼此相关一样（第3卷，256页）。音乐与诗歌可能相属一种东西，正如嘴与耳同属一体。嘴只不过是活动的、可做回答的耳朵罢了（第1卷，117页）。

关于"充满诗意的生理学"，诺瓦利斯这样写道：

> 我们的唇与歌德童话里的两朵鬼火十分相似。眼睛是唇的高级姐妹，它开闭着两个小洞、比唇更神圣的洞。耳是长蛇，贪婪吞噬被鬼火遗漏的东西。唇和眼的外形相似。睫毛是唇，眼球是舌、是腭，瞳仁是咽喉。鼻是唇的额头，额头是眼睛的鼻子。眼有下巴，在颧骨上。
>
> ——第3卷，129页

此外，诺瓦利斯视肌体器官为工具和机器的原型：舌与唇是电报机的部件，眼是望远镜，等等（第3卷，241页）。

"不妨把眼睛叫做'光钢琴',眼的表情方式就如同咽喉的表达方式一样,后者是通过高低音,前者是通过强弱光。"相貌是面部表情语言:眼的活动是元音;其余的面部表情是辅音(第2卷,394页)。

诺瓦利斯并没有把"充满诗意的生理学"仅仅局限于面部,而是扩展到全身:鼻涕像精液,额似睾丸,胆如唾液,难闻的体气无异于尿液(第3卷,171页)。肺是我们的根系的核心(第3卷,81页)。神经是感官的高级根源。思维可视为肌肉运动(第3卷,369页,334页)。兴趣是类似肌肉之物(第3卷,42页)。神经是化学的动力、电的动力;肌肉是机械的、磁的和超磁的动力(第3卷,308页)。

血,是崇高的象征(第2卷,402页)。那位年轻人感到青春的需求全储存在血管里(第1卷,23页)。谜一般的信号深入红宝石那沸腾的血液中(第1卷,24页)。在死的怒潮中,血化为香液和以太(第1卷,59页)。

面包和葡萄酒在宗教界具有古老的象征意义,诺瓦利斯在第七首《圣歌》里对此歌颂道:

少数人知道
爱的秘密,
总觉没有吃饱,

永远口渴。
晚餐的
神圣意义，
对平庸的思想是个谜；
…………
吃他的肉，
喝他的血，
…………
谁能说，
他懂得这血？
一切原本都是这肉体，
极乐的一对
在上帝的血中漂游——
噢！世界之海已经泛红，
香飘四溢的肉里
已是山崖高耸！
这甜美的晚餐筵席呀，永远不散，
这爱呀，永不饱和。
…………
这颗心
愈益干渴、饥饿：
…………

倘若空腹者吃了一次，
他们便会抛开一切
而坐到我们这边来，
坐到渴望的桌边。
这桌，永不会空空如也。
他们认识了
无限丰富之爱，
赞美这肉与血
的滋养。

——第1卷，74页

诺瓦利斯无时不感到饥饿和口渴。口渴、对沐浴以及对饮料的渴求，皆源于他与液体的亲缘关系，而且，这关系是有意识的。这方面我们已在有关水的章节里谈过了。倘若我们对这一本质特征做更进一步的观察，那么就会在他的诗里碰到大量有关"饮"的词汇：葡萄酒、香液、饮料、陶醉，等等……诺瓦利斯说，"饮"把诗美化了（第2卷，403页）。

诗人仿佛借用内涵丰富的葡萄酒，赋予大自然以灵魂（第1卷，16页）。星星世界化为黄金生命的美酒（64页）。灵魂贪求甜美，溶为金黄的醇醪。亨利希的话语中，似有一种火一般的异域葡萄酒在沸腾（105页）。在耶路撒冷，一见祖国的佳酿便起故园之思（136页）。葡萄酒抖动着金色的羽翼，在世界和宾朋之间放置了色泽斑斓的地毯（176页）。在古代，葡萄酒的滋味更甜美，因为有一位神明安居在葡萄里（60页）。克林索尔给欣喜若狂的人群唱起酒歌，时代的特性犹如美酒，越陈越贵（第3卷，89页）。

空气，是一种令饮者神清气爽的饮料（第1卷，18页）。人们享受生活，是通过慢慢悠悠地、一口一口地呼吸空气，犹如浅斟慢酌名贵饮料（120页）。鲜花和甘泉为雅桑特提供了新鲜的饮料（26页）。人们长时痛饮清亮的五色泉饮料（69页）。

年轻生命的香液化为悲泪（225页）。"夜"，宛如名贵饮料，令诺瓦利斯喜不自胜，唱吟道：

> 珍贵的香液从你的手中、从一束罂粟中滴落。

> 他们感觉到你，不是在葡萄酒那金黄之潮里，而是在杏树那奇异的油里，在罂粟那褐色的汁液里。
>
> ——55页

在《夜颂》和《圣歌》里：

> 噢，吮吸吧，亲爱的，

用力地吮吸我吧!

——59页

在几乎不能意识到自己时,
我在你那极乐的胸脯上,吮吸乳汁。

——83页

从此以后,难道我将永远不再从你的眼眸中吮吸爱和生命?

——76页

心,陶醉在甜美的爱情中(62页)。目光陶然,瞟着更神秘的世界(131页)。岩石,伴随欢悦的沉醉,坍塌了(227页)。

像渴求饮料一样,诺瓦利斯也渴求食物。在索菲死后的日记中,我们读到:"我吃了很多""今天我又海吃海喝啦"。他对"大'8'字形烘饼"颇感兴趣,这饼是县政府那位有男人气概的女子叫人烘烤的。但吃得太多又立即使他懊悔,在一则日记后面写道:"噢,倘若没有规矩,我将怀疑,是否还有一个更好的自我存在"(参阅第4卷,382页、398页)。

在塞伊斯城,友善的孩子们拿来五花八门的食品和饮料(28页)。童话里的母亲烹制佳肴(199页)。动植物是某些人的珍馐,而大自然是充满欢乐的厨房和食品贮藏室(18页)。雅桑特"健康、爱吃"(24页)。母亲对儿子说:"吃吧，喝吧，这样你就健康啰！"（104页）。人们想象，古代世界永是五彩缤纷的节日、一张充满欢乐的餐桌（60页）。时下，大多数人好比"是丰盛筵席的残羹剩汤罢了，不同口胃、不同食欲的人对筵席进行了抢劫"（230页）。惟有矿工品尝这饮料和食品才觉"神清气爽、肃穆凝重，犹如品尝老爷的肉体"（150页）。

从晚餐的象征意义中，诺瓦利斯得出结论：会餐是一种联合的方式（第3卷，91页）。他详细论述道：

> 聚餐是一种富于象征意义的联合行为……吃，就是享受一切、私吞一切、吸纳一切；或者说，吃，无非是一种喜好罢了。故而，一切精神享受可以用"吃"来表示。在充满友情的气氛中，吃朋友的，也就是以朋友为生。此乃一个以身体代替精神的贴切比喻，在纪念一位友人的聚餐会上，人们以大胆、超感觉的想象力，每吃一口便是享用朋友的肉，每喝一口便是喝朋友的血，这真是一个地道的比喻……
>
> ——第2卷，401页

诺瓦利斯把"吃"比喻为精神享受。知识、科学与身体类似。学习与吃可以类比；最优等的知识好比吃饱，或者像一种不用餐而得到的营养（第3卷，170页）。哲学家靠研究问题为生,正像人依靠食物生存一样。没有解决问题就像没有消化食物。食物的作料、问题的怪诞,这二者很相似(第2卷,353页)。学者不仅善于吸收外来的,也善于把自己的东西变成陌生的东西。所以,学习与教导、观察与描述完全类似于吃进与排泄。而且:严肃主吃进,轻松主排泄;如果说思维是排泄,那么感觉就是吃进。自我思维是一个生命过程——既是吃的过程,又是排的过程(第3卷,245页)。

外部感官是吞食者(第3卷,89页),它们吃掉的东西在睡眠中被消化。诺瓦利斯道:

> 睡眠是对感官印象的消化。梦是排泄物,它由于脑的蠕动而产生……
>
> ——第3卷,42页

在《夜颂》里,睡眠是被讴歌的对象,还被冠上"神圣的"这个形容词呢;睡眠奉献给夜,颇觉欣兴(第1卷,56页)。睡眠与渴望中的死相类。但在一般情况下,睡眠状态被视为对未来的准备,或者被视为终结。

在绝妙的远古时代,嫩芽自顾自地微睡着(第1卷,156页)。处女沉睡(13页)。那人从酣睡中醒来(29页)。玛蒂尔德的明眸唤醒亨利希内心那沉睡的青春(175页)。谁到达终点,谁就入睡:古代诸神回来了,睡着了(61

页）。在《圣歌》中：

> 我一旦拥有他，
> 便欣然入睡。

——72页

在睡眠中，展现一种更高级的生活。我们已经熟悉：人们喜欢把诗、童话和梦做比较。每个奇迹本来就是一个梦，因为它与我们余留的意识没有关系，在我们内心是孤立的（第3卷，370页）。梦，十分重要，与诗一样具有预言特性，对人类的教化具有很大的促进作用（第3卷，250页，202页）。

当父亲把梦叫做泡沫、并说神圣的历史与梦为伴的时代已经一去不复返时，亨利希大谈梦的意义：

> 可是，亲爱的父亲，梦的神奇变幻及其轻柔特性必然使我们思想活跃。你们如此看待梦，其理由何在呢？每个梦，包括混乱不堪、荒唐不经之梦，都是一种特殊的现象；即使不考虑上帝的旨意，它也是一条非同小可的裂缝，即出现在我们带有千百个皱折的内心帷幕上的裂缝。难道不是这样吗？……
> 我以为，梦就是为了抵御刻板的生活，是幻想中一种无牵无挂的休息；在梦中，生活的所有画面被打

乱了……倘若无梦，我们定然提前衰老，所以，不妨把梦视为神的嫁妆，视为友伴，向神圣坟茔朝圣途中的友伴。诚然，我今夜做的梦并非我实际生活中的情形，因为我感到，这梦犹如宽幅车轮驶进我的灵魂中，并以强大推力，推动灵魂前行。

——第1卷，104页

显然，没有那个蓝花之梦，整部小说是无法想象的。小说中，许多不同场景似乎全都发生在一场大梦里。

大凡诗人渴望的东西，都在梦中实现。他唱吟道：

梦，冲决我们的围栏，
将我们送入父亲的怀抱。

——66页

每当我在梦中，就看见你
俏丽如斯、诚恳如斯。

——82页

除了甜美之梦，可怜的孩子还有什么呢？

——177页

给梦附加的修饰词，尤能表明梦的特性："永不枯竭的"（57页）、"极乐的"（69页）、"千般妩媚的"（210页）、"惬意的"（124页）、"销魂解闷的"（143页）、"奇特古怪的"（146页）、"戏弄人的"（162页）。

心灵的万千思绪合流，进入神奇之梦（182页）。雅桑特未见那位处女之前，在天上的阵阵幽香中安然入睡，"因为只有梦才能带领他进入至圣之境。梦，神奇地带领他穿过无数个堆满奇珍异宝的房间，那里伴有迷人的音响，交替奏出和弦"（27页）。

现实与梦融合在诺瓦利斯的世界里：玛蒂尔德成了亨利希的情人，这对他不啻一个美梦（191页）。她死后，亨利希在朝圣途中觉得，"他似乎正在做梦，或已经做过梦了"（224页）。在月光里，万物似沉入梦乡：

> 月轮高挂在山丘的上空，月光如水，让神奇的梦在万物身上悄然升起。月亮本身就是太阳的梦，它凌驾于那个已进入自己内心的梦世界之上，并将被无数条界线分割的大自然带回到绝美的远古……
>
> ——156页

在题为《阿斯塔里斯》的诗中：

> 世界变成梦，梦变成世界。
>
> ——233页

历史，成了当代那绵绵无尽之梦（22页）。矿工的歌犹如一个梦，令我们烦闷顿消（153页）。思维乃感觉之梦（28页）。

可是，我们也做阴暗之梦、沉重之梦（76页，78页）。所以，我们也读到下列句子：梦，发高烧一样的梦，令我们惊恐不已。大自然是梦的幻想、荒凉的幻想（22页）。大自然的嘈杂纷扰，如梦一般地消散了（84页）。

诺瓦利斯对于死，一直充满神秘感，这是他所经历的索菲之死使然，这经历一直陪伴他走完人生的旅程。索菲殁于1797年3月19日，同年4月14日诺瓦利斯的兄弟埃拉斯姆也辞别人间。死神在诺瓦利斯的内心引起巨大的震颤。他这一时期的日记和书简对以上的一切事物均有记载。同时他也看到有一线光明在彼岸向他招手，并被他指出通向已在冥府的新娘的道路。是年初夏，他写下这一观点：

> 婚礼与死神取得联系，它给了我们一个陪夜女伴。爱情在冥府最为甜蜜；对恋人而言，死，是洞房花烛之夜；死，是甜美的神秘。
>
> ——第4卷，378页

这甜美的神秘后来体现在《夜颂》里。诺瓦利斯在沉沉黑夜发现了母亲的怀抱，死与生在母亲的怀抱相遇：死，在这里意味着永恒的拥抱，意味着最高的新婚之夜。因为死"让人重新结合"（第2卷，68页），死是恋人更亲切的维系（第3卷，232页）。

> 噢！亲爱的，
> 用力吮吸我吧，
> 以便使我入睡，使我能爱。
> 我已感到死神那使人返老还童的壮潮……
>
> ——第1卷，59页
>
> 死神在呼唤举行婚礼，
> 于是，华灯齐明。
>
> ——第1卷，63页

基督教对死进行美化；可在古代，死被视为"可怖的面具"。当古代诸神围桌而坐、像童稚一般欢乐地庆贺节日之时，一个不期而至的噩耗令举桌惊骇，进退失据（参阅《夜颂》第五首）。基督教则能承受死。那位歌唱家对耶稣宣称：

> 永恒的生命因为死才被广为传扬，
> 你是死神，有了你，我们才变得健康。
>
> ——第1卷，62页

救世主的死是为了复活,是为了成全一种更高级的生活。他被"当作面包和葡萄酒供人食用,当作恋人被人拥抱,当作话与歌受人聆听,当作死者——心怀爱之巨痛的死者——被他人兴高采烈地迎进宁静的内心"(第2卷,79页以下)。

死,好比在宣告一种更高级的生活(第1卷,226页)。我们将无一幸免地进入死的共同体。死的共同体把大家结合在一起,各个灵魂在此任意碰撞、结合。所以说,死,是对不美满生活的不断摧毁、持续消化;死,是不断形成新的"吞噬点"、新的胃;持续地吞噬和运作(第3卷,32页)。从这个意义上说,生,仅是为死而已(第2卷,17页)。

自杀,是真正富于哲理的行为(第2卷,307页)。因为我们可以把死看成是战胜自我、征服自我,它能"创造一种轻松愉快的新生活"(第2卷,37页)。诺瓦利斯作为魔幻唯心主义者还进一步要求:

> 让过去的肢体复活,靠坚强意志自戕,这样才能获得真正的启示,即获得超越身体、灵魂、世界、生、死、鬼魂世界的启示。
>
> ——第2卷,369页

现在,让我们把目光移到诺瓦利斯的小说上来。假如小说续写下去,那么我们也许还可以读到很多死的场面。在"补遗"中,我们读到:"死,赋予大同的生活以诗意……人们必须相互残杀——这比命运的裁决要高尚一些。他们寻求死……寻求与死者做绝妙的交谈……结束生命便是从现实世界过渡到大同世界——死。死是最后的梦,亦是觉醒。"那首题为《死者之歌》的绝唱,本应收入小说的第二部分,现在倒也流传下来,有这么几行:

> 请帮助我们缚住地妖,
> 学会领悟死之精义,
> 并找寻生之话语。

——第1卷,255页

死,这是一个令那些与诺瓦利斯思想近似的人孜孜矻矻、思考不已的大问题;但在现实主义和自然主义艺术时期被忽略了,后来才重新被新浪漫派拾起。

(十)矿 物

诺瓦利斯在弗莱堡矿业学院求学期间,认识了矿物学和采矿工程学的著名教授A. G. 维尔纳。诺瓦利斯因为结识他而欣喜逾常,以至于他的形象移植到小说《奥夫特丁根》里那位教师和矿工身上,以期永不泯灭。尽管诺瓦利斯与维尔纳教授的个性迥异，而且在《残稿》里对教授也颇有微词，然而结识维尔纳仍然对他具有非凡的意义：教授将他带进大自然最神秘领域——矿物。他从矿物王国里拾取石头、金属和晶体，用以构建他的世界。

有时，诺瓦利斯视大自然为一宏伟建筑，该建筑最神秘的部分藏于地下和山中。岩洞好比"地宫的前院"（第1卷，158页）。贵重金属构成一个魔幻花园（第1卷，167页）。只可惜，我们对这个建筑的内部不甚了了。几乎只有矿工才知道它的神奇和奥秘。老矿工讲述其经历道：

> （矿工）无论如何也看不够，把他整个一生放在学习神奇的建筑艺术上，这门学问对我们脚下的土地做了如此奇特的陈述和铺排。
>
> ——第1卷，164页

他在《矿工之歌》里唱道：

> 谁测量地层深处，
> …………
> 谁懂得地球岩层
> 的秘密结构，
> …………

谁就是地球的主宰。

——第 1 卷，152 页

矿工探究地下秘密、开采金属和贵重石料，这一职业为众多的浪漫派作家所称颂。[①] 矿工的生活充满浪漫气质。霍恩措伦伯爵称矿工为反向的占星家，他对老矿工说：

> 那些人目不转睛地观察天空，在辽阔无垠的天空遨游；你们则将目光投向地球，探究其构造。那些人研究日月星辰的力量和影响，你们则调查研究岩石和山岭的力量，以及地层和岩石的种种作用力。对那些人而言，天空是未来之书；可对你们，地球展示的是远古世界的纪念碑。

——第 1 卷，165 页

所以，地球犹如矿工的新娘，让矿工永无宁日，随时准备给他报告"逝去的时代那感人至深的故事"（第 1 卷，152 页）。古代就存在那些彼此关系密切的灵魂了：它们在矿石和岩石上投下一代代漂亮的图像和符号……使隐藏的宝贝在地球的鸿沟里暴露无遗（第 1 卷，18 页）。

[①] 例如，蒂克在他的童话《龙嫩山》中；E.T.A.霍夫曼在故事《法伦的矿山》中。格雷斯惯于从矿山和冶炼业采取譬喻。

在诺瓦利斯世界里，热情地深入岩洞、矿井的人，往往是渴求知识和满怀向往者。那个异乡人带领雅桑特下深井（第1卷，25页）。隐士霍恩措伦伯爵一直穴居。塞伊斯教师知道五颜六色的条带结构、地层结构是怎样形成的（第1卷，12页）。

那教师也收集石头。那个漂亮的孩子克服长期的笨拙，突然捡到一块小石头，形状奇特，教师把这石头放在一处周围全是其他石头的空地上，不意蓦然出现多排光束，交相辉映（第1卷，13页）。

奇石常在诺瓦利斯的领地闪光。东方之国存在熠熠生辉的石头。矿工在山上找到闪闪发光的石头（第1卷，141页、145页）。

大自然中，许多石头是有生命的，甚至可以接受人的道德。石头、森林也听音乐，并被音乐驯服，如同家畜一样（第1卷，32页）。纵然是死的石头，诗人也可使它们做有规律性的舞蹈动作（第1卷，117页）。

炼丹术家可凭借"智者之石"，把金属变成金银，制造奇迹。诺瓦利斯二十岁时就在遍寻"智者之石"了。[①] 后来，他把智者之石视为解决问题的钥匙。反燃素的化学家可以把氧变成智者之石（第2卷，125页）。在我们身上，应具备一种

---

① 致埃拉斯姆的信，1793年8月。

财富,即不可见的可见物——智者之石(第3卷,259页)。

在小说《奥夫特丁根》第二部分,智者之石本该起作用的,但这一写作计划未能付诸实际(第1卷,242页)。

自中世纪以来,围绕红宝石的传说可谓车载斗量。诺瓦利斯把红宝石看成是"热情理解大自然"的象征、爱情的象征。(在这个意义上,蒂克也把红宝石写进其作品《格诺维娃》里)。① 那位教师拥有闪光的奇石,叫红宝石(第1卷,38页)。公主身边带着一块红宝石,这宝石一个表面闪着奇异之光,另一表面刻有"难解其意的符号"。小伙子在观看石头时,感到有"一种不可抗拒的愿望"——在石上题词:

> 谜一般的符号,
> 深深镌刻在石头那沸腾的血液中,
> 这石头好像一颗心,
> 一个陌生人的形象安息在心里。
> 千万颗火星在石头周围飞舞,
> 而全部的光却埋葬在心里,
> 这颗心会拥有心中之心吗?
>
> ——第1卷,124页

发光的、有生命的石头属于工具,诺瓦利斯,这位魔幻

---

① 参阅海尔博尔恩:《诺瓦利斯》,182页,1901。

唯心主义者用这样的石头可破译大自然的密码。但死的石头，诺瓦利斯只能用来隐喻精神压抑和僵化了。年迈的施万宁唱道：

> 像石头一样，
> 抛开一切爱好，保持冷酷。

在受魔法蛊惑的宫殿被解放后：

> 人们心上的石头全部落了地，
> 一切重负崩塌了，成了一块坚固的地板。
>
> ——第1卷，216页

诺瓦利斯尤爱岩壁这一隐喻。我们读到："深感厌倦的岩壁"（第1卷，60页）、"悲惨的岩壁"（第1卷，60页）。此刻，我们觉得大自然宛如一株悄然生长的植物；而当时，它却是一堵"凶神恶煞的岩壁啊"（第1卷，166页）。在童话里、在黄金时代，岩壁像动植物一样和人说话。朝圣者远眺岩壁，觉得岩壁好像僧侣，他唱道：

> 岩体崩坍，
> 欢乐迷醉地

崩坍在至圣的母亲脚下，
石头中是否掩埋着虔敬？
人啊，难道不应为它们哭泣，
洒一腔热血？

——第 1 卷，227 页

塞伊斯城的美少年说：

岩壁会变成一个特殊的"你"吗？正像我称呼他一样？

——第 1 卷，32 页

石头在诺瓦利斯世界里有感情生活，与人和动物有割不断的情缘。石头上如发现远古时代的人、动植物，就叫做化石。诺瓦利斯认为化石是重要的历史纪念碑。隐士洞穴里，四壁满是骨化石、齿化石，引起来访者的注意（第 1 卷，157 页）。最古的化石打上了最伟大变迁的烙印（第 3 卷，184 页）。诺瓦利斯在化石中发现了自己：

在所有被我们视为化石的东西里，化石又发现了我们。

——第 3 卷，302 页

阿尔克图的星宫前面有一个花园，由金属树与晶体植物构成。人间惟矿工有参观金属树的特权。老矿工叙说道：

> 凡我所见的，均为贵重金属构成，且极富艺术性。华美的银质枝桠间，挂满闪光、透明、红宝石色的果实。粗大的树木则生长在晶莹的地面上，这地面的制作可谓无与伦比，根本无法仿造。
>
> ——第1卷，167页

矿工与金属亲密无间。"他对金属的神妙构成、奇特来源及蕴藏处感到无限喜悦，这喜悦远甚于对金属的急切占有。"他以找矿和开发金属的伟力为满足（第1卷，146页）。矿工的这种生活也是诗人生活的写照、魔幻者生活的肖像。

在诺瓦利斯的金属领域，金占有显赫的位置。金有魔法（第1卷，28页）。光束，犹如令人狂喜的金子在闪烁（第1卷，102页）。一本古书是用金封包的（第1卷，360页）。矿工将源源不断的金流引入国王的居处（第1卷，153页）。在克林索尔的童话里，电气石、金和锌——加尔万尼[①]理论

[①] 意大利科学家，他发现因接触而产生电流。——译者注

的三大要素，帮助小法贝尔完成工作，① 人们从加尔万尼理论，确信已经领悟到生命力的奥秘。我们读到"黄金的"这个形容词比名词"金"还要频繁。额际的饰带、戒指、项链全是金的（第1卷，133页、252页、144页、149页）。葡萄酒抖动其金黄色翅膀；一株发出悦耳声响的树挂满黄金果实（第1卷，176页）。花儿在清晨的金风里摇曳（第1卷，221页）。大地看似一个金碗——镌刻着华美绝伦的雕刻艺术品的金碗（第1卷，108页）。

银的出现频率要低得多，往往是与金一道被提及。比如，金与银是国家的血液（第2卷，48页）。唯心主义同教条主义的争论有如金银的升降浮沉。天使金童唱着银歌……（第1卷，157页）。其他的表达，诸如老人的银发、皓首等并不多见，正如与铁相关的表达语：铁桌、铁盾、铁的命运等鲜见一样。

诺瓦利斯认为，钢是碳化的铁（第3卷，19页）。"诗人是纯钢。他像易碎的玻璃一样敏感，似缺乏柔韧的砾石一样坚硬"（第1卷，185页）。

诺瓦利斯在《残稿》里，还把精神、上帝同贵重金属相比较：

---

① 参阅克卢克霍恩：《诺瓦利斯文集》引论，第1卷，57页，及《奥贝瑙尔》，284页以下。

倘若精神类似贵重金属，那么大部分书籍就是埃弗莱姆[①]一类人了。大凡有用之书至少是强合金的。贵重的纯金属在商务和交通中是不需要的。

——第 2 卷，40 页

上帝是无比坚固的金属——万类之中最富立体感、但也最为沉重。

——第 3 卷，346 页

诺瓦利斯也偏爱水晶，我们读到：水晶般透明的巨浪、清泉。一群人沉醉在水晶般的岩洞中。粗大的树木生长在水晶的土地上（第 1 卷，57 页、140 页、60 页、167 页）。葡萄树看似穿上水晶般的衣裳（第 1 卷，179 页）。明眸似水晶，炯然有神（第 1 卷，149 页）。

诺瓦利斯用结晶来隐喻某些抽象物：人是性格的结晶（第 1 卷，184 页）。小孩读着古书，于是窥见一个新世界的结晶体（第 1 卷，360 页）。在某些时候，人们把一切都沉入河中，经过重新混合，使一切变成新的、纯净的结晶体（第 2 卷，51 页）。人们善于识辨历史材料那奇妙的结晶（第 2 卷，80 页）。

大自然是大厦，其重要建筑材料有石头、金属和晶体。

---

① 埃弗莱姆：约瑟夫之次子。——译者注

这大厦及其造型对人的创造也产生影响。诺瓦利斯道：

> 难道结晶作用原理、大自然的建筑结构原理和建筑技术根本没有对人类过去的建筑技术产生过影响吗？
> ——第3卷，198页

诺瓦利斯从地层深处开采出五彩石料、贵重金属和透明晶体，并按自己的系统加以整理，同时学习和借鉴它们，思考如何构建自己的世界和整饬万物。

（十一）物理、化学

诺瓦利斯思考问题，都遵照循环的模式，即认为万事万物都是相互关联的。这，我们从首章中已经知道了。由这一思维模式形成了他的世界观：走向内心和魔幻唯心主义；他的诗风即奠基于此。虽然他的天生气质就适合于这一思维模式，但在很大程度上也由当时的科学成就促成。

在这方面，他与许多同代人，比如谢林，是一致的，他们都大量利用自然科学领域的成果为自己的哲学思辨服务。自然科学知识给他们提供了生动形象的语言，以表达其自然哲学，传达其理念。于是，磁学、加尔万尼学说和氧气在诺瓦利斯《残稿》里成了支撑其大厦的三大支柱，甚至对其诗作的内容和形式也产生重大影响。

诺瓦利斯的时代,自然科学的发现层出不穷,大胆的假设比比皆是。自然科学家和哲学家基于这一理念——大自然是一个伟大的有机体;一种最高的法则支配着整个世界——致力于构建一个伟大的世界体系。在这方面,稍晚的黑格尔达到登峰造极的地步。他们人人追求发现规律,并以此作为认识大自然底蕴奥秘的钥匙,同时也在自然科学领域内为自己发现的规律寻找依据和支撑点。1774年,普里斯莱发现氧气。1789年,加尔万尼在对蛙腿做试验时,偶然发现因接触而产生电流,即形成加尔万尼学说。这所有的发现好像都带有某种使命感,出现在人们对其久盼的时代。大自然的谜语似乎被它们一一猜中了。

诺瓦利斯究竟如何逐渐转向物理学,这在他的书简中有迹可循。1797年圣诞节,他致信弗·施莱格尔:"我研究物理,尚处酝酿阶段。"1798年7月20日再次致信弗·施莱格尔:"我的想法远远超过谢林。探讨物理学要从最普遍的意义上、或直接从象征意义上着手,这是否正确途径?未知尊意如何?"半年后,他又把自己的"物理学精义"告诉卡萝莉内·施莱格尔:

> 请您立即给我来信,谈谈里特尔和谢林。里特尔是里特尔,我们只不过是他的学徒罢了;即使巴德尔

也只是他的诗人而已。

那些先生大抵未认清大自然的佳妙处,费希特在这方面足令友朋汗颜;然而,赫姆斯特霍伊斯则清晰预感到这条通向物理学的神圣道路;斯宾诺莎内心也已闪耀着大自然理性的神圣火花;普罗提纳也许受柏拉图的激励,最先带着真诚的思想踏入这块圣地,未见哪个后来者在这圣地上挺进得有他那么远。在某些古籍中,跳动着神秘的脉搏,它标出了与不可视世界的接触点,即标出了一个活化的过程。歌德理当是这种物理学的祭司,他深谙自己在这座庙宇中应如何服务。莱布尼兹的神正论一直是这一领域内的壮举。未来的物理学家也将与此类似,当然会比现在更高级。时至今日,倘若人们对这所谓的物理神学除了赞美还有别的说法,那该多好啊!

——第4卷,263页

《残稿》里也有类似的话语(参阅第3卷,266页)。从以上摘录中,我们得知,诺瓦利斯从一开始就不以普通物理学为满足,而是追求一种高级物理学。他认为,物理学倘若不是充满幻想地、随心所欲地进行工作,那么它就没有步入正道(第3卷,45页)。他所理解的物理学就是"幻想学"(第3卷,285页)。完美的物理学将是"博大精深的生活艺术理论"（第3卷，216页）。诺瓦利斯把至高无上的职业派给了新型物理学家：

> 我们的新型物理学家正在干大事，在谈论宇宙结构，但现在还没有什么成就，还没有迈出真正的步伐。要么施行魔术，要么冥思苦想，像手艺人那样工作。
> ——第3卷，265页

诺瓦利斯研究物理学，目的是对世界施行魔术，使我们的精神与神秘力量接触。弗·施莱格尔致施莱尔马赫的信（德累斯顿，1798年7月中旬）是颇有启发作用的：

> 我将以谦恭姿态抛头露面，只当预言家；他（诺瓦利斯）将有幸成为魔术家。但是，魔术理论、精神领域的加尔万尼学说与接触生电的秘密如何在他的精神里接触、碰撞，以及如何施行魔术，这一切对我来说都是很生疏的。

就在这封信里，施莱格尔还强调，精神领域的加尔万尼学说是诺瓦利斯最喜爱的观念之一。[1]

---

[1] 参阅迪尔泰：《经验与创作》，287页以下。

里特尔是加尔万尼学说的热烈追随者,他手持加尔万尼学说这把神圣钥匙,决意探索大自然底蕴的奥秘。诺瓦利斯则显得更加激进,他说:"加尔万尼学说大概比里特尔自己想象的要宽泛得多。要么一切全是加尔万尼学说,要么一切全不是加尔万尼学说。"显然,他认为一切均是加尔万尼现象,这学说是更高级的自然意识,是整体精神,是大自然的政治行为,因为它使各种物质的功能增加了(第3卷,48页)。宗教能提高一切自然功能,它就类似于加尔万尼学说了(第3卷,293页)。这学说也可以应用于经济学,金钱也是加尔万尼现象(第3卷,291页,88页)。精神可使心灵加尔万尼化。灵魂和躯体互相作用,接触生电(第2卷,334页、344页)。在《精神物理》这个题目下,诺瓦利斯写道:

> 我们的思想简直就是一种加尔万尼现象,是人间的精神,也就是精神氛围与天上的,也就是人间以外的精神的接触。一切思想无不是在更高意义上的联合实践。
>
> ——第3卷,82页

无数世界的联合、宇宙万物的密切接触,诺瓦利斯认为这就是整个大自然的实际情况(第1卷,30页、34页)。在哲学史上,这一观念虽则可以追溯到拉瓦特、施维顿博格、

J.伯梅，但它只因诺瓦利斯的缘故才变得具有现实意义和生气勃勃，这当然又得归功于加尔万尼的发现。过去人们可以预感、希望却不能用眼觉察到的东西，诺瓦利斯现在可以借助加尔万尼学说感知、领悟到了。这学说成了他的魔幻唯心主义最钟爱的工具之一。①

对诺瓦利斯而言，这学说的重要性可与磁学等同。

康德的物质世界业已发现两种相互作用的力量：吸引和排斥。极性的典型例子是磁铁，这是因为磁铁两极具有互相关联的二元性。谢林把磁场揄扬为世界的普遍原则；诺瓦利斯则得力于磁学而强化了他的观念，即：世间万事万物无不相互关联。

此外，磁铁一般被视为一种象征，即象征具有灵魂的物质。富有浪漫情调的医生萨帕万特甚至把磁铁的象征意义用于解释天主教教义中的神甫授职仪式：把手放到另一个人的身上，我们的力量就可以转移。②诺瓦利斯认为，磁性是自然力，它使我们能够把自然同精神联系起来，使天地和解。磁性在克林索尔的童话里起着重要作用：主人公把剑从宫殿的窗户扔出，剑越过城市和冰原，落在父亲庭院里。那根小铁棒，中间拴着绳子悬挂着，总是自动朝北转动。吉尼斯

---

① 参阅法伊欣费尔德：《伯梅对诺瓦利斯的影响》，56页，柏林：1922。
② 参阅里·胡赫：《浪漫主义》，第2卷，48页以下。

坦手执小铁棒，对它呵气，把它弄弯，使变成蛇形，于是，"蛇蓦然咬住自己的尾巴"。"铁蛇"便是永远向北的、把两极的二元性连接起来的磁铁了。蛇带领吉尼斯坦和厄洛斯向北方进发，那里有处于微睡中、并期待他俩解救的女儿弗雷娅。蛇，促成天地结合，是爱情的导线。

磁铁是足可信赖的向导。我们在《塞伊斯学徒》中读到：

> 谢天谢地，神甫把崇高的测量新技术寄托在祭坛的磁针上，它永不迷失方向。航行在汪洋大海上的无数船只被它引领，回到有人集居的岸边和祖国的港口。
>
> ——第 1 卷，34 页

化学也被诺瓦利斯视为一种加尔万尼现象，即无生命自然界的加尔万尼现象（第 2 卷，408 页）。化学是材料技术，力学是运动技术；物理学将二者结合起来，故为生活技术（第 3 卷，66 页）。诺瓦利斯对化学重要意义的估计不及对物理学那样高，他认为，化学与物理不可同日而语，然而，化学对诺瓦利斯——大魔术家——也有所馈赠，这赠品便是氧气。氧，这一新发现的物质，几乎能同所有的元素结合，且有助燃作用。故氧气对诺瓦利斯的重要性，并不在加尔万尼学说和磁学以下。几乎一切现象有赖于氧气的作用。

"一切自然力仅为一种力量罢了。整个自然界的生命是氧化过程"（第3卷，346页）。

诺瓦利斯称氧气为万灵药物。正如他在《残稿》里所说的那样（第3卷，345页），氧气无异于溶解、变成空气、失去颜色、透明化、与光热化合、增加体积、减轻比重、减少凝聚力、减少弹性和热能、变成阴电、失去磁性、减少声音、减少加尔万尼现象的作用力。

燃烧本是永恒的过程（第3卷，304页）。我们的历史是燃烧过程。我们的肌体生命是燃烧过程（第3卷，286页）。精神是肉体的氧气；灵魂是氧气的渗透基础（第3卷，126页）。思维是氧化作用，而感觉被脱氧（第3卷，334页）。女人是我们的氧气，因为被吞噬之物的反抗愈甚，则享受的火焰愈烈（第3卷，80页）。简言之：氧气与所有身体皆有关系（第3卷，143页）。更主要的，氧气是诺瓦利斯所崇拜的火的要素（第3卷，174页）。[1]

诺瓦利斯的大部分《残稿》堆砌着外来词，他往往有意识地将外来词德语化。在一篇充塞着自然科学术语的残稿末尾，还附录上"文中涉及的特殊自然力的德语名称"（第3卷，155页）。1798年版的《残稿》中，我们也能看

---

[1] 参阅《火》一章。

出他苦心孤诣把外来词译成德语的匠心，比如吧 Operation 译成 Arbeit（工作程序）、Dokument 译成 Urkunde（文件）、Maxime 译成 Grundsatz（原则）等（参阅第 2 卷，336 页、339 页）。但后来，这追求似日趋式微，乃至在其诗里不见外来语的踪迹，"加尔万尼学说""磁学""氧气"等词自然也不再阑入，但它们的影响依旧随处可察。我们徜徉诺瓦利斯诗中，便与以下的动词频频相遇："连接""结合""联合""混合""吸引""溶解"等等，它们均为诺瓦利斯垂青的字眼，这自然是源于他的魔幻唯心主义，因为魔幻唯心主义者既从事于连接、又从事于松开。他发现，世间的一切莫不相互吸引和联系；他对行为和观察所做的辩解和阐释，无不依赖于加尔万尼学说、磁学和氧气。

在大自然中，吸引力总是先于运动。诺瓦利斯认为，根据加尔万尼学说，物体在相互露面之前，就已经相互感觉到了（第 3 卷，48 页）。在他的诗歌王国里，有亲缘关系的各种力量、事物和人总是相互吸引的。人们尚未接触，就已预感那无可抗拒的引力了。人莫不是以预感来体验一切的。

预感未来之物，这真是神秘莫测。而正是神秘才使万事万物富有吸引力。比如：

致使那处女刚才展现无可言说之吸引力的秘密，便是母性的预感和对未来世界的预感，这预感沉睡在处女的内心,并要向外拓展。

——第2卷,309页

吸引力强大,且又神秘,这反而促使诺瓦利斯对它舍弃正面、具体的描写。比如,矿工的歌声"不可理喻"地吸引着人们,正因为歌声暧昧,无法理解(第1卷,153页)。吸引人们关注古代的东西,是"无法说清的"(第1卷,165页)。

蓝花使尽"全力"吸引着亨利希(第1卷,103页)。在东方之国,鸟阵极富吸引力地飞越已往各代的残迹(第1卷,141页)。

隐士对亨利希具有无可抗拒的磁力,致使亨利希不得不滞留隐士处,此外别无所求(第1卷,168页)。亨利希的脸极富吸引力;克林索尔的表情动人心目(第1卷,175页、174页);恋人的私语引人入胜(第1卷,122页);吉尼斯坦爱上厄洛斯,自感深受这美少年的吸引(第1卷,204页)。

教师的收藏品远离学生,所以吸引学生;自然力是引力与斥力兼备(第1卷,14页、15页)。

浪漫派作家相信,人和物原本就是互相吸引的;诺瓦利斯这位魔幻唯心主义者对这一理念不但要充分利用,还要加以扩展、提升。他的理化知识又使他坚信,一种物质可与另一种不同质的物质结合。借助连接、联合,他给物质相互过渡、相互融合提供了极大的可能性。他致力于情感力与自然力的结合，并且自问：结合的时代是否到来了呢（第2卷，333页、318页）？无独有偶，里特尔也像诺瓦利斯一样写道："'结合'这一提法表明，人们对'化学过程'早就下过确切定义了"。[①]

诺瓦利斯在《残稿》里竭力使所有对立物结合：泛神论与一神论、君主政体与民主、唯物主义与有神论、意志与知识、幻想与思维力，而首要的是自然与精神。他相信，事物的结合无论处在哪一等级，都不会没有成果（第2卷，284页）。

"人阜物丰的平原景色宜人，但荒野和崇山峻岭也有令人悚惧的魅力，浪漫的国度把二者结合在一起了"（第1卷，202页）。日月星辰联袂跳旋转优美的轮舞（第1卷，126页）。

宗教，是爱心永恒的结合（第1卷，192页）。爱情，是柔情蜜意之灵魂的结合（233页）。亨利希与玛蒂尔德结合成一幅画（222页）。女儿拥有一切"能把最甜美的想象力融会在柔弱少女内心的东西"（120页）。死神又把分离的恋人结合在一起（第2卷，68页）。种种偶然合在一起便产生了人（第1卷，172页）。一切力量、一切类型的活动似

[①] 里特尔：《一个年轻物理学家的残稿》，第1卷，26页，海德堡：1810。

乎在塞伊斯市民的谈话里联合起来了,真是令人费解(第1卷,38页)。感情与理智可以结合(184页)。首脑把各派政治力量联合起来了(第2卷,67页)。伟大的理念通过各种合力和意识而表达出来了(第2卷,59页)。人世间是诸神的公共机关。正如诗歌把我们联合起来一样,诗歌也联合他们(第2卷,35页)。在《圣歌》中,诺瓦利斯唱吟:

> 我已感觉到你,
> 噢!请别将我抛弃;
> 让我永远与你
> 紧紧相依。

——第1卷,74页

"在我们的情感里,一切都以最特殊、最满意、最活泼的方式连接在一起。最陌生的东西彼此会因为某个时间、某个地点、某个奇特的相似性、某次误解、某次偶然机会而相聚,于是产生神奇的统一、特殊的联系。——'一个'使人想起'一切'"(第3卷,318页)。所以,大自然只是宇宙中一个用纽带同宇宙连接起来的体系罢了(第1卷,34页)。不尽的忆念自然而然地与一根魔幻的线索相连(第1卷,157页)。在中世纪,一种天真的信任把人绑缚在他的使命上(第2卷,67页)。在《奥夫特丁根》第二部分,那些相去甚远、截然不同的种种传闻和事件都被连在一起了（第1卷，245页）。道德，是将目的和手段连在一起的纽带（第2卷，324页）。

名词"纽带"与"结合""连接"等动词关系密切。诺氏在灵魂与肉体之间发现了一根神秘的纽带（第2卷，407页），他说：

> 现在，我们看见那根连接主观与客观的真实纽带了。同时我们发现，我们内心也存在一个外部世界同我们外表的联系。内心的外部世界同身外的外部世界二者是紧密相连的，如同我们内心同外表紧密相连一样。
> ——第3卷，157页

"纽带"是常用的比喻：神圣的语言是高贵者连接超凡之地和超凡之人的闪光纽带（第1卷，38页）。倘若有某种渴望在内心震动，就表明必然有一条最佳的纽带存在（第1卷，起7页）。共同享用的青春是一条扯不断的纽带（第1卷，194页）。一种神秘的纽带缠绕在帝国臣民身上（第1卷，154页）。被魔法蛊惑的宫殿被解放后，一根闪亮的纽带延伸在城市、海洋和大地的上空（第1卷，217页）。长时的拥抱、无数的亲吻确定了极乐的一对恋人的联姻（第1卷，193页）。

我们一再强调这个句子:"没有什么东西比一切过渡和异质体的混合更富于诗意了"(第3卷,311页)。化学引导诺瓦利斯对不同的物质进行混合。

许多残稿片断向我们表明,诺瓦利斯一直致力于"混合":制约与被制约的混合、过去与未来的混合、仙界与人间的混合、肉体与精神的混合,等等。上帝是一个混合的概念(第3卷,247页)。诺瓦利斯从历史洞见:

> 在某些历史时期,也许有必要把一切都沉入河中,以便造成新的、必要的混合,促致一次新的、纯洁的结晶过程……
>
> ——第2卷,51页

在一篇论诗的残稿片断里,他说:

> 她(诗)把一切混合,使之成为一个伟大的宗旨:提升人,使人超越自我。
>
> ——第2卷,327页

那些分散、破碎的精神颜色应该再度被混合(第1卷,15页)。梦中,无穷的思绪竭力相互混合(第1卷,102页)。情郎对恋人呼唤:"我要把我们俩化为一体",又说:

"我的整个本体应同你的合而为一"(第1卷,56页、193页)。在一首颂歌里,他写道:

> 凡是因爱的接触而变为神圣的东西,均一一被溶解,经隐藏的通道流向彼岸,宛如馥郁的幽香,同死去的爱情结成一体。
>
> ——第1卷,58页

阿斯特拉里唱吟:

> ……要求更密切、更完全的混合,
> 这要求随着分分秒秒
> 愈益迫切。
>
> ——第1卷,221页

> 万物必定环环相扣,
> 一物通过一物而兴旺、成熟;
> 个体同万物混合,
> 贪婪地进入万物的底蕴,
> 个体便在万物中现身……
>
> ——第1卷,222页以下

诺瓦利斯一方面把自然与精神、外部世界与内心世界连接，把一切对立物混合，另一方面又善于把僵化的、不再活跃的东西溶解。问题是身体，溶解是火。燃烧只不过是溶解（参阅第3卷，38页）。化学的成就教导他，燃烧并非存在于燃素，而存在于氧气和其他物质的混合，所以，他把溶解也视为一种混合。他在《花粉》中写道：

> 通过压缩，当代可以同过去和未来联系起来，形成一种连续；通过凝固可形成结晶。但也存在"精神当代"，它通过溶解而把过去与未来等同起来。这混合，便是诗人的基本要素、氛围。
>
> ——第2卷，35页

J. W. 里特尔在其残稿片段里也说过类似的话：

> 溶解＝结合＝失去形态。溶解＝机体死亡。溶解＝化学过程。随着单数向多数过渡，便从一体化的坟墓中产生有生命的东西，它的最大差异＝它的活力；然后随着差异的减弱，它又退回到起源地。①

我们的情感和精神能够溶解异体，或者它们本身被溶

---

① 里特尔：《残编》，第1卷，93页。

解。强烈的爱情在我们内心扩张,犹如能溶解一切的强大蒸气(第1卷,36页)。希望,融化在痛苦中;爱情生活被溶化,流到彼岸(第1卷,57页、58页)。注意力可化为思想的一片空白。在梦中,那潮水似乎是风情万种的姑娘们溶化而成,她们一一附体在小伙子身上(第1卷,103页)。玛蒂尔德会把亨利希化解为音乐(181页)。肉体化为悲泪(233页)。战争乃是一种伟大的溶化,理当从中产生一代代新人(189页)。病愈,即为一次音乐的化解(第3卷,119页)。克林索尔的童话以世界的僵化开始,以世界的消融告终。诗歌的创作就是:将异体的存在化为自身的存在(第2卷,327页)。

诺瓦利斯把万物连接、联合、混合、再分解,于是,世界在他那里就不断变化。最后,我们再来研究一下"变化"一词,它与"联合""连接"……等词一样频频出现。

诗人把湍激的河流变成温顺的水域(第1卷,117页)。商人们让亨利希的好奇心变成急不可待的焦躁(116页)。但见小厄洛斯的脸上,寂静的炽热变成戏耍的鬼火,神圣的严肃变成疯癫的打趣,庄重的沉静变成幼稚的不安,高贵的举止变成滑稽的动作(209页)。血液化为香液和以太(59页)。年轻生命的香液化为悲泪(225页)。梦中出现奇特的变化,它促使我们的思考活跃起来(104页)。蓝花逐渐变化着;亨利希既甜美又惊异的情绪随着这变化而愈益增强

（103页）。

世界及其历史变成了神圣的文章（第1卷，237页）。在《奥夫特丁根》第二部分，本应经历一场巨变。我们在《补遗》中读到："亨利希将变成花、动物、石头、星星……神秘的变化……亨利希在疯癫中变成石头，会发声的数，金质的公羊……让那个家庭变成古典艺术品一个奇妙、神秘的集中地，不好吗"（第1卷，241—245页）？

光呼唤每种力量做无穷的变化（第1卷，55页）。当大自然也要享受自己艺术创作伟力之时，它就变成了人（115页）。在宝藏室里，场景在不断变化着，最后汇流并演变成一场宏伟而神秘的演出（203页）。

诺瓦利斯感到内心那强烈的渴望：

把一切变成索菲。

——第3卷，139页

观察历史时，诺瓦利斯看出：

在我们这个时代，业已出现真正的奇迹，即：化体[①]奇迹。难道皇宫不能变成寻常百姓家吗？御座不能

[①] 化体系指使圣餐面包和葡萄酒变成耶稣的肉和血。——译者注

变成圣地吗？皇室的联姻不能变成永结同心吗？

——第2卷，59页

至此，我们结束分类探讨。通过详尽的分析、阐述，我们认识到，诺瓦利斯的文风根植于魔幻唯心主义，可谓根深蒂固！他利用整个自然界，以构建一个更高级的、浪漫的、神奇的世界。他在一切对立物之间架设桥梁，让自然与精神合流，赋予无生命之物以灵魂，使僵化之物化解。他认为，使用这种方法是有充分理由的。这归功于他去弗莱堡学习之前曾钻研过赫姆斯特霍伊斯的理论——促使他形成魔幻唯心主义的第一个动因——但更主要的，应归功于当时自然科学取得的累累硕果。

诺瓦利斯的风格有着深厚的渊源，它植根于诗人的世界观，无论何时，它都没有脱离其世界观的轨道，尽管有几个类比过于大胆，有几个又过于带有嬉戏的成分。他的诗完全停泊于他的世界观，就这方面而言，先于他的诗人，几乎没有一个可与他相比；在他之后，我们倒是遇到许多诗人或多或少以他的方式进行思考和写作，他们是人们常常提到的里特尔、奥肯、哥勒斯、舒伯特、费希纳尔……等等。亨里克·施特芬斯后来论诺瓦利斯写道：

我后来结识了许多人，他们或者是把自己奉献给实际生活的人，或者是形形色色的经验主义自然科学家，但无一不受他的影响，被他控制着。这些人极为珍视生存中的精神秘密，认为这隐藏的宝贝全都保存在他的文章里。他那充满诗意的宗教观念，宛如神奇的、充满希望的预言，在他们耳畔鸣响。他们从他的言论中获得了力量，正如虔诚的基督徒从《圣经》中获得力量一样。[1]

五 结 语

我们已经在诺瓦利斯的诗歌世界里做了一次漫游，看清他的精神化为自然、自然化为精神已达何种程度。现在，让我们离开这一世界，把目光投向另一世界，以便通过比较对诺瓦利斯的世界有更清楚的认识！

维克多·黑恩在《关于歌德的思考》一文中，收集了歌德的许多比喻，这些比喻是歌德在自称是"永远的比喻者"那一时期使用过的。黑恩得出结论："歌德的比喻一般来源于他身边的事物，或者他进行钻研的事物……在具体的现实中、在万物的共同秩序中、在日常的习惯中显出相似性和模拟图像，被俘获的精灵觉醒了，于是，它们给激动的灵

---

[1] H. 施特芬斯：《浪漫派同人回忆录》，105 页，耶那：贡德尔芬格尔出版，1908。

魂、给那个国王、即暧昧的、从情感里升起的想象王国提供证明性的比喻。"① 赫尔曼·冯·赫姆霍兹在谈及歌德对自然科学的研究时写道："歌德无论在何处，只要涉及理性同实际关系的最高问题，他总是坚持实际的态度，从而保护他不走歧路，引导他得出达到人的理性极限的认识。"② 诺瓦利斯的比喻和科学研究，其来源与特点则迥然不同。这些东西很少出自当时的周围环境和具体的现实，而是完全来自他的理念世界。在每个重要事物中，诺瓦利斯能从表面事物的背后洞见更高级的、更本质的、对目力平庸者隐而不彰的东西，这一事物的精神正反映在这样的东西里。即便对待最普通的日常生活，诸如吃喝、睡眠与觉醒等，他也从象征角度加以观察。又比如，他将未婚妻理想化，她死后又将她变成一个神秘人物。外部的体验在他的诗里没有留下任何痕迹（这就是说，他是用内部肌体器官感受的，故其诗歌具有升华的意义）。我们在读他的小说时，根本不知这些小说竟然出自一个勤奋、忠于职守的盐场经理室的职员之手。然而，他的内心犹如亨利希梦中的那朵蓝花，绽放在他的诗中。

他在科学研究中，对现实也漠不关心。他想在各方面成为行家里手，想对所有学科做专门了解。不管学什么，对他

---

① 维克多·黑恩：《关于歌德的思考》，331页，布吕尔：1902。
② 赫尔曼·冯·赫姆霍兹：《歌德对未来自然科学观念的预感》，54页以下，布吕尔：1892。

不啻为一种享受；不管做什么，对他都是"快乐的源泉"（第3卷，328页）。他怀着热烈渴求，伸手向四面八方攫取。他拥有类比的魔杖，故而相信一切问题均可迎刃而解。他缺乏"哲学家探求未知的谦逊态度"[①]，也不知极限意识为何物。

诺瓦利斯是个游戏诗人，但他的游戏是严肃认真的。他认为：谁有义务塑造一个更高级的世界，谁就游戏。那位塞伊斯城教师觉得，"一会儿，星星是人；一会儿，人是星星；一会儿，星星是动物；一会儿，云是植物。他同各种力量和现象游戏"（第1卷，12页）。在听完雅桑特的童话后，学徒们内心的各种力量在互相嬉戏（第1卷，27页）。一代代人互相爱恋、繁衍、永远游戏着（第1卷，36页）。人，成了永恒游戏的大师了（第1卷，28页）。上帝和大自然也应该游戏（第3卷，127页）。横无际涯的波涛是她狂喜的游戏（第1卷，36页）。微风同金发嬉戏（第1卷，131页）。时间在嬉戏中流逝了（第1卷，116页）。诺瓦利斯将其浪漫世界营造为"游戏式的严肃"。这神圣的游戏使我们不禁想起尼采的话：

> 在这个世界上，惟独艺术家和孩子的游戏才有变化、消亡、建设和破坏，且不附加任何道德，总是清

---

① N. 哈特曼：《德国唯心主义的哲学》，221页。

白无辜的。正像孩子和艺术家一样,火焰——永远生气勃勃的火焰也在游戏,清白无辜地建设和破坏。时代同自己在做这类游戏……一再苏醒过来的游戏欲望——在创建另外的世界。①

诺瓦利斯就在做这类游戏。

看到了这一点,我们就不难理解,诺瓦利斯在《残稿》里所表现的思想有时为何如此离谱,甚至怪诞不经,我们从本文的几个大胆的类比中对此已有所了解。同时,令我们惊异的还有,他的那些勇敢、越轨、大多"借助游戏"而形成的思想框架是多么敏锐而中肯地向他指明了目标——后一个世纪的研究已部分地实现了这些目标——比如,他预先就对现代相对论有所认知。②简而言之,诺瓦利斯面对那些永久的困难问题已经失去耐性,因为解决这些问题需要锲而不舍地探索和研究(他似乎已预感到自己将不久于人世,死神正在等着他)。他的乐趣就在于,自感对每个领域都十分精通,可借助类比解决一切问题,而歌德则是认真地在现实中探索。③所以,在诺瓦利斯的《残稿》里就存在一些突然冒出

---

① 《尼采文集》,第10卷,41页,莱比锡。
② 克卢克霍恩:《诺瓦利斯文集·引论》,第1卷,42页。
③ 歌德这样谈过类比:"如果过分追求类比,一切都会叠合为同一;如果避免它们,一切又会分散成无限。在两种情况下,观察都会停滞,或者衰朽不堪,或者已经死去。"

的观点、恳切的预感，同时也不乏怪诞。然而，"取其精华、弃其糟粕"在这里会歪曲形象的：正是真伪的混杂方显诺瓦利斯的游戏本色。他本人在谈及《残稿》时也说："有些是完全错误的，有些是微不足道的，有些是斜视的"（第2卷，379页）。

与残稿片段相反，他的诗则排除了大胆的类比。他用内在的眼力审视自然界的一切，并用他偏爱的色彩做细腻的表达。凡与其气质相宜的，他无不收集、速加整理，以创造更高级的形态，使整个人类变得完美。惟其如此，他才对光与火——使万物生机盎然的光与火——顶礼膜拜，与水、与植物交朋结友，在山岭、峡谷和洞穴中探究大自然的结构。对他而言，景色是亮丽的，空气是蓝色的，火不再是破坏性的而是连接性的，死不再是毁灭性的而是联合性的。"景色""空气""火""死"无不具有各自的特性，而把攫取他物的愿望隐藏起来。种种比喻无不源于他那神秘的内心体验。

他的朋友以及后期浪漫派作家认为，他的诗最纯洁、最深刻地表达了浪漫精神（艾兴多夫），甚至称之为新的福音（亚当·米勒）。然而，他的诗也不免招致物议，受到探索社会问题的青年德意志的批评（海涅、劳伯）和现实主义流派的拒斥（黑格尔、格里尔帕策）。对于诺瓦利斯诗歌的阐释随着时间的推移而发生变化，但它那不变的价值永存。它既不属于歌德或莎士比亚那个等级的诗作——他们的诗囊括诗的所有要素，故形成一个宇宙——又不属于仅具一时价值、甚至一文不值的应时之作，而是始终属于祖国，属于那些对纯洁怀着尊敬、对美怀着渴望的人的祖国。

冯至论文评论[①]

陈　铨

此书为冯至先生所著。冯先生在中国北京大学肄业的时候，就从德人洪德生[②]专攻德国文学，并且帮助他翻译《西厢记》《琵琶记》成为德文。从来到德国进柏林大学，以后又转海岱山大学，继续他德国文学的研究。今年春天，在海岱山大学以德国文学得了哲学博士学位。冯先生专研究的范围，是德国初期的浪漫主义运动。这一个时期，要算德国文学史上最难了解的一个时期，因为那时德国的文人，差不多同时都是哲学家。凑巧那个时候，又是德国哲学的极盛时代，康德还没有过去，继续又产生了德国理想主义的几位大师——费希忒[③]，薛陵[④]，黑格尔。这些都是很不容易了解的哲学家，但是他们的哲学同德国初期浪漫主义运动又发生了

[①] 陈铨评论原文名：Die Analogie von Natur und Geist als Stilprinzip in Novalis' Dichtung. By Tscheng-Dsche Feng. Heidelberg，1935。这是他用中文写的该论文的评论，发表于1936年1月的《清华学报》第11卷第1期。
[②] 洪德生（Vincenz Hundhausen，1878—1955），即洪涛生，1921年接替欧尔克来北京大学任教。在他中国学生的帮助下，把中国古典戏曲翻译成德文。1927年冯至北大毕业后，只协助洪涛生翻译了《琵琶记》。——编者注
[③] 费希忒——现通译"费希特"（Johann Gottlieb Fichte，1762—1814），德国哲学家和教育学家。——编者注
[④] 薛陵——现通译"谢林"（Friedrich Wilhelm Joseph Schelling，1775—1854），德国哲学家、人类学家。——编者注

密切得不能分开的关系，要了解德国浪漫主义运动，并非了解德国理想主义[①]不可。所以德国浪漫主义的领袖，如像佛雷[②]，希勒格尔[③]，罗发利斯[④]，哈德林[⑤]，所提倡的浪漫主义，决不是英国华茨沃斯[⑥]、雪莱、拜伦，所号召的那样简单。冯先生这一本书，是专门研究罗发利斯的。许多人都认为罗发利斯是德国浪漫主义最好的代表，因为他生活思想作品，无处不表现浪漫主义的成分。

冯先生研究的方法，是从罗发利斯作品的风格，去探求作者的主张来阐明他的风格。因为语言文字，本来就是人类精神活动的表现，或者简直可以说是人类精神自身的实现（Selbstverwirklichung des menschlichen Geistes），因为人类先有了一种精神的动向，然后不能不去找一种实物来表达它。所以一个作家平常最喜欢用的字句，最常描写的风景，最爱表现的事物，处处都是他精神活动自然的结果。这是不

[①] 理想主义（Idealismus），现通译"唯心主义"。费希特、谢林和黑格尔系德国唯心主义的主要代表。——编者注
[②] 佛雷，现通译"福开"（Friedrich de la Motte Fouqué, 1777—1843），德国作家。——编者注
[③] 希勒格尔，现通译"施莱格尔"，分别为奥·施莱格尔（August Wilhelm von Schlegel, 1767—1845），德国文学史家和批评家，翻译家；弗·施莱格尔（Karl Wilhelm Friedrich Schlegel, 1772—1829），德国文化哲学家、作家，文学艺术批评家。——编者注
[④] 罗发利斯，现通译"诺瓦利斯"。——编者注
[⑤] 哈德林，即荷兰德林。——编者注
[⑥] 即华兹华斯。——编者注

能强求的，也是不得不然的。文学史家懂得这一点，所以往往利用形式的研究（Formale Untersuchung）来作精神的研究（Geistige Untersuchung）。冯先生这一本书，本来是探讨罗发利斯作品的风格，但是他的目标却是罗发利斯的精神，所以他对于形式方面有最严格最科学的分析，但是对于精神方面又有最深刻最明达的了解。这一种精神科学的研究方法，在欧洲还算是很新的方法，也就是冯至先生此书第一个特点。

除开研究的方法，来谈此书的内容，这句话就长了。因为中国学术界，对于德国思想太隔膜，要详细讲清楚，决不是这一篇书评能够胜任的事情，但是我们在这里也可以略略讲一个大概。

欧洲的哲学，到康德才算真正起了一个大革命。希腊哲学的对象是"世界"，中世纪哲学的对象是"神"，康德哲学的对象却是"人类自己"。希腊的哲学家相信世界是存在的，人类是可以知道世界的，只要人类对世界事物所定的规律，同世界事物相合，这就算是真理。这一种追求真理的态度，一直到康德，都没有变更，也没有人怀疑这一个方法，有没有错误。不要说康德以前的哲学家，就是现在二十世纪的自然科学家，他们都无条件地相信这个方法，是求真理的不二法门，他们更相信他们求到的是真正的真理。世界是存在的，人类是可以知道世界的，这是多么明显的事情，这还有什么可怀疑的地方？譬如化学家告诉我们，世界上有多少原质，这一些原质结合拢来，可以得到某种的结果，你随时都可以去试验，随时都可以证明化学的规律是对的，这还不算真理吗？

但是康德不是这样容易满足的人。世界是存在的，他承认，但是我们怎么样知道世界存在，却是问题。至于人类有没有知道世界的能力，这却是大大的问题了。康德把世界事物分为两部分，一部分是"物的本身"（Das Ding an sich），一部分是"物的现象"（Die Erscheinung）。物的本身到底是怎么样，人类没有法子知道，人类所能够知道，仅仅是"物的现象"。物的现象所以成为某种样子，完全是因为人类在某种情形之下用某种方法靠某种器官去观察它，如果一切条件有变换，当然物的现象也会跟着变换。所以物的现象我们虽然知道，还远谈不到知道物的本身。希腊的哲学家，甚至于现代二十世纪的科学家都相信，只要人类对世界事物所定的规律同世界事物相合，就是真理，是靠不住的，靠不住的原因是因为这些规律顶多只能合世界事物的现象，不是世界事物的本身。所以希腊哲学的对象是"世界"，康德哲学的对象却变成"人类"了。人类自己反省自己，有多大的本事能够知道世界，人类自己明白他自己所知道的到底是什么，这就是欧洲哲学一个大进步，同时也就是欧洲哲学一个大革命。

中世纪的哲学对象是神，在相信神的存在条件中间，一切才有真理，如果神不存在，真理即无由产生。中世纪的哲学起点是神，结果仍然是神，一切的辩论证明，都在神的存在这个问题下面兜圈子。康德是第一个人，出来用精密的方法，证明人的智力是有限制的，神的存在不是人类的智力能够证明的。他把以前一切证明上帝存在的证据，都攻击得体无完肤，所以旁的革命不过把帝王宣告死刑，康德的哲学革命，简直把上帝宣告死刑！

可是在人的智识方面，康德固然宣告了上帝的死刑，在道德方面，康德却又把上帝从鬼门关请回去。康德说，上帝的存在，不是人类的智识，所能证明的，但是人类的信仰，却可以承认上帝存在。理论上（Theoretisch）虽然不能存在，实际上（Praktisch）却可以存在，而且不能不存在，因为实际人生中，我们需要上帝的存在，人类不断地有上帝存在的要求，人类离开了这种要求生活就没有意义。依康德看来，智识同信仰是判然两件事情：有了智识就不能有信仰，有了信仰，就不能有智识，他们既然这样势不两立，所以智识一定要替信仰让出地盘来（Das Wissen muss dem Glauben den Raum machen）。上帝的存在，不建筑在人类的智识，而建筑在人类的信仰。智识知道的对象是在外边，信仰的对象是在个人的心里，所以中世纪哲学家的对象是"神"，康德哲学的对象是"人类自己"。从神回复到人类自己，在欧洲哲学是一个大进步，同时又是一个大革命。

上文已经说过，希腊哲学的对象是"世界"，中世纪哲学的对象是"神"，康德哲学的对象，却是"人类自己"。从世界从神，回复到人类自己，这是从世界有人类以来，人类第一次的反省。人类自己反省自己，一方面自己限制了自己的智识，一方面建设了自己的信仰。智识虽然受了限制，但是信仰却是自己建设的，在这个限制建设过程中间，人类自己成为宇宙的中心，一切智识信仰的源泉，人类的尊严，因此也提到了最高点。

康德把人类的尊严提高，是康德以后德国的思想家所赞成的，但是康德把世界分成"物的本身"和"物的现象"，对于神分成"智识"与"信仰"，两个绝对不可调和的二元，这是康德以后德国大部分思想家所不赞成的事情。从哲学方面来说，产生了费希忒、席勒、薛陵、黑格尔的理想主义，他们个个都不满意康德的二元论，都想把它综合成一元。这一个运动，一直到黑格尔，才算集了大成，把这一种工作，造成严密的系统。他的哲学是否能够推倒康德，满足我们，是另外一个问题，但是这一种趋势，在德国思想界，是很明显的。

德国初期浪漫主义者也是不满意康德把世界分为二元的人。他们也都不断地努力，想补救康德哲学这一点缺憾。他们都直接间接受来了几位理想主义大师的影响，特别是费希忒的"我"的哲学，和薛陵的"自然哲学"，对他们有深切的影响。但是浪漫主义者，他们不单是哲学家，同时又是文学家，所以他们的思想，不能有其他理想主义诸大师那样清楚的轮廓。他们的行动、思想、文字都带一种神秘的色彩，要了解他们，有时比研究哲学还要难。但是他们努力的方向是很清楚的。

康德以前，有一位很重要的哲学家，叫斯宾洛沙[①]，他用集合体的方法来证明上帝不能不存在。他认为世界上万事万物，非有上帝的存在作根据，简直不能想象。所以据他看来，上帝必定要存在，而且同时在万事万物中间，也可以发现上帝，这一种哲学叫做"泛神论"（Pantheismus）。它曾经对歌德发生了极大的影响。康德而后，德国理想主义的大师薛陵，在他努力调和康德二元论的困难中，他忽然感觉得斯宾洛沙哲学的重要。他仔细研究康德和斯宾洛沙以后，建设了他的"自然哲学"（Naturphilosophie）。他从自然中去发现精神，自然同精神的关系，得了一个比斯宾洛沙更严密更深邃的解释。

依薛陵的自然哲学，自然和精神（Natur und Geist）是相类似的。自然界中间，从矿物一直到人类，有高下之分，但是都同精神有类似的地方。自然和精神，是当时哲学界和

[①] 即斯宾诺莎。——编者注

文学界最普遍一个题目，罗发利斯对于这个问题，虽然是诗人，也非常的努力。一七九七年，他特别到佛来山①大学去研究自然科学。这一番研究对于他的思想，发生很大的影响。他发现自然和精神类似的地方，因此以后他的作品，处处表现这一种思想的痕迹。

冯先生这一本书题名叫做：罗发利斯作品中以自然和精神的类似来作风格的原则（Die Analogie von Natur und Geist als Stilprinzip in Novalis' Dichtung）。在这一个题目中间，一方面我们可以看出从康德而后德国思想界共同努力趋势对于这位浪漫诗人的影响，一方面我们可以看见冯先生治学的方法，是就罗发利斯作品中的风格来探讨他的主张，同时就他的主张来解释他的风格。

罗发利斯的哲学思想，带了不少神秘的色彩，因为他的思想、感觉、欲望，是同时的，是一样的。康德在他三大著作里，把思想、感觉、欲望，分得清清楚楚，罗发利斯却处处把他们混为一谈。他想要把全宇宙组织起来，归根到最后一个统一的原理，要实现黄金时代，要创造新的宗教。在他的著作里边，一切都没有清楚的轮廓，一切都没有绝对的同异。因为世界上一切的大小高下远近美丑善恶日夜阴阳空间时间，都是相对的，不是绝对的。换言之，就是他们都是

---

① 即弗莱贝格矿业学院（Bergakademie in Freiberg）。——编者注

一样的，都是类似的。这一种相对的，类似的存在，罗发利斯在围绕他的世界中去发现。旁的带神秘色彩的哲学家，如像黑亚克利蒂（Heraklit）、保罗（Apostel Paulus）、老子和其他中世纪的神秘哲学家，都有同类的思想感觉。他们喜欢像兜圈子的思想，他们惯用连锁式的句子来表示他们的意思。莱色刚（H. Leisegang）称神秘哲学家这种思想为"圆圈式的思想"（Kreisdenkform），理智主义者的思想为"尖塔式的思想"（Pyramidentform）。因为他们两派思想的形式不同，所以他们所用的逻辑也不一样。神秘家有神秘家特别的逻辑。①

这一种特别逻辑的哲学基础，就是精神的世界同生物的世界是一个存在。精神同生命，互相贯注，根本上是一个东西。因为观察自然界中生命的过程，如像植物界生命的兜圈子，使神秘哲学家连想到人类，连想到全宇宙。白天同夜晚，光明同黑暗，精神同身体，都成了相对的东西，宇宙中一切极端方向不同的东西都互相连接，成了永恒不断的圈子。要证明这个道理，神秘哲学家用的就是"类似"（Analogie）的理论，世界上一切的东西，都是类似的，生和死，日和夜，都是互相依赖互相关联互相类似的，"类似"是罗发利斯最好的证明，"类似"是罗发利斯惟一的武器。

---

① H. Leisegang. Denkform. 1928，S. 134ff.

罗发利斯自从一七九七年到佛来山大学以后，他写信告诉他的朋友，他抛弃了他的诗，专门在自然方面用工夫。从诗转到自然，当然是罗发利斯生活中一个大转变，但是罗发利斯所说的自然，并不是诗人和科学家如像歌德所研究欣赏的自然，乃是一种超现实的、形而上的自然。歌德从真实去找寻理想，所以真实在歌德一样地有价值，罗发利斯却认为理想比真实还更有价值。他认为在真实的世界后边，还有第二个看不见的、神秘的、无尽的世界。现实的世界必定要浪漫化，然后可以找出它原来的意义。低级的自己然后可以和高级的自己变成一样。所以浪漫化世界，就是从质的方面去提高世界。罗发利斯对于第二个世界，有无穷的渴想，他时时刻刻都想要去达到第二个世界，第二个世界就好像盖了面网的女神，人类应该把她的面网揭开，去认识她的本来面目。这一个揭开面网的工作，就是人类的工作，所以人类是自然的"弥赛亚"（Messia der Natur）。他必须要把自然解放。但是第二个自然又是什么呢？罗发利斯在一本小说里告诉我们："有一个人成功了——他揭开色斯女神的面网——但是他看见什么呢？——奇怪极了——他自己。"

所以人类解放自然，就是认识自己，人类走向自然，就是走向内心，内心达到的时候，就是自然解放的时候。

就好像罗发利斯看世界旁的一切事物都是相对的，这一件事物的意义，往往就在那一件事物里边，在这里罗发利斯也同样把内心外界的界限一下打破了。外界的意义，只有在内心里才找得出来。"向内心走"就是罗发利斯努力的方向，内心才是他安身立命的地方，他觉得他在现世界很生疏的，他努力想逃脱现实走到第二个世界里边去，到了第二世界里边他再回头来观察第一世界。所以第二个世界，他才叫做"家"，现世界却远没有那样重要。

就是这样，罗发利斯总是站在第二个世界来对付一切，现世界因此神秘化了，自然因此神秘化而且提高成为一个大生物组织了。他定下大计划来建筑自然，他认为这是他神圣的工作，要实行他一个神圣的工作，那就要靠他提倡的"魔术的理想主义"（Der magische Idealismus）。魔术的理想主义，一方面要建设内心的意义，一方面还要把自然来"道德化"。人类是自然的弥赛亚，他有这种力量，能够揭开自然一切的谜团。他不但能够了解自然，解放自然，他还能够教育自然，他这一种力量，好像一种魔术的力量。

魔术能够用意志来驾驭自然，并且秘密地使它有生命。罗发利斯的魔术和旁的魔术不同的地方，就是旁的魔术生动自然造成奇妙想象不到的东西，罗发利斯的魔术却看见自然中间黑暗神秘的力量来解决人类的谜团。旁的魔术家是自认神秘力量的奴隶，罗发利斯的魔术家，却控制排列自然。并且他能够用哲学方法，消除自己，脱身物外，所以能够达到身体、灵魂、世界、生、死、一切的解释。靠他的志愿，他魔术的本事，每一个魔术家都是他的世界的创造者。这一个创造世界的魔术志愿的行动令人想到《圣经》中的话，上帝要有光明，世界上立刻就有光明。而"他"在"我"身外以前，我已经从"我"中间发现了"他"，这当然是神秘哲学家最普遍的思想。至于魔术的生命，支配生物界，好像艺术品的观念在艺术品成功以前先从艺术家脑子中想出，这也是德国初期浪漫主义者的宇宙观。简单来说：从内心去观察自然，再从内心来同化自然；先去寻求宇宙的大道，再由魔术意志去引伸到自然，把自然来"道德化"，这就是自然和精神兜的圈子。可是在这儿，精神是主动的部分，是行动的力量。

精神就等于艺术家，他计划完成；自然，就等于艺术家用来变成艺术品的材料。精神努力行动，自然忍受帮助。精神创造，自然生长。自然同精神的结婚，就是罗发利斯和浪漫哲学的主要观念。罗发利斯的精神同自然是这样深厚地融合，所以无论在什么地方，我们都可以发现这一种结合的影响。

从这一番的分析研究，作者已经把罗发利斯思想主要的地方找出来了。这一种思想表现最明显的地方，当然莫过于他的作品，他作品的风格，当然是他思想自然表现的结果，所以第二步，作者就去研究罗发利斯风格的来源和它的元素。

罗发利斯的风格，作者分三点来讲：第一是他提倡神话，第二是他关于语言的理论，第三是他神秘思想的形式。从这三点，作者归纳他风格的来源。第一他提倡神话，是由于他主张把自然当成有生命的对象，第二他关于语言的理论，是由于他主张语言要有图画的成分，第三他神秘思想的形式，是由于他世界一切"类似"的理喻。

照罗发利斯的主张，一个诗人的职务是很重要的，他的工作是很神圣的。他的地位差不多等于古代的预言家和僧人一样。他自己就是一个小宇宙。他能够从已知推到未知，不可能的事情他可以弄得可能。他什么事情都知道，他知道自己比任何科学头脑都知道得多。他的诗不需要理智，反对理智。光明运动的时候的代表文学是"寓言"，里边最需要理智。罗发利斯最反对理智，所以他认为最重要的文学却是"神话"；因为神话能够给自然以生命，建设一个奇妙的世界，这是理智的寓言所不能办到的事情。

罗发利斯把神话比成梦。神话是第二个世界的梦境，这第二个世界无处不有，但是又什么地方都没有。神话是第二个世界的镜子同时又是它的原始状况。所以罗发利斯认为在神话里边记载的真理比历史还多得多。照罗发利斯的意见，浪漫文学应该奇妙非常、变幻不测，所以神话是最好不过的体裁。神话能够给自然以生命，神话的作者让植物、动物、石头都讲起话来。生命的目的、作诗的目的就是要每样东西都有生命。真正好的神话作家,不一定要让人"懂"得,只好让人"觉"得。

语言中图画的成分,在罗发利斯神话风格里边,占很重要的位置。但是所谓图画的成分,并不是语言的雕琢装点,如像德国十七世纪巴若克①派诗人那样,只图粉饰,没有内心的连贯。浪漫的诗人对于语言的改革,好像中世纪的神秘哲学家一样,一切都是从内心经验出来的,并且有这种本事,用图画的形式把他们表示出来。自然像人类的图画犹如人类像上帝的图画一般。语言同时也表示人类精神和自然的图画。语言是自然和精神结婚生下来的女孩子。

自从哈芒②同黑格尔以来,德国浪漫主义者对于语言非常重视,罗发利斯对于语言也曾经花了很不少的工夫。一七九五年到一七九六年这一年中间有许多笔记讲语言的用法,对于动词、形容词、同义字,特别用心。对于哈芒同黑格尔语言起原的研究,罗发利斯也表示非常地热心。照罗发利斯的意见,不单是人类才会讲话,全宇宙都会讲话,因为宇宙间"每样东西都是一个报告"。但是人类的语言,是"一个诗的发明",语言的记号,是根本从人类本性里边产生出来的。罗发利斯把字母和字都当成人物图画看。他把母音

---

① 即巴洛克。——编者注
② 即哈曼。——编者注

比作眼睛,字音比作面孔。有形的字是灵魂真实的图画,无形的字是字中的气体。罗发利斯常常都想从平常的事物,去阐明奇妙的事物,语言中图画的成分最合于这一个目的了。

比喻在罗发利斯作品中间也非常重要,但是这完全根据他"类似"的理喻。亚里斯多德已经发现比喻的元素在"类似"中间。如果第二件东西同第一件,等于第四件同第三件,那么我们可以把第二件来代替第四件。这一种思想的方式,在罗发利斯作品中间,到处都表现出来。

前面已经说过,"类似"的理喻,神秘的思想家到处都拿来作他主要的工具。内心与外物的调和,外物的内心化,精神的物质化,一切和谐的神秘思想,没有"类似"的理喻,差不多不能成立。罗发利斯生在正是一般思想家最喜欢用"类似"理喻的时代。黑格尔、拿法忒[①]等哲学家,还有许多科学家,都主张自然的一致和到处存在的高等规律。从这些影响:所以"类似"成了罗发利斯重要的思想,这一种思想,成了他作品风格的重要元素。

从上面三层的研究:第一层研究罗发利斯神秘的思想,第二层研究罗发利斯的回到内心同他魔术的理想主义,第三层研究他风格的来源,作者已经把关于本题最重要的话说完

---

① 即拉瓦特(Johann Caspar Lavater,1741—1801)瑞士德语作家、哲学家、神学家。——编者注

了。但是没有精确的分析工作，还没有科学的根据，以下就是作者将罗发利斯在他作品中最常用的字句比喻，最喜欢描写的对象，详细地分类研究，中间分章讲（一）光线，颜色；（二）火；（三）流质——水，海，河，泉；（四）天，星，日，月；（五）空气，风，云；（六）夜，黄昏；（七）植物；（八）禽兽；（九）人类；（十）矿物；（十一）物理化学——从这些标题，我们已经可以看出作者分析的工作，是如何的细密了，等我们再往下阅读，更觉得处处同罗发利斯的精神活动，有密切的关系。罗发利斯作品的风格和他全部的思想，经过这一番研究，我们的了解也更进一步了。

德国初期浪漫主义运动者，著作最多的要算梯克，理论建设最深刻的要算奚勒格尔，但是浪漫主义最好的代表人物，却又要算罗发利斯，因为罗发利斯是浪漫主义的诗人，是浪漫主义的思想家，同时又过的充分的浪漫主义的生活。所以要了解德国的浪漫主义，罗发利斯是第一个要先了解的人。冯先生这一番研究，在德国已经很难，在一个外国学生更不容易，当然要算得德国文学史研究上难能可贵的贡献了。

还有：德国浪漫主义运动，也同德国康德而后的理想主义一样，对于康德的二元论作一种调和的努力。从前面分析罗发利斯的思想中，我们已经可以清楚看见罗发利斯处处要统一"要完整"要调和。康德分"物的本身""物的现象"，罗发利斯正要就现象去知道本身，并且拿类似的理论来说，现象就是本身，本身同现象，是分不开的。康德把思想、欲望、感觉分开得清清楚楚，思想是理智，欲望是信仰，感觉是判断。罗发利斯把思想、感觉、欲望混合得一塌糊涂，不愿意把它们分开，并且根本认为它们不能分开。康德只承认自然界才有一定规律，科学完全是理智的活动，罗发利斯却把科学认为不单是属于理智的事情，同时研究科学就是想研究整个的人生宇宙。

从上面讲起来，罗发利斯的立场根本是一元论，康德的立场根本是二元论，所以两人处处相反。但是有一点相同的地方，就是康德把"人"作为他哲学的中心，人类的尊严因此提高，罗发利斯把"人"作为"自然的弥赛亚"，自然要靠人去解放它，所以"人"在罗发利斯的思想中，也坐了第一把交椅。这一种把人类尊严逐渐提高的趋势，起源于文艺复兴，到康德才给它真正理论的根据，浪漫主义运动虽然理论同康德相反，在这一点却替康德推波助澜。到了十九世纪，尼采看见工业化的结果，基督教的崩溃，人类自由意志的减少，出来提倡他的超人主义。到了尼采的超人主义，人类的尊严，真是登峰造极了，但是尼采的哲学，并不能挽回工业化的势力。自从十九世纪中叶以后，人类已经不像伊丽莎白时代，康德、歌德时代，浪漫主义运动时代，那样尊严了。现在大家所谈到最时髦的口号，就是"遗传""环境""社会分子""民族血统"……至于个人方面,一举一动,无处不是重重的压迫束缚。人类既然没有什么尊严,个人既然没有什么价值,整个人生宇宙,也就没有什么意义可言。

现在一般人一谈到浪漫主义运动,差不多都认为可笑,殊不知现在的世界,正急切需要一种像浪漫主义那样复杂丰富有意义的人生观。从这一点讲起来,冯先生这一本书不单是对德国文学哲学算一种贡献,对于现代的思潮,也有它特别的意义了。